講談社文庫

この季節が嘘だとしても

富良野 馨

JN051568

講談社

目次

第一章　猫と騎士

第一章　猫と騎士

龍王《りゅうおう》さんの手元から湯気が煙のようにたちのぼるのと同時に、お茶の芳《かんば》しい香りが鼻先に届いた。

ここへ通うようになってもう何度目か、それでもこの時ばかりは手も口も動かさず、食い入るようにじっと見てしまう。どんなことでも、それに熟練した人の手の動きというのは美しいものだ。何度見ても飽きない。

龍王さんは最初はひどく恥ずかしがっていたが、さすがに今は慣れてしまったのか、視線を意識する様子もなく素早く手を動かしていく。

……なんて良い香りだろう。

思わず目を閉じて、肺《はい》の奥までそれを吸い込んだ。

「さあ、どうぞ」

低い声に目を開くと、既に目の前の筒型をした白い聞香杯《もんこうはい》に、濃い琥珀色《こはくいろ》の液体がたまっていた。今日頼んだのは鉄観音《てつかんのん》、烏龍茶《ウーロンちゃ》の一種だ。

小さな茶杯《ちゃはい》をその上にかぶせ、親指で底を支えて、中指で聞香杯の底、人差し指と薬指で左右をぐっと押さえてひと息にひっくり返す。

これも、ここに来るようになって初めて教わったことだ。最初は怖くて自分ではできなかった。

空になった聞香杯を鼻の下に近づけると、甘い、花に似た香りがした。その香りが鼻の奥から消えない内に、急いで杯の茶をひと口する。

「あつ……」

つい、声をもらしてしまうと龍王さんがかすかに笑った。猫舌なのを知っているのだ。

照れくさくて、つられたように唇が微笑《ほほえ》みをかたちづくった。

……ああ、ここへ来て笑っている。

その度に思う気持ちが、また、心の水面を薙《な》ぐようによぎった。

笑わなくてはいけないんだよ。

そしてその都度、言い訳のように言い聞かせる。

何故なら自分はこの人に近づかなければならないのだから。近づいて、懐に入り込んで、すっかり安心させなければならない。

だから笑っていいのだ。笑って、相手にもっと親近感を持たせなければ。

だから本当は芝居でいい筈《はず》なのに。

言い聞かせる傍から新しい言葉が湧く。

なのに……自分は一体いつからここで、本当に笑みを浮かべるようになどなってしまったのだろう。

——にぃ、と不意に足元で小さな声がして、思考を破られた。

いつの間にか指先にやたら力を入れてつまみっ放しになっていた茶杯を離して、下を見る。

にー、とまたかすかな声で口をいっぱいに開けて鳴くと、三毛《みけ》の子猫がふわふわの毛を人の足首にこすりつけ、灰青色のまるい目でこちらを見返した。

「……すいおん」

呼んで、片手を伸ばして小さな体をひょい、と持ち上げ膝の上に乗せる。すいおんは安定を取ろうとしばしじたばたして、ちょん、と太ももの上に後ろ足で立つと、前足を茶器ののったカウンターの端にかけた。二ヵ月程前《ほどまえ》にはまだ引っ込められなかった爪が指の先からちらっと頭を覗かせて、磨き上げられた木の表面に当たってカチリと鳴る。

ヒゲをぷるぷる震わせながら、並んだ茶道具をもの珍し気に眺めている様子がいかにもあいらしくて、また、くすんと笑ってしまった。

……でもこれは仕方ない、だってこんなにかわいいんだもの。微笑まずにいられる訳がない。

そう内心で呟いて、片手ですっぽりくるめそうな小さな頭をそっとなでた。

と、すいおんはぱっと店の入り口の方に顔を巡らせ、すとん、と——実際はそんな軽やかな動きではなく、まだまだ不細工なジャンプだったけれど——膝から飛び下り、扉の方へと走っていってしまう。

同時に木の格子戸がからり、と開いた。

外の光が思いの外明るく眩しく、思わず目を細めてしまう。

「……ああ、お帰り」

龍王さんが穏やかな笑みを浮かべて声をかけた。

「ただいま帰りました」

水の底に沈んだ石のような、深く、堅く、落ち着いた声が答える。

背筋がぎっ、と音をたてて固くなった。

——駄目だ、これだけはまだ駄目だ、まだ慣れない……どうか憶《おも》いよ、現れないで、今はまだ。体のどこにも浮かんでこないで。

「すいおん」

低い声が名を呼ぶと、子猫は嬉しそうに何度も何度もその足に身をすり寄せた。

大きな手が小さな体をさっとすくって、胸元に抱き上げる。

「いらっしゃい」

それが自分に向けられた言葉だと気づくのに、数秒かかった。

何も言えずにただ会釈を返すと、相手も軽く頭を下げ、すいおんを胸に抱いたまま後ろを通って、店の奥へと姿を消す。

その瞬間、背中を軽く、相手の腕がかすめた。

——熱湯のような熱さが、びり、と背から腕に向けて走り抜ける。

すっ、と音を立てて息を吸い込んでしまいそうになるのをぎりぎりでこらえる。

底から瞬間に何かが沸き立つのを必死で抑え込んで、頬の内側をきつく嚙《か》んだ。

いつの間にか固く握りしめていた両の手をゆっくり開いて、茶杯を手に取り、口に運ぶ。

——ああ、龍王さんが見ている。

顔を上げられないまま、その視線を頭の上に感じた。

不自然に見えただろうか。見えたかもしれない。何か言うべきだろうか。おそらくは……でも何も思いつけない。何ひとつ。

だから黙ったまま、ひたすら杯を口に運んだ。


すいおんを見つけたのは二ヵ月くらい前で、獣医さんの見立てではおそらく生まれてまだ数週間では、とのことだった。周囲には親も兄弟も見当たらなくて、一体何故、一匹であんなところにいたのかは判《わか》らない。

その存在に気がついたのは、声が聞こえたからだ。

五月の初め、初めて龍王さんの店に向かっていた途中のことだ。

三十三間堂《さんじゅうさんげんどう》のすぐ裏手、住宅街の中の細い道の端には側溝がある。そこからごくかすかに、一定のリズムでさあさあと流れる水音にかぶせて「にゅう」と声が聞こえて、足が止まった。

道幅は車一台分くらいの狭さで、左右にぎっちり家が並んだ昔ながらの住宅街だ。

その間にも声がどこからか断続的に聞こえてきて、気持ちが妙に焦《あせ》る。

素早く目を走らせながらも、こうやって店に行くのを遅らせている自分に後ろめたさを感じた。行かなければいけないことは判っていたし、最終的には必ず足を踏み入れる。けれどそれを少しだけ、ほんの少しでいいから先延ばししたい。そんな思いが後ろめたくて、気持ちが更に焦る。

「みーう」

と、声が少しはっきりとして、それが足元から聞こえてくることが判った。

思わずしゃがみ込んで側溝の蓋《ふた》の穴を上から見てみたが、暗くてよく判らない。膝を地面につけて背中を丸め、顔をぎりぎりに近づけて覗き込むと、水路の底に、丸まった、自分の拳と大差ないくらいの、小さな小さな子猫がぷるぷる震えているのが見えた。

「ええっ……えっ、ちょっと待ってね」

思わず口に出してそう声をかけながら、蓋に手をかける。――重い。

コンクリート製のそれは四センチ程の厚みがあって、予想を遥かに超えて重かった。一度手を離して、再度ぐい、と穴に指を突っ込み腕に力を込めると、蓋が少しだけぐらつく。けれど持ち上げるのはさすがに無理で、わずかに開いた隙間に手を入れようとして片手を離すと、支え切れずに蓋がばたりと落ちた。驚いたのか、「しゅっ」と子猫が奇妙な声を立てる。

「ああ、ごめん、ごめんね……ちょっと、もう一回、やってみるから」

また話しかけてしまいつつ、汚れた手をこすりあわせてもう一度指をかけようとすると、

「――何を、されてるんですか」

と、肩口のすぐ後ろから声がして、体が勝手にびくん、と跳《は》ねた。

逃げるように足を横座りに倒して振り返ると、すぐ傍に、曲げた膝に手をついて背をかがめた、不審げな、どこかとがめるようなまなざしを向けた男性の顔がある。

「いえっ、あのっ……」

不意打ちをくらったのはこっちなのだけれど、思わず高い声が出て向こうも面食らったのか、大きな目をぱちぱちさせて離れるように体をまっすぐに伸ばした。

二十代後半か、耳が隠れる程に黒髪を長めに伸ばし、肩幅が広くて背が高く腕も長く、顎も首も眉もしっかりとして、がっしりと太い大木のようだ。関西系のなまりのない、低い鐘《かね》の音に似た声も、そんなイメージを連想させる。

その時また「――にぃ」と声がして、自分と同時に男性も側溝を見た。

「ああ……成程《なるほど》」

男性は口の中で小さく呟いて、くるりと脇を回り込みまた体をかがめた。

「持ち上げます」

そしてさっと穴に手をかけたので慌てて脇へどくと、驚く程あっさりと蓋が上がった。さらさらと流れる水の音がはっきりとして、底にいる子猫が震えながら見上げてくる。急いで手を伸ばすと、逃げもせずあっさりと捕まった。全身がびしょびしょで冷たい。

猫を膝に抱き上げたのを確認し、男性は蓋を戻した。

「その猫、どうされるんですか」

そう尋ねられて、あっ、と我に返った。自分のアパートではペットは飼えない。

「どう、と言われても……その、今の、アパートでは……飼えない、んですけど」

相手のストレートな問いに押されて、つい口ごもってしまう。すると男性はしっかりした眉をぐっと寄せ、「は？」と突き放すような声を上げた。

「飼えないのに、拾ってどうされるんですか？」

その声のトーンのままそう続けられて、何も言えなくなった。確かに飼えもしないのに助けるだけ助けて責任を取らない、というのは良くない。それは判ってる。判ってはいるけど、でも気づいてしまった、なのに見殺しにしろって言うの、と勝手は承知でちょっと泣きそうな気持ちになる。

答えられない自分に、男性は黒の濃い瞳を伏せ、ふい、と顔をそむけた。それが更に責められているように感じてぐっと頬の内側を噛んだのと同時に、「この辺り、獣医さんってありますか」と尋ねられた。

急な問いにとまどって首を横に振ってから、それだけではただの否定になってしまう、と気づいて急いで「判りません」と声に出す。京都に来てからまだ一年ちょっとで、この近所の土地勘もないのだ。

「そうですか」

すると相手は短くそれだけ言ってさっと背を向け、自分が今まさに向かおうとしていた、少し先にある、家の間の細い路地へと入っていった。固唾《かたず》を飲んで見守る中、手に白いタオルを持って小走りで戻ってくる。

「少し南に行ったところに商店街があるんですが、そこに動物病院があるそうです。連れて行きます」

そう言うのと同時に、卓球のラケットのように大きく平たい手のひらを目の前にぬっと差し出され、反射的にわずかに身を引いてしまった。それに気がついたのか相手は少し手を引き戻して、片手に持っていたタオルを両の手に広げてもう一度差し出してくる。

「でも……」

飼えないのに、という言葉を続けられずにいると、相手が小さく息をついた。

「あなたが飼えないのは判りました。こちらで考えます」

そっけない言い方にぐっ、と喉《のど》が詰まったけれど、言い返すこともできない。無言で手の中でまだ震えている子猫をタオルに乗せると、一文字に締められた相手の唇のほんの端だけがわずかに和《やわ》らいだ。くるりと優しく子猫をくるみ込むと、しゃんと背を伸ばす。

横を通り過ぎようとして、その足が止まった。

「――そこ」

上から声が聞こえて、首を曲げて見上げる。

男性は顔半分だけ振り向いていて、その顎《あご》でぐい、と自らが来た方向を指した。

「今、自分が出てきた路地の奥に、お茶の店があります。そこで服を洗ってください」

思いもよらないことを言われて、えっ、と目を落とした。白地に白詰草《しろつめくさ》の模様が入ったワンピースの膝の辺りに、どろっとした深緑色の混じった茶色い濃い染みがついているのに気がつき、しゅうっと頬の血が引く。

「じゃ」と小さく頭を下げて、相手は走り出した。その速さに、ぽかんと背中を見送ってしまう。背が高いだけあって足も長くて、一歩のストライドが驚く程大きかった。上下の揺れがあまりなく、滑るように、あっという間に姿が消える。

しばらく道の出口を見つめてから、ゆっくりと立ち上がる。

思いもよらないかたちで、店に行く正当な理由ができた。

――お茶を出す店なのだから、客としてただ店に入ればいい。それは判っているのだけれど、理由がひとつできたことがひどく心強かった。それに、このまま時間が経ってしまって染みが落ちなくなってしまったら、と思うと気持ちも急《せ》く。

道を先に進むと、ただでさえ間口が狭い家と家の間に、本当に細い、人がひとり歩ける程度の幅の、玉砂利の敷かれた路地が延びている。こんなところに店があるだなんて、普通は誰も思わないだろう。

どんどん高まってくる緊張を抑え込んで、じゃりじゃりと足音を立てながら薄暗い路地を進む。数メートルいくと細い道幅が少しだけ広くなって、古びた町家の、格子戸の入り口が路地沿いに現れた。足元に置かれた木の看板には『中国茶　龍王』と彫《ほ》られており、「龍王」の文字の上には「long wang」と小さく刻まれている。

勝手に息が深くなった。

ゆっくりと、三度続けて深呼吸する。

格子戸の引き手に指をかけると、かたりとかすかに木が鳴った。

ああ、きっとこの音は、中にいる店の人に聞こえてしまっているだろう。だからもう、入るしかないのだ。

そう覚悟を決めて、ぐっと手に力を込める。

からから、と思っていたよりずっと軽く、やすやすと扉が開いた。


「いらっしゃい」

扉が完全に開き切る前に、やはりなまりの全《まった》くない声が飛んできた。お店の人が客に対してかける声、と言うより、遠くに住んでいてあまり逢《あ》えない、けれど逢えばとても優しい、そんな親戚のおじさんのような声だった。

「……お邪魔します」

だからつい、そんな言葉を返しながら、軽く頭を下げつつ店に足を踏み入れる。

客席は左右に分かれていて、左手には四人がけのテーブルが一つ、その奥にトイレらしき扉。右手奥には二人がけのテーブルが三つ。テーブル奥に小さな窓が幾つかあり、その間に複数の木棚があって、茶器が並べられている。床はモルタルで、浅く波のような筋の模様がつけられていた。

そして入り口側の壁にそって右手に、つやつやと磨き上げられた立派な一枚板のカウンターがあり、声の主がそこに立っていた。

「ああ、君が」

外は雲ひとつない天気なのに店の中はかなり暗めで、その中で声の主の男性の白いシャツは奇妙な程に光って見えた。歳は五十代後半くらいか、ひょろりと痩《や》せていて髪には白いものが混じり、小さな丸い眼鏡のレンズの奥の目がにこにこと細まっている。

「聞きましたよ。子猫がいたんですってね」

奥の方に行くとカウンターを出てきて、目の前に立つ。

「……ああ、ほんとだ、汚れちゃいましたね。気の毒に」

眉を寄せ目尻を下げて、何故か申し訳なさそうに言うのが本当に親戚のおじさんのようで、緊張が少しずつ薄らいでくるのを感じる。

「服、貸すからね。それ奥で洗っておいでなさい」

けれどさすがにその申し出には驚いて、「いえ、結構です」と手を振ってしまった。濡れタオルで軽く叩くくらいはしたいが、初めての場所と初めての人の前でそんなことはとても無理だ。

「ちゃんと洗った方がいいですよ。ガスの乾燥機があるから、すぐ乾くし。せっかくの可愛いワンピース、染みが落ちなくなったらもったいない」

その言葉に、ずきりと胸の中心が痛んだ。

三年前の誕生日に、絵里《えり》ちゃんが買ってくれたワンピース。

「これ、暑苦しくて申し訳ないけど、ちょうど冬の終わりに安かったから来年用にと思って買ったの。だから新品」

男性はそう言いながら、カウンターの端に置かれた、まだ包装の破られていない服を差し出してきた。水色のスウェットの上下だ。

すぐに受け入れるのはためらわれて、けれど確かにこの染みが落ちなかったらと思うとそれも辛くて、しばらく動けずにいると相手はまた困ったように目尻を下げた。

「猫のお礼」

言われたことの意味が判らず、きょとんと見上げるとますます目尻を下げて笑う。

「何かね、動物が飼いたいなと思ってまして。看板猫とか犬とか、そういうの。『そうでもしてお客さん増やさな、いつかこの店つぶれるで』て常連さんによく言われるの。だから、看板猫を、連れてきてくれたお礼」

……あの猫、このお店で飼ってくれるんだ。

ぱっと頭の中が明るくなった。「ありがとうございます」と思わず手を揃《そろ》えて頭を下げる。

「いや、だからお礼を言うのはこっち」

また笑い混じりの声で言われて、先刻《さつき》の若い男性とのやりとりで固くなっていた気持ちがやっとほぐれてきた。

「じゃ……すみません、お言葉に甘えます」

もう一度頭を下げて服を受け取ると、相手はひとつうなずいて手のひらで右手奥を指し示した。扉のない間口があって、長い藍《あい》ののれんがかかっていて奥が見えない。

「こっちに住んでるの」

先に立って歩いていくのについていこうとした瞬間、カウンターの奥の壁が目に入って思わず足が止まった。壁には天井の方まで一面に木の棚がつくりつけられていて、そこにびっしり、お茶の入った銀色の缶が並べられている。

「後で飲んでくださいね。美味しいから」

男性は愛想よく言うと、のれんをくぐって奥に入っていく。中には店と同じモルタルの廊下がまっすぐ続いていて、左手には床から三十センチ程の高さにすりガラスの入った格子の引き戸、右手には板の引き戸がある。

男性が右の引き戸を開くと、中は洗面所だった。縦型の洗濯機があり、上に乾燥機がある。

男性は靴を脱いで洗面所に入って、手で洗濯機を示した。

「洗剤はこの棚の中。上の、これが乾燥機。使い方判りそうですか」

「大丈夫だと思います。判らなかったらお声がけさせてください」

靴を脱ぎ、外に出てきた男性と入れ替わって中に入る。男性が外から扉を閉めてくれたけれど、すぐに着替える気にはなれずに周囲を見回した。換気の為か、奥の浴室の扉は開いていて、風呂場の小さな窓も少しだけ開いている。

ふっと顔を動かすと、洗面ボウルの上の三面鏡に映った自分が自分を見ていた。

つい半月前に切ったばかりのボブヘアがまるで他人を見るようで、軽く頭を振ってみる。当然、鏡の中の姿も、顎に届くか届かないかくらいに切られた髪をふるふると振った。

こんなに短くしたのは初めてだ。

はっきりと印象を変えたかったから。

だがあの感じでは、今の男性――どうみても店主であろう人は、自分が誰だか判らなかったと思える。そもそもこちらの顔など知らない可能性の方が高いのだけど、万が一にも、絵里ちゃんが店主の人と交流をもったかもしれない、自分の写真を見せているかもしれない、そう思って髪を切ったのだ。

髪の端からちらちらと覗くえりあしを横目で見ながら、背中のボタンを外してすぽっとワンピースを脱いだ。買ってもらった時はまさにジャストサイズだったそれは、痩せてしまった今では少し、大きめに感じられる。それも、この数ヵ月程での話だ。

蛇口《じゃぐち》からぬるま湯を出して、とりあえず染みの部分を軽く洗ってみる。どろっとした固形のものをこすりとってみたが、染みは完全には落ちそうにない。諦めてワンピースを洗濯機に入れ、洗剤と柔軟剤を投入してスイッチを押した。

包装を破ってスウェットを着ると、袖もズボンもぶかぶかで、ウエストの紐を締めてきつく結んだ。袖をまくり上げ、足元もくるくるとロールアップさせる。

洗濯の残り時間表示は三十分程度を示していて、このままここでただ待っているかどうしようか、少し迷う。と、コンコン、と扉が叩かれて、びくりと飛び上がった。

「洗濯機、動きましたか？」

穏やかな声がして、ほっと肩の力が抜ける。

「はい。ありがとうございます」

「そう。じゃあ、着替えたら、お店の方においでね。お茶、淹れるから」

「え、でも、他のお客さんは」

驚いて思わず扉を開けてしまうと、今にも店の中に戻ろうとしていた男性がひょい、と振り返って柔和に笑った。

「見た通り。今日はもうノーヒットノーラン確定だから。猫も来ることだし、もう本日は臨時休業の札を出しました」

その言いっぷりにすっかり毒気を抜かれてしまって、こくりとうなずいて相手の後に続いた。


「これは茶盤《ちゃばん》。竹でできてます」

男性はカウンターの中に立って、ひとつひとつ名前を説明しながら道具を並べた。

竹製の、上がスノコ状になった大きく平たい箱が茶盤。隣に置かれた、ころんと丸い小さな急須《きゅうす》は茶壺《チャフー》と呼ぶそうだ。

茶壺と並んだ、大きめのミルク入れのような容器は茶海《ちゃかい》。それから目の前に、やはり竹製の楕円形をした茶托《ちゃたく》が置かれ、その上に何故か二つ、形の違う器がのせられた。片方はよく見かける、おちょこを小さくしたような中国茶用の茶杯だと判ったが、もうひとつの縦に細長い、筒のような器は初めて見るものだ。

男性は茶壺と茶海を茶盤の上に置き、コンロでしゅんしゅん煮立っているやかんのお湯でさっと温め、そのお湯を更に茶杯と細長い器に注いだ。それから背後の棚に置かれた缶をカウンターに置いて、竹でできた先の長いスコップのようなさじ――茶《ちゃ》則《そく》、と呼ぶらしい――でお茶の葉を驚く程たくさんすくうと、穴の開いたお皿のようなかたちをした竹の漏斗《じょうご》――これは茶漏《ちゃろう》だ――を蓋を取った茶壺に置いて、中に葉を落とす。

「どうも、そんなに見られると、緊張しますねえ」

つい固唾を飲んで見守る前で、男性は照れたように笑った。その間にも手は動く。

葉の入った茶壺にふつふつと鳴っている湯を高く注いだと思うと蓋ですっとあくを切り、閉じる。と思うやいなや、それを口から突っ込むように茶海にたてて、入れたばかりの湯を捨てる。

出切ったら一度ぱっと湯を切り、すぐにまた新しい湯をさすと蓋をして、先刻茶海にあけた一度目の湯を蓋の上からゆっくりまわしかけた。つやを消したどんぐりのような色合いの朱泥の茶壺は、お湯がかかった瞬間、濃い色に変わったと思うとすっと乾く。

茶杯と筒型の器のお湯を茶盤の中に捨てると、茶壺の持ち手をつまんで、また茶海にそれを突き立てた。中身が全部落ち切ると茶壺を外して、できあがったお茶を筒型の器に注いでくれる。色は、自分が思う烏龍茶のそれよりも遥かに薄くて、見た目にはまるででがらしのようにさえ思えた。

「これはね、聞香杯といいます。音を聞く、の聞くに香りの杯、で聞香杯。飲む為に使うんじゃなく、お茶の香りを楽しむ為の器です」

そう説明されて、ではこの器のお茶は飲まずに置いておくのか、と思ったら、男性は聞香杯の上にひょいとおちょこ型の茶杯をかぶせる。えっ、と思う間もなく左手で聞香杯ごと持ち上げ、右手の親指を茶杯の底に置き、中指を聞香杯の底、人差し指と薬指を左右に添えたと思うとくるっ、と一瞬でひっくり返した。

一滴も、お茶はこぼれない。

目を見張っていると、ぴったりと一体化した茶杯を置いて、聞香杯をわずかに傾け、すらり、とまわすように持ち上げる。

同時に茶杯の中に、とぷっ、とお茶が満たされた。

「どうぞ」

と、顔のすぐ前に聞香杯が差し出されて、初めて息が止まっていたことに気がついた。ふうっ、と吐き出してすぐに吸い込むと同時に、鼻腔《びこう》の奥が大きく開いて、頭の中まで香りが入ってくる。

「あまい……！」

勝手に言葉が口から出ていた。真っ白い聞香杯の中に、温められた香りが充満している。お茶なのに、まるでホットミルクのように甘い。

「台湾《タイワン》のね、金萱茶《きんせんちゃ》という烏龍茶。ミルクみたいな香りがするでしょう。女性に人気でね」

すると、思っていたことそのままを言われて、つい大きく首を縦に振ってしまう。中国茶、という響きからは全く予想できなかった香りだ。

「でもね、味はちゃんとお茶の味なの。面白くて美味しいお茶なんです」

何とも嬉しそうににこにことしながら、相手は茶杯を手で勧めてくれた。頭を下げて杯を口に運ぶと、唇に感じた熱が予想外で「あつっ」と小さく声が出てしまう。

「ありゃ、大変。やけどしませんでしたか」

男性は眼鏡の奥の目を丸く開いて、ガラスのコップに水を汲《く》んで出してくれた。子供のようで恥ずかしくて、「すみません、猫舌で」と小声で呟いて水を口に含む。

「それはすみませんでした。大丈夫、少し冷めたくらいが美味しいからね」

優しく言ってくれる言葉が明らかにこちらを気遣ってくれているのが判って、ちくり、と胸の底が痛んだ。小さく頭を下げると、もう一度茶杯を手にとり、ほんの少しだけ口に入れる。

「美味しい……」

やはり考える間もなく、声に出てしまう。まだ少し熱かったけれど、こんなに色が薄いのに間違いなくお茶の味がする。けれどそれは、今まで思っていた「烏龍茶の味」とは全然違い、香ばしさがあるのに苦味はなく、すっきりと口に入ってきた。

「そう。美味しい」

また、何とも嬉しそうな顔をされて胸がちくりとする。

「良かった良かった。……あ、しまった、お茶うけ出してなかった」

こくこく、とうなずいてから、はたと目を大きくしてばたばたと手元を動かすせわしない様子に、焦って軽く身を乗り出す。

「いえ、これで充分なので」

「そういう訳にはいかない。お茶はね、お菓子、まあ甘くなくてもいいんですけど、何かつまめるものが一緒じゃなくっちゃ。美味しいお茶に美味しいお茶菓子、それを時間をかけてたっぷり楽しむ、これが基本」

そう言いながらさっさと手を動かして、濃いつやつやした緑色の釉薬《ゆうやく》のかかった花のかたちの小皿に、一口大に切ったカステラと菊の花型の干菓子《ひがし》を並べて置いてくれた。

「それに、せっかくだからお店を気に入ってもらえるとこちらとしても嬉しい。なかなかねえ、若い女性の常連さんができなくて。ほら、ここちょっと、入り辛いでしょう、こんな路地の奥になってて」

「……はい、まあ」

それはその通りなので、少し口ごもりつつもうなずいてしまった。確かにこの細く薄暗い路地の奥は、女性がさくさくと来てくれそうな場所ではない。

「まあ、だから安く買えたんだけどねえ。あっさり飛びついて、ちょっと失敗しちゃった」

屈託《くったく》なく笑いながら、男性はカウンターの端に置かれたショップカードを差し出してきた。看板にあったのと同じ、『中国茶　龍王』という文字が書かれている。

「僕の名前がね、タツノオウジ、ていうんです。その龍の字に野原の野、オウジは日へんに王様で旺、司どるの司。子供の頃からあだながずっと『リュウオウ』で、それを店名に」

「……あの、もともとこちらの方じゃないんですか」

気になっていたことを聞くと、龍野さんはにこっとしてうなずいた。

「ええ。実家は愛知の方なんですけども、若い頃からあっちこっちふらふらしてて。台湾にいた頃にお茶にはまって、向こうで京都の方と知り合って、いろいろあって六年くらい前かな、ここに落ち着きました」

「そうなんですか」

「お客さんも、京都の方じゃないですよね。学生さん？」

と、突然聞かれてぐっと喉の奥が詰まる。

「……え、はい、そう……そうです」

落ち着け、大丈夫、怪しまれてる訳じゃない、ただの会話だ、落ち着け、早口で自分にそう言い聞かせる。ここに来る前に何度も何度も脳内で練習した。

それなのに口がうまく動かない。

言い直そうともう一度深く息を吸うのと同時に、奥から洗濯機のお知らせメロディが流れてきた。

「あ、終わったね、洗濯」

ひょい、と首を伸ばして奥を見る龍野さんに、ちょっとほっとする。

「見てきます。乾燥機、お借りします」

ひとまずその場を離れられることに安堵《あんど》しながら、椅子を降りて洗面所へ戻った。取り出した服を広げてみて、染みが完全に落ちているのに今度こそ心底ほっとする。

背伸びして乾燥機の扉を開けると服を入れスイッチを押し、機械がうなりだすのを聞きながら一度深呼吸した。大丈夫、落ち着け。

頭の中でシナリオを復唱して、お店に戻る。

「どうでした？」

「綺麗に落ちてました。ありがとうございます」

染みが取れたことも手伝って、我ながらとても自然な顔で笑えた、と思う。

「自己紹介、遅れましてすみません。吉川亜沙美《よしかわあさみ》といいます。R大の二回生です」

小さく頭を下げながら、嚙まずにすらすらと言えたことに内心でほっとした。「吉川亜沙美」は、絵里ちゃんのお母さん、すなわち自分にとっての叔母の名前だ。正確に言うと、吉川は旧姓だけれど。

その名を借りることで、自分に力が宿る気がする。わたしの分も絵里の為に頑張って、と背中を押してもらっている気分になれるのだ。

「R大、そう。何学部？」

「文学部の東洋史学科です」

これに嘘はない。そんな専攻の学生は山といるし、それより大学や専攻で嘘をついて、何か聞かれた時にボロが出る方がどうかと思うので、これについては本当のことを言おうと最初から決めていた。

「そうなんだ。あ、じゃあ、中国語なんかバッチリでしょう」

「ああ……いえ、はい、努力はしてますけど、なかなか」

これも正直なところを言うと、龍野さんは破顔した。

「この一、二年くらいかなあ、たまーにね、来ますよ、中国の方や台湾の方も。京都全体じゃもう相当海外の方、多いですけど、ウチなんかはまだ全然知られてなくて。でもさすがにこれだけ増えると、ちょっとずつ情報が出まわってはいるみたいで」

「え、じゃあ、ここもすごい行列の人気店になるってことですか？」

思わず聞くと、龍野さんは今度ははっきり、声に出して笑った。

「それはない、それはない。そんなにねえ、写真映えしないもの、ウチの店。地味でしょ。カラフルなスイーツとか出せばまた違うんでしょうけど」

「そうでしょうか……」

口の奥で呟きながら、目だけでぐるりと店内を見る。この、奥にずらりとお茶缶の並んだ棚とか、色の沈んだ磨き上げられたカウンターの一枚板とか、充分いい雰囲気だと思うのだけど。

「だけど、これからは違いますよ。何せかわいい看板猫ができる筈ですから」

龍野さんがそう言ってふくみ笑いを浮かべるのと同時に、外の方からじゃりじゃり、と足音がして、格子戸のすりガラスの向こうに黒い影が覗く。

あ、と思う間もなく、からから、と戸が開いた。

「――ただいま戻りました」

低い鐘に似たあの声がして、先刻の男性が姿を現した。その手には、プラスチック製の薄黄色をしたキャリーケースが下げられている。

思わず椅子から降りると、男性がこちらを見て「まだいたのか」とでも言いたげにちょっと目を見開いた。内心ついむっとしてしまうが、何とかそれを押し隠す。

「ああ、お帰り」

それに全く気づかずに、明るく言って龍野さんはカウンターを出た。

「……あ、外、今、タクシー待ってもらってて」

ぱっと男性の目線が龍野さんに向いて、ちょっとほっとする。

「病院でいろいろ、必要なもの教えてもらって、駅の南のペットショップで買ったら荷物が増えてしまって」

「ああ。じゃ、手伝おうか」

「お願いします」

軽く頭を下げると、店を出ていく龍野さんとは逆に、こちらに歩み寄ってくる。

どきり、とする間もなく、カウンターの上にキャリーケースが置かれた。思わず覗くと、先刻とは全然違う、綺麗に体が乾いて頭の上の毛がふわふわした姿が見えた。

少しとげとげしくなっていた気分が一瞬で消えて、顔が自然にほころぶのが自分で判る。開けたいけれどまだ駄目だろうな、とうずうずしながら待っていると、二人が連れ立って戻ってきた。両手には、それぞれ大きな買い物袋が下げられている。

「いやあ、動物飼うってすごいんだね。一大事業だ」

龍野さんが実に楽しそうに言いながら、抱えた荷物を客席のテーブルに置いた。

「すみません。お金、後で返します」

男性がぶっきらぼうにそう言って、導火線に火がついたような気持ちになった。

「いえ、あの、自分が払います。自分が見つけた子だし、ご迷惑おかけしたので」

確かにそういう金銭的な負担についても一切考えていなかった。それを男性に注意されたように感じて急いで深く頭を下げると、龍野さんは大きく手を振った。

「言ったでしょ、看板猫を育成して店の売上げに貢献してもらうって。これは初期投資ってヤツです。だから僕の財布で」

男性はかすかなため息をついて小さく頭を下げると、自分の買い物袋を置いてまた外へ出ていく。

「……まあでも、これは確かに、ちょっと買い過ぎかも」

置かれた袋の中をちらっと覗いて、龍野さんはくすっと笑った。

「すみません、あの子基本が無愛想で。でもああ見えてはしゃいでるんだ、めったにないですよ、こんな買い物。余程嬉しいんでしょう、子猫がきたの」

「え、今の人も、ここの……ああ、息子さん、ですか？」

てっきり常連さんか近所の人だと思っていた。あまり見た目は似てないな、そう思いながら聞くと、龍野さんは「ううん」とあっさり首を振る。

「甥っ子なんです」

——自分の耳に入ってきた音が、一瞬理解できなかった。

「妹の息子。両親とちょっと、折り合い悪くてね。いろいろあって、ウチで預かってるんです」

ぐうっ、と目の奥が何かに引っ張られるような感覚がして、視界がずん、と暗く沈む。

「ハヤミキシト。日がつく方の早いに見る、貴族の貴に志に人。伯父が王子で甥っ子が騎士って、冗談みたいで面白いでしょう」

明るく話す龍野さんの声が全く脳に届かずに、ごうごうと鳴る風のように遠くを通り過ぎていく。

心臓がどくどくと早鐘を打って痛む。

膝がかすかに震えている。

「……吉川さん？」

じゃりっ、と足音がして、入り口から黒い影が入ってきた。

そちらを見られない。

視界は殆《ほとん》どが床で、うっすらつけられた波模様がゆらゆらと歪んで見える。

そこを、スニーカーとジーパンの足が横切っていく。

ごとり、と荷物を置く音がする。

頭の中が砂嵐のようで、まともにものが考えられない。

短く切った髪のうなじを、つうっとひと筋、汗がつたうのが判る。

「吉川さん……？」

龍野さんの声が急に耳に飛び込んできて、はっ、と顔を上げる。

いきなり広くなった視界に、とまどったような表情の龍野さんと、殆ど無表情の男性の顔が現れた。

黒の濃い瞳が動いて、こちらを見る。

——早見貴志人。

吸い込まれそうなその目を、がつりと見返した。

こいつだ。

こいつが……絵里ちゃんを殺した、男だ。

第二章　絵里ちゃんとわたし

絵里ちゃんのお母さんとわたしの母親は、同じ日に生まれて、同じ日に死んだ。

わたしが小二、絵里ちゃんが中三の冬のことだ。

一卵性双生児であった母達の母親、つまりわたし達の祖母は、当時体調を崩して入院しており、正直もう長くない、といった状況だった。お見舞いに行く筈が、冬休みに入った矢先、わたしと絵里ちゃんが立て続けにインフルエンザにかかってしまった為、母達二人で実家に帰省することになったのだ。

渋滞の高速で玉突き事故が起き、二人は車ごと前後のトラックに挟まれて亡くなった。

その時、絵里ちゃんは「わたしが紗夜《さや》ちゃんのお母さんになるからね」と宣言した。それまでも充分可愛がってくれていたけれど、本当に母親のように何くれとなく世話を焼いてくれ、わたしは絵里ちゃんにべったりだった。

絵里ちゃんは母親似で、つまりわたしの母親にもそっくりで、子供のわたしは、時々本当に絵里ちゃんを「お母さん」と呼んでしまうことがあった。すると絵里ちゃんは、心の底から嬉しそうに微笑んで頭をなでてくれるのだ。

母達はとても仲の良い姉妹で、家が隣の市だったこともあり頻繁《ひんぱん》に行き来があった。その為、母が亡くなった後、父は仕事で遅くなる時や出張の時はいつも、絵里ちゃんの家にわたしを預けるようになった。

母が亡くなって半年後、父は遠方の県に三年間の転勤を命じられた。

父はわたしを叔父さんの家に預けて単身赴任をすることに決めた。馴染みのない土地に引っ越しさせて、仕事の度にどこかに預けてまた三年後に転校させるより、慣れた環境で安定した生活を送らせる方がいいだろう、と。

さびしさなどは全くなく、むしろ嬉しかったのをよく覚えている。父は仕事で家をあけがちで、自分は正直、父よりも叔父さんになついていたのだ。

三年の日々はあっという間に過ぎ、二つの意外な展開を迎えた。

一つは、戻ってこられる、という話が反故《ほご》になり、また別の県への転勤話が発生したこと。

もう一つは——父に、新しい女性ができていたこと。父は転勤して半年も経たない内に、彼女と同棲を開始していたと後で聞いた。父がこちらに来ることがあっても、一度たりとも赴任先に呼んではもらえなかった理由が、その時やっと判った。

今度の転勤にあたり彼女と籍を入れようと思う、そう父は宣言した。そしてわたしに対しては、お前が望むなら一緒に暮らそう、三人で新しい家族になろう、と。

わたしはその時小五で、まだ十歳だった。けれど父の隣に座るその女性が、くっきりとした口紅で笑みを浮かべていながらも、決して自分に対して好意的なオーラを出していないことははっきりと判った。くすんだ赤色のマニキュアが塗られた指がしきりになでるそのお腹が、うっすらとまろやかに膨《ふく》らんでいることも、わたしが首を横に振った時、三日月のようにただつり上がっていただけの唇が本当にふわりとした笑顔に変わったことも、父の肩から力が抜けて、口から小さく、ほっと息が吐かれたことも。

叔父さんだけは最後まで、あんまりじゃないかと憤慨《ふんがい》していた。それは二人がしっかりと腕を組んで帰っていった後も続いていたけれど、絵里ちゃんと夕食の皿を並べているると、はっとした顔で「紗夜ちゃんがウチに残ることは、いいんだ。それは本当にいいことだ。もうこうなったら本格的に紗夜ちゃんはウチの子だ。預かりっ子じゃない、ウチの娘で、絵里の妹だ」と早口に言って、ぎゅっと抱きしめてくれた。

するとと絵里ちゃんは「お父さん今更、そんなこと言ってるの？　わたし、もし伯父さんが紗夜ちゃん連れてく、なんて言ったら、全力で阻止してたよ？　紗夜ちゃんはわたしの妹なんだから」と呆れ返った顔で言ったものだった。

大学で日本美術史を学んでいた絵里ちゃんは、京都の出版社の本をたくさん揃えていて、憧れをよく語ってくれた。家を離れることになるけど、やっぱり一度はそこで働いてみたい、と打ち明けられて、ショックで三日間何も食べられずに学校を休んで泣き明かした。絵里ちゃんはその間ずっと傍にいてくれて、ごめんね、と背中をなでてくれた。ごめんね、でもどうしてもこれは夢なの、だから許してね、お父さんのことお願いね、と。

絵里ちゃんが本当にその出版社に就職を決めてきた時は、たくさんお祝いを言って、夜になってひとりでベッドで泣いた。泣きながら、自分も必ず京都の大学に進学する、そう心に決めた。

高校時代は叔父さんとの二人暮らしとなったけれど、叔父さんは自分にとって、本当の父よりも「父親」で「家族」だった。絵里ちゃんも何かにつけて帰省してくれて、高校や進学の悩みを直接、聞いてくれたものだった。

京都の大学に行きたい、と打ち明けると、絵里ちゃんは最初、弓のような眉をぐっと下げ、困った顔をして笑った。

「紗夜ちゃん、それは、ほんとにそこに行きたいから？　それともお姉ちゃんの近くに来たいから？」

そう尋ねられ、くっと言葉に詰まった。勿論《もちろん》、漠然とした「学びたい分野」はあったけれど、別にそれは、どこか特定の大学でなければならない、という訳ではない。京都に決めたのは、絵里ちゃんがいるからだ。

答えられないわたしに、絵里ちゃんは困った顔のまま、そっと頭をなでてくれた。

「紗夜ちゃんがほんとにやりたいことをやって、ほんとに幸せになるのが、お姉ちゃんの幸せ。お母さん達もきっと、それを望んでると思うよ」

「……絵里ちゃんと一緒にいられるのが、わたしのしたいことだし、幸せ」

うつむいてぼそぼそと言うと、絵里ちゃんは小さく息をついて、わたしの手の甲を軽く叩いた。

「判った。でも、仕事もあるし、同居はできないよ。あと、約束。何を学びたいのかちゃんと決めて、それが学べる大学に行く。もしそれが京都にないのなら、あるところに進学するの」

「うん！　うん、ありがとう絵里ちゃん！　大好き！」

細い首筋にぎゅっとしがみつくと、絵里ちゃんはやっと明るい声で笑ってくれた。

「もう、ほんと、甘やかし過ぎたなぁ、わたし……ちゃんと勉強しなね、紗夜ちゃん」

背中にまわされた手に軽く力が入って、きゅっと抱きしめられるのを感じながら、わたしは確かに、あの時自分を、幸福だと思っていた。


夜になると、夢を見る。

だからあれからずっと、寝つきが悪い。

夢の前半は、その時によって違う。でも大抵は、楽しくてきらきらとした、絵里ちゃんとの思い出だ。

なのに最後は、いつも同じ。

ＬＤＫのローテーブルの上に置かれた、三通の白い封筒と、一枚の便箋《びんせん》。

封筒にはそれぞれ、表書きがある。

「お父さん」「紗夜ちゃん」「職場の皆様」。

便箋には短い言葉が記されている。

「これしか選べませんでした。弱いわたしをお許しください」

ふらふらと進む夢の中の自分を、本来は見ることのできない背中側から見ている。

部屋の玄関は、二月半ばの外気と殆ど変わらない程寒かった。

奥の書斎兼寝室にも、誰もいない。トイレも空っぽだ。

洗面所の扉を開けても、人の姿はない。

後は、お風呂場の扉しかない。

だから、そこを開ける。全然開けたくないのに。

浴槽は一番上まで満々と水をたたえている。

その水が、入浴剤を入れたみたいに、一面にカシス色に染まっている。

そこにとっぷりと浸かった、青みがかった真っ白い色の肌の、からだ。

——いつもそこで、夢は終わる。目が覚める。

理由は判ってる。現実でも、その後のことが全く、記憶にないからだ。

現実のこと——大家さんや叔父さんに連絡を取ったり、警察や救急車の人に話をしたり、そういうことは皆、自分と一緒に家にあがった、絵里ちゃんの同僚の人がやってくれた。

後で聞いた話では、絵里ちゃんはしばらく前から不眠だと言って医者に通って、かなり強力な睡眠薬を出してもらっていたのだという。それをまとめて飲んだ上で、風呂につかって、手首を切ったのだと。実のところ、手首を切って死ねる人はそうはいないらしく、医者も驚く程に深くしっかりと絵里ちゃんの手は切られていたのだそうだ。

その日から一週間くらい前に、絵里ちゃんからは「ちょっと長めの出張に行く」と聞かされていた。滋賀の山奥のお寺に泊りがけで取材に行く、お寺側から携帯は禁止、と言い渡されているから、しばらく電話もメールも何にもできないよ、と。

それで、連絡がないのを何も不思議に思わなかった。

けれど絵里ちゃんは、実際は職場に五日間の有休願いを出して休んでいた。それが終わった後にも出勤してこず、携帯にかけたところ『この電話番号は現在使われておりません』というメッセージが返ってきた為、職場の上司が叔父さんに電話をしてきたのだそうだ。

困惑しきった叔父さんからの電話を、今もよく覚えている。電話もメールも通じない、自分もすぐに京都に行くが、同僚の人がアパートに向かっているそうだから、そこに合流して様子をみてくれないか、と。

確かに去年の年末頃から、ずいぶん体調が悪そうだとは思っていた。ちょうどその頃、絵里ちゃんは階段で転んで足の骨を折り、それからかなり痩せてしまったのだ。だから家に向かう途中には「体調が悪くなって倒れてるのかも」という心配しかなく、電話のことは料金の支払いに手違いでもあったのだろう、くらいにしか思っていなかった。合鍵で中に入ってからも、「どこに倒れているのか」と床やソファばかりを目で追っていた。

だから本当は、あの封筒の存在や便箋に書かれた内容を知ったのは、ずっと後のことだ。

けれど夢の中では、はっきりと、きちんと並べられた封筒の表書きが見える。

その中身を読めたのは、もっと後のことだ。

やって来た警察の人達に、封筒も便箋も回収されてしまったからだ。

遺書がきちんと遺されていても、こういうものはいわゆる「変死」扱いとなるらしく、警察はひと通りの捜査をするのだそうだ。だから遺書も、「証拠品」としていったん持ち帰られてしまったと聞いた。

お葬式が済んで、火葬場で荼毘《だび》に付されているのを待つ間、叔父さんからその封筒を手渡された。開封されていたのは、警察が中身を確認したからだそうだ。

待合室の親戚に詮索されるのが嫌で——ちなみに父は仕事で、継母《けいぼ》は三人目の子供がまだ乳児だからという理由で欠席していた——ロビーの片隅、何台かの自販機が並んだ奥に隠れて、そっと便箋を取り出してみる。

薄い、一枚だけの便箋には、わずかな言葉しかなかった。


『紗夜ちゃんがほんとにやりたいことをやって、ほんとに幸せになるのが、お姉ちゃんの幸せ。忘れないでね。

わたしずっと、紗夜ちゃんは、長野のお婆ちゃんに似てるなって思ってたよ』

——くう、と勝手に、喉の奥から変な声が出た。

長野のお婆ちゃん、とは母方の祖母だ。母達の事故死のすぐ後に、追うようにして亡くなってしまった。

それまで祖母には年に一回会うか会わないかくらいだったので、正直祖母本人の印象は薄かった。けれど、家には昔の写真がたくさんあって、ずっと「綺麗な人だな」と思っていた。

母達二人も、わたしの目には本当にとても美しく見えた。ぱあっとまわり中を明るくする、きらきらした大きな目と笑顔と唇の横のかすかな笑《わら》い皺《じわ》が大好きだった。それに比べて、写真の祖母は美しいけれどもひっそりとした白い花のように映った。絵里ちゃんは母達にそっくりで、それがとても、羨ましかった。自分だけが全然似ていないことが仲間はずれのようで、ずっと嫌で、時々絵里ちゃんに愚痴《ぐち》ったものだ。「わたしだけが美人じゃない」と。

──紗夜ちゃんは、長野のお婆ちゃんに似てるなって思ってたよ。

「絵里ちゃ……」

唇から勝手に、紙やすりで削ったようなざらりとした声がもれた。ぎゅうっと逆流するように、目の奥に熱い渦がまく。

明るくて、きらきらしていて、太陽の日差しのようで、それを浴びることが嬉しかった。いつしか自分だけが何の光も発さない、みそっかすであることが当たり前になってしまって、けれど光のすぐ傍にいてそれを享受できるだけで充分に幸せだ、そんな風に思っていた。

──お婆ちゃんに、似てるなって。

ぼろぼろっ、と立て続けに、自分でも驚く程に大粒の涙が頬を転がり落ちた。

そんなことは、聞きたくなかった。

いや、違う、そうじゃない。

そんなことは、直接言葉で、聞きたかった、絵里ちゃん。

面と向かって、いつものあの笑顔で、人を勇気づける歌うような声音《こわね》で教えてほしかった。

「えり……」

名前を呼ぼうとすると、ひゅうひゅうと喉が細く鳴った。

気づくと便箋をくしゃくしゃに握り込んでしまっていて、慌てて指を開こうとしたけれど、手全体が固くこわばってしまってどうにも動かし方が判らない。その手と便箋の上にも、止めようもなくぼたぼたと涙が落ちる。

「……あっ、えっと……あの……さや、ちゃん？」

顔を上げられないままただ泣いていると、聞き覚えのある、遠慮がちな女性の声が飛び込んできた。何とか目をあげると、絵里ちゃんの高校時代からの親友、浦川陽菜《うらかわひな》ちゃんが立っている。

自販機の前に置かれたロビーチェアに並んで座って、彼女が口にしたのが、早見貴志人——絵里ちゃんの、恋人の名だった。

その名を聞いた瞬間、恋人の存在を完全に忘れていた自分に驚いた。そういえば、お葬式にも来ていなかった。

誰も連絡しなかったんだろうか、と呟くと、陽菜ちゃんの顔が歪んだ。

「絵里とその男はもう別れてる」と言われ、また驚いた。そんな話は聞いていない。

彼女の話では、別れ話は二ヵ月前、去年の十二月だったそうだ。相手に職場のかなり上の上司の娘との縁談が入った為に、すげなく絵里ちゃんをふったのだという。絵里ちゃん自身は真剣に結婚を考えていたそうで、青天《せいてん》の霹靂《へきれき》だったと電話で涙ながらに打ち明けてきたのだそうだ。

自分の知らないところでそんなことが、という驚きと、絵里ちゃんが何にも話してくれなかったショックの両方に打ちのめされる。

だからその時に彼女が尋ねてきた問いに、咄嗟《とっさ》に答えられなかった。

「ねえ紗夜ちゃん、そいつの連絡先、知らない？」

「……え？」

「何か一言、言ってやらないと気が済まないの。だって今回のことって、絶対そいつのせいでしょう？　だから、連絡先とか……顔とか、知らないかな」

紅潮した陽菜ちゃんの頬を、しばらく呆然と見つめた。先刻の衝撃とはまた別の困惑が、こころを占めている。

絵里ちゃんの恋人、早見については、殆ど知らないに等しいと言って良かった。連絡先は勿論、顔すら知らないのだ。

京都にやって来て、どうやら絵里ちゃんには恋人がいるらしい、と判って、当然わたしは絵里ちゃんにねだった。顔が見たい、写真を見せて。

けれど絵里ちゃんは困った顔で、写真はない、と言った。写真嫌いで、一緒に映るのは勿論、自撮りさえもしないのだという。ＳＮＳすらやっていないと聞いた。

全然判らない、顔も連絡先も、そう答えると陽菜ちゃんは口惜しそうな顔で首を振った。

きっと絵里のことが遊びだったからだ。絵里はあんなに写真が好きだったのに、外に情報が広がらないよう撮らせなかったんだ、ＳＮＳもきっとアカウントは持っていて、絵里には教えなかっただけなんじゃないか、彼女はそう早口に話した。

口惜しい、口惜しい、と、拳を何度も逆の手に打ちつけながら呟く彼女に、また困惑の思いがわいた。

絵里ちゃんが真剣に相手とつきあっていた、それは確かだと思う。けれど、たかが失恋だ。

そう思うのは、自分がまだ恋などしたことがないからかもしれない。とは言え、絵里ちゃんは今までの彼氏と別れた後には、確かに大泣きはしていたけれど、割とすぐに「こんなんじゃ駄目だよね」としっかり立ち直っていた。その時と今回の別れと、深刻さがそんなにも違うものだろうか。

——これしか選べませんでした。弱いわたしをお許しください。

便箋に一言、記された言葉を思い出す。やはり、単純な失恋だけで「これしか選べない」とまで追い詰められてしまうとは考えにくいように思えた。

だがそうすると、「何故」という巨大な疑問は残る。

その大きくて単純な疑問は、起きたことが衝撃的過ぎて、実のところしばらくは頭に浮かばなかった。

状況的に、絵里ちゃんが自殺であることにほぼ間違いはない。それでも自宅で誰にも看取られず亡くなった場合は、万が一にも他人の手が加わっていないか、警察がひと通りのことは調べるらしい。

そこで叔父さんが尋ねられたのが、絵里ちゃんの携帯やパソコンについてだった。

家のどこにも、見当たらなかったのだという。

警察が調べて、行方はすぐに判った。亡くなる四日前に、絵里ちゃん自身が携帯もネットも契約を解約して、中古店に売ってしまったのだそうだ。比較的新しい機種だったこともあって、どちらもすぐに売れてしまったらしい。けれどその時点で絵里ちゃんの自殺は確実だと判断されて、買い取り先までは追跡されず、つまりその中にあったかもしれない自殺原因の手がかりも消えてしまった。

「仕事やプライベートの人間関係で、いろいろ悩んではいたみたいだ、て職場の人が話してくれた。思いつめやすい子だったから……何か、思いもよらないようなところで、ずっと悩んでいたのかもしれないね」

警察からの報告を聞かされた時、叔父さんはそうぽつりと言った。そんなあやふやな言葉で到底納得はできなかったけれど、辛そうな横顔にそれ以上は聞けなかった。

お葬式が終わって京都の絵里ちゃんの部屋に戻ると、叔父さんはぐるりと部屋を見回して、はっきりと大きなため息をついた。

「ここも、片づけないと……でもまずは、紗夜ちゃんに見てもらわなくちゃな」

絵里ちゃんの部屋に着いたら一番に話をしよう、と思っていた出鼻をくじかれ、きょとんとすると、叔父さんはうっすらと苦く笑った。

「絵里がねえ……書いててね。持ち物はまず紗夜ちゃんに見てもらって、服でも本でも何でも、欲しいものは全部あげてほしい、って。残りの処分はその後で、そう書いてたんだよ」

絵里ちゃんが叔父さんに遺した「遺書」、その中身は読ませてもらっていなかった。読みたい、という気持ちは勿論あったが、叔父さんが自分から見せてくれないものを要求するのは違う気がしたのだ。

叔父さんのその話はちょうど自分が言いたかったことを切り出すのに最適で、ごくり、と息を呑んでまっすぐに向き合った。

「叔父さん、あのね……ここに住んだら、駄目かな」

今度は叔父さんが「えっ？」と目を丸くする。

「もし叔父さんさえ良ければ……ここに引っ越してきて、このままここに住みたい」

そう言うと、叔父さんの眉がぐっと下がった。

それを見て、昔絵里ちゃんに「京都の大学に進学したい」と言った時のことを思い出した。あの時の絵里ちゃんの表情と今の叔父さんのそれは、とてもよく似ている。

「紗夜ちゃん、それは……うん、手間としては助かるけど、でも……やっぱり、良くないよ。それは……やっぱり、不健康だ。紗夜ちゃんが疲れ果ててしまう。紗夜ちゃんは、自分の人生を、生きなきゃ。自分のやりたいことをやって、幸せにならなくちゃ」

そして言うことも、おんなじだ。

「判ってる」

だから唇の端をぐっと内側に巻き込むように引き締めて、しっかりした表情をつくってみせる。何としてでも、うんと言わせたい。

それは明確な目的があったからでもあったが、それより以前に、嫌だったのだ。

だって何ひとつ、「処分」なんてしたくない。すべてを残していたい。

そうすればここに、ある日ひょこっと、「ただいまぁ」と絵里ちゃんが帰ってくるかもしれないから。

「でも、今すぐに物を整理するなんて、無理だから。後になって『あれ置いとけば良かった』なんて後悔したくないの。だから時間が欲しい」

「うーん……」

喉の奥でうなって、叔父さんは大きく腕を組んだ。「確かに」という雰囲気が顔つきに表れているのが判る。

「卒業したらどうするか、今はまだ、全然決めてないけど……それまでの三年間だけでいいから、絵里ちゃんのこの部屋ですごしたい」

叔父さんは無言のままわずかに眉間の皺を深くしたけれど、きつく結ばれていた唇が少しだけやわらかく動いたのが判った。もうひと押しだ、とそれを見て思う。

「京都の大学に受かって、大学生活を絵里ちゃんの近くですごせるのがすごく楽しみだった。合格した時、嬉しくて嬉しくて……なのに……だから、卒業するまでは、ここでまだ絵里ちゃんの存在を感じていたい」

叔父さんは一瞬、泣きそうに顔をしかめて組んでいた腕をほどいた。

「うん、判った……でも、もしやっぱり引っ越したい、て気持ちになったら、すぐに叔父さんに言うんだよ」

そう言ってうなずいてくれた叔父さんに、緊張できりきりとしていたこころが急にほどけて、どっと背中と脇に汗が吹き出すのが自分で判った。

それまで住んでいたのは大学の寮の小さい家具付きのワンルームで、大して荷物もなかった。だから引っ越しも、叔父さんが借りた普通の車であっという間に済んだ。

寮費や学費は父が支払っていて、少ないながら仕送りもあった。だが今回、家賃が上がるのに加え、更に光熱費や食費もかかってしまうことに父からかなり渋面を示された。すると叔父さんが、差額は自分が出す、と言ってくれたのだ。

それはさすがに申し訳ない、バイトを増やしてまかなう、と最初は断ったけれど、

「もう娘は紗夜ちゃんひとりきりだから」と寂しげに薄く笑う叔父さんに、断る方が悪い気がして有り難く受け取ることにした。

引っ越しが済み、叔父さんが帰っていって、部屋にひとりきりになる。

部屋の壁に並んだ背の高い本棚にびっしりと詰まった本の背を、爪の先でなぞりながらゆっくりと見ていくと、下の段に薄い紙製のアルバムがたくさん入っていた。中には母達や叔父さんや父、子供の頃の自分達の写真が入っている。

懐かしさに目がくらみそうになりながら、次々取り出してめくった。絵里ちゃんは昔からカメラ好きで、携帯だけでなく叔父さんの古いカメラを使って撮りまくり、気に入ったものをプリントしてアルバムにとじていたのだ。

ここ最近のアルバムには、仕事関係の人との写真や取材に使ったものらしい美術品や建物、綺麗な風景写真が多く、女友達との写真はあっても男性とツーショットのものはない。

大きくため息をついて、ぱたりとアルバムを膝に落とす。

この部屋を触らずにそのまま残したかった理由、それは早見の手がかりを得たかったからだ。早見について知っているのは、実家が東京であること、大阪でひとり暮らしをしていること、日用品や雑貨を扱う会社で営業として働いていること、絵里ちゃんよりひとつ年上なこと、たったそれだけしかない。とにかく何でもいいから、情報が欲しかった。

次の日から、毎日毎日、こんなことは絵里ちゃんに申し訳ない、と思いながらも部屋のあちこちをあさってまわった。けれど驚く程に、部屋には何にも残されていなかった。

寝室の隅に置かれた机の、一番下の大きな引き出しを覗きながら、思わず深いため息が口をつく。ずっとあちこちを探してきて、ここが最後だ。

だが、中には仕事用の切り抜きを閉じたファイルが何冊かあるだけだった。

もう一度ため息をついて引き出しを閉めようとした時、チャイムが鳴った。

「はい……いっ、た」

返事をしつつ座り込んでいた床から立ち上がろうとして、開いたままの引き出しの脇にしたたかにすねを打ちつけてしまう。

「いったぁい……」

あまりの痛みに涙目になりながら、ひょこひょこと歩いて玄関に出た。チャイムは宅配便で、荷物は叔父さんから、お米や乾物、好物のお菓子がたくさん詰められている。

それを台所で整理する間も、すねがじんじん痛みを訴えていた。これは間違いなく、後でアザになる。

自分のどん臭さにがっくりしながら、寝室に戻った。中途半端に開いたままの引き出しを、少しかがんで元に戻し——戻ら、ない。

「……あれ？」

小さく声に出しながら、もう一度ぐい、と押してみた。

が、やはり入っていかない。

ぶつけた時に変に歪めてしまったか、と思い、正面に座り込んで引き出しを抱えるようにして、ぐい、と前に大きく引っ張り出してみる。すると、ぱさり、と軽い音がして、引き出しの横板の奥の方から何かが床に落ちた。

目を向けると、薄い冊子のようなものがある。

「——————」

その表紙に書かれた文字が、読めはしたものの理解ができなかった。

明るいピンク色の表紙に、かわいらしい赤ちゃんの絵。
そしてその上に、カラフルな色のつけられた文字。
——母子健康手帳。

第三章　飲めないお茶

初めて『龍王』に行く前に調べてみたところ、お店のお茶は、千円程度を中心に高いものでは二千円以上した。ご飯ならまだしも、お茶と少しのお菓子だけで千円前後という金額は、それまでの自分の生活からするとかなり贅沢で、月に何度も行くとなると懐には厳しい。

だが、少しでも二人に近づく為には、できるだけまめに通わねばならない。

そうは決めたものの、気持ちがつい怖気《おじけ》づきそうになるのを、机の隅に置いた母子手帳を見て何とか鼓舞した。

表紙には、絵里ちゃんの名前が書かれている。

最初のページには、産婦人科の診察券がはさまれていた。妊娠中の経過が書き込めるようになっている表は、去年の十二月頭の日付で途切れている。

それはちょうど、絵里ちゃんが階段を踏み外して骨折した時期だった。出先で怪我をしてそのまま入院したので着替えや洗面道具を持ってきてほしい、と突然の連絡をもらったのだ。

靴をダメにしてしまったから脱ぎ履きの楽なものを持ってきて、と頼まれて下駄箱を探した時、いつも少しいい靴を入れている紙箱の中に、見覚えのない、新しいものがあるのに気がついた。横文字の、知らないブランド名の入った真っ赤な箱だ。

絵里ちゃんにしては派手だな、とつい手にとってみたところ、軽かった。開けてみると、中は空っぽだ。時期はちょうどクリスマスの直前で、もしかしたら彼氏からのプレゼントかな、それが足に合わなくて転んだのかも、と思った。

個室のベッドの上にいた絵里ちゃんは、売店で買ったのか、水色の無地の味気ない寝巻き姿にひどく青白い顔色とわずかに乱れた髪をして、それでもうっすら、微笑んでみせた。右足は布団の外に出されていて、ぐるぐると白い包帯が巻きつけられているのがひどく痛々しい。

話を聞くと、京都駅ビルにご飯を食べに行った後に、南遊歩道の一番西端にある階段で足を踏み外して転がり落ちたのだという。

夜の遅い時間にその階段を使う人はあまりいなくて、途中の踊り場で気を失っていた絵里ちゃんに通行人が気づいてくれるまで、かなりの時間がかかったらしい。けれど、足の骨に細くヒビが入ったのにあわせ多少の打ち身やすり傷はあるものの、脳の検査に問題はなかったとのことで少し安心する。

着替えの入ったバッグをベッドサイドの床頭台に置くと、その横に、壁との間にまるで押し込むようにして靴が置かれていることに気がついた。

かがんで見てみると、絵里ちゃんがめったに履かない、ハイヒールだ。紫がかった赤色で、その色味もあまり絵里ちゃんの趣味とは思えない。

やはりプレゼントなのか、それにしても彼女の好みも把握してないなんて、と思ったのと同時に、

「ちょっと冒険してみたんだけど、失敗しちゃった。慣れない靴で夜の階段なんか降りるもんじゃないね」

と、言い訳のような早口で絵里ちゃんが言った。自分で買ったんだ、と思わず靴を手に取って見てみると、片方のヒールは折れていて、もう片方は折れかかっている。

折れた方のヒールは見当たらない。

これのせいで絵里ちゃんがこんな目に、と思うとちょっと腹立たしくなって、よくよく折れた踵《かかと》の辺りを見てしまった。靴の方に問題があったんじゃないか、と責任を

押しつけたくなったのだ。

「……あれ？」

半ば八つ当たりだったけれど、よく見てみると本当にどこかおかしい気がして、口から小さな声がもれた。

「何？」と不思議そうに尋ねる絵里ちゃんに、両方の靴の裏を示してみせる。

ヒールが残っている方は、根本に近いところで折れかかっている。そしてその断面部分は、外の革も含めて、ちょっとぎざぎざとしていた。けれども完全に折れてしまっている方は、内側、つまり足の先側の断面が途中までやけにつるりと綺麗に切れていて、踵側の三分の一くらいだけが裂かれたような感じに見える。そしてそのつるりとしたところには、透明な薄い膜が張っていた。

「絵里ちゃん、これ、不良品だったりしない？　ほんとは折れかかってたのを接着剤で適当にくっつけて売りに出してたとか」

疑問を口にすると、絵里ちゃんの唇がきゅっと引き締められて薄くなった。

「クレーム入れようよ。この靴のせいで怪我したんだよ、きっと」

いよいよ本格的に腹が立ってきて強く言うと、絵里ちゃんは唇を閉じたままわずかにうつむいて首を横に振った。

「でも、絵里ちゃん」

「……いいの」

その顔色が青白さを通り越し、殆ど土気色になっていたのを見て、わたしは思わず靴を放り出して枕元に駆け寄った。

「絵里ちゃん？　大丈夫？」

絵里ちゃんの茶色がかった瞳が一瞬、細かく揺れて、それからゆっくりと動いてわたしを見た。そのゆらりとした動きが何故だか妙に怖くて、肩にかけた手が勝手に震える。

「……ん。大丈夫だよ、紗夜ちゃん」

不自然に三日月型につり上がった唇の端の辺りが、ぴくぴくとひきつって見える。

「でも」

「大丈夫」

右肩に置いたわたしの手の上に、絵里ちゃんの左手がそっと重ねられた。

その冷たさに、どきりとする。

「もういいの、紗夜ちゃん」

続けて呟かれたその声も、ひどく乾いてひんやりと聞こえた。

あの声が、今も忘れられない。

何かを捨ててしまったような、何かを諦めてしまったような声。

何が「もういい」なのか、その時には聞くことができなかった。まるで喉がつぶれてしまったみたいに、声が何にも出てこなくなって。

もう、いい。

もう……生きていなくったって、いい。

多分あれは、そういうことだったのだ。

母子手帳を見つけた後に、思い切ってその産婦人科を訪ねてみた。けれど「患者さんの個人的なことは教えられません」と門前払いをされてしまった。絵里ちゃんは亡くなったんだ、と話したけれど、もしそれが本当なら彼女の父親と一緒に来てください、と言われて引き下がるしかなかった。

病院を出て少し歩くと、後ろから女性の声で呼びかけられて振り返った。するとそこにはナース服の看護師さんが立っていて、深々と頭を下げてきたのに面食らう。

彼女は病院の脇の駐車場の奥に自分を引き込み、立ち話でこんなこと、何ですけども、と言い訳しながら話し出した。

絵里ちゃんとちょうど同い歳でやはり関東から出てきた彼女は、絵里ちゃんとずいぶん仲良くなって、患者と看護師、という域を超えて友人となり、プライベートな話もよくしていたのだそうだ。そこで家族の話も聞いたし写真も見せてもらったので、あなたのこともよく知っている、絵里ちゃんが亡くなったというのは本当だろうか、と。

そこで絵里ちゃんの死を、その原因を話すと彼女はしばらく絶句し、はらはらと涙を流した。

彼女の話では、やはりあの時の事故で、絵里ちゃんは流産してしまったのだそうだ。階段から落ちた衝撃もともかく、その後、十二月の冷え切った踊り場に長時間横たわったままだったのが良くなかったらしい。

階段から落ちた際、絵里ちゃんは救急車で総合病院に運ばれたが、荷物の中から産婦人科の診察券が見つかってこちらにも連絡がきたのだそうだ。たまたま夜勤で病院にいた彼女は、絵里ちゃんが心配でお医者さんと一緒に駆けつけてくれたのだ。

とりあえずの処置や検査が終わって産婦人科の先生が病院に戻った後も、彼女は絵里ちゃんが気がかりで、病室にしばらく残ってくれたのだという。

ベッドの横でついうとうとしてしまった彼女は、絵里ちゃんの叫び声ではっと目を覚ました。

うなされて激しく頭を振りながら何かを叫ぶ絵里ちゃんの肩を強く揺すると、ぱちっと目を開いた絵里ちゃんはぐっと彼女の腕を摑んで、「お母さん、良かった、逢いたかった」と激しく泣いたのだそうだ。

違う、とは言えずに背中をなでていると、絵里ちゃんは泣きながら様々なことを口走った。それをすべて総合すると、恋人からしばらく前に別れ話が出ていたこと、子供は堕《お》ろしてほしいと言われていたこと、「お詫《わ》びに」と靴をプレゼントされたこと、最後にそれを履いてデートしよう、と言われて、今夜出かけたことが判った。

そして、階段から落ちた時に相手がその場にいて、落ちていく絵里ちゃんをただ黙って見つめていたことも。

絵里ちゃんはあっちこっち内容の飛ぶ話をたくさんした後、泣き疲れてそのまま眠ってしまった。けれどほんの数時間でまた目を覚まし——その時には打って変わって落ち着いていたらしい。

彼女は「話は聞いた、それが本当ならその男は何らかの罪に問える可能性がある、先生に相談しよう」と話したのだが、絵里ちゃんは首を振った。自分が何を言ったのかはよく覚えていない、ゆうべは確かに彼氏とは会ったが、階段を落ちた時にはもう別れた後で自分ひとりだった、と。

嘘をついている、彼女はそれが判ったけれど、絵里ちゃんがそう言い張るからにはそれ以上強要もできずに「何か力になれることがあったら必ず言って」と何度も言い聞かせて病室を出たのだという。それからは産婦人科に来る理由がなくなって、連絡もしづらく、疎遠になっていたのだそうだ。

「本当にごめんなさい、もっとちゃんと連絡をとってれば」と泣きながら何度も頭を下げられて、何も言えずにただ首を横に振った。

だってそれは、彼女のせいではない。

あの男のせいだ。

その時自分は、そう確信した。

彼女と別れて家に帰ると、まず下駄箱の中を探した。けれどそこには、あの真っ赤な靴箱も、赤紫色のハイヒールも見当たらなかった。

きっと、あの不自然なヒールの折れ方を指摘した時、絵里ちゃんは気づいてしまったのだ。靴が折れて階段を落ちたのは、偶然ではなく、男が仕組んだものだったのだと。そして男は、倒れて気を失った自分を放置して、その場を去ったのだと。

——もういいの、紗夜ちゃん。

あの時既に、絵里ちゃんはこの世を捨ててしまっていたのだ。

冷え切った声を思い出すと、心臓が燃え上がるように熱く痛んだ。

許せない。絶対に、許さない。

それからもう一度、徹底的に部屋の中をあさった。初回は申し訳なさが先に立ってためらいがちになっていたのに、今度はどんどん勝手に手が動いた。

あそこまでいろんなものを徹底的に処分していた絵里ちゃんなのに、母子手帳、あれだけはきっと捨てられず、あんな風に隠したのだろう。なら、他にもまだ隠されたものがあるかもしれない。そう思い、机やタンスの引き出しも全部引き出してひっくり返したり、冷蔵庫や洗濯機の下や裏まで、ひとつのチリさえ逃さずに目を皿のようにして部屋中を見た。

けれども、今度こそ何ひとつ見つけることはできなかった。

しばらく悩んでから、思い切って絵里ちゃんが職場で親しくしていた同期の女性に連絡をとってみた。部屋から彼氏に返す必要があるものが出てきたが、連絡先が判らなくて困っている、何か知らないだろうか、と。

聞く前から予想はついていたけれど、相手は連絡先どころか絵里ちゃんが男と別れたことすら知らず——けれど、全く予想外の情報をくれた。

「ああ……確かねえ、彼氏の伯父さんが、京都に住んではる筈やねんけど」

「……えっ？」

あまりに思いもよらない言葉に、どっ、と心臓が波打った。

以前、京都の情報が中心のフリーペーパーを発行している友人から、急に先方の都合で紹介できなくなったお店が出た、いい代わりを知らないか、と聞かれたのだそうだ。彼女が職場で相談すると、絵里ちゃんが「彼氏の伯父さんのお店がある」と教えてくれたのだという。

彼氏の親とその伯父とがあまり仲が良くないから、友人には「同僚の彼氏の伯父の店」だとは言わないで、お店の人にも自分のことは黙っていて、と絵里ちゃんに頼まれたのだそうだ。

もう一年半くらい前の話だけど確か中国茶の店だったと思う、と言われ、丁重にお礼を言って電話を切った。そのペーパーが本棚の一角にずらりと並んでいたのを覚えていたのだ。

該当しそうな時期に掲載されていた中国茶の店は一軒しかなかった。

それが、『龍王』だった。

最初に店に行き、あの男性が早見貴志人だと判った直後の記憶は、実は曖昧《あいまい》だ。

ずいぶん長いこと、棒のように突っ立っていた気がする。まばたきもできず、ただじっと男の、早見の顔を見つめていて——するとその頬がすうっと白くなったと思うと、相手はぱっと目をそらし、顔を隠すようにそむけた。

どきり、と心臓が動いて頭がはっきりとした。同時に、心拍数が急激に上がって不安と焦りが一度に噴き出す。バレたかも、しれない。

そうだ、だって写真好きの絵里ちゃんのことだ、早見にツーショット写真を見せた可能性は高い。気づかれたかも、どうしよう、と立ち尽くしていると、早見は顔をそむけたまま、さっと店の奥に姿を消してしまった。

「あれ？　キシくん？」

龍王さんが慌てた声をあげ、その後を追っていく。

心臓が早鐘を打ち軽いめまいがして、すとん、とカウンターの前の椅子に腰をおろした。じっと膝の上の自分の手を見つめていると、奥からピー、と電子音がして我に返る。あれは……乾燥機の。

何も考えられないまま音につられて椅子を降りたが、奥の方から階段を降りてくる足音がして体が止まった。足音は近づいてきて、ぱっとのれんの中から龍王さんが顔を出す。

「ああ……あっ、今、乾燥機鳴ったかな？」

その顔色が先刻の早見に似て少し青白く、口ぶりも急にぎこちない様子になったように思えてまた不安で気分が悪くなった。この人にも、素性が知られてしまったのだろうか。

「吉川さん？」

「あ……はい、ええ、鳴ったと思います。見てきます」

緊張しながら急いで答えて、さっと相手の横をすり抜けて洗面所に入った。乾燥機を開くと、少しシワになってはいたが、ワンピースはほぼ乾いていてほっとする。

とりあえず急いで着替えて店に戻り、借りた服は洗って返します、と言うと、どこか慌てた様子で「こっちでするから大丈夫、置いていって」と断られた。それが何だか「もう来ないでほしい」と言われているように思えて、「いえ、申し訳ないので」とスウェットを抱え込み無理やり持ち帰った。

それから四日後、覚悟を決めて再訪した店には、早見の姿はなかった。

前日の夜からろくに眠れず、朝から何も喉を通らない状態で決死の覚悟を決めて行ったのに、すっかり拍子抜けする。落胆と奇妙な安堵感としこりのような不安感とが同時にやってきて、「本当に洗濯なんて良かったのに」と申《もう》し訳なさそうに声をかけてくれた龍王さんに、どんな顔を向けていいのか判らなかった。

店には他の客も見当たらず、カウンターに座ってお茶を注文する。

お茶を淹れてくれながら、龍王さんはこちらを見ずに口を開いた。

「そういえば吉川さん、R大の学生さん、て言われてましたよね。ご出身、どちらですか。前も言いましたが、僕は愛知なんですけども」

尋ねる口調は今日もぎこちなくて、心臓が跳ねた。やはり疑われている。

「ええ、あの……東京で……あの、そうは言っても二十三区じゃなくって、殆ど神奈川みたいな、辺りなんですが」

どう言おうか、めまぐるしく考えながら言葉を繋《つな》いだ。本当は実家は神奈川で、しかも静岡の方がずっと近い土地なのだけれど、東京には遊びに行くことも多かったので突っ込まれてもどうにかなる、とやぶれかぶれで言ってみる。

「ああ、そうなんですか」

するとあっさりとうなずかれただけで済んで、ちょっとほっとした。

「学生さんじゃあ、サークルなんかもされてるんでしょう？　若い子はほら、テニスとかバスケとか」

と思ったらよく判らない方向に話が飛んで面食らった。もしかして自分の勘繰り過ぎで、この人は何も気づいてないのだろうか。

「いえ、スポーツは全然……見るのもやるのも、あんまり興味がなくて」

面食らった勢いでつい素直に答えてしまうと、「へえ」と何故か嬉しそうに龍王さんは目を上げて笑った。

「いやあ、僕も全然。運動神経なくって。あ、でも僕は、見る方は好きなんですよ。だからオリンピックとか、すごく楽しいです」

「ああ……ごめんなさい、そっちも殆ど判らなくって。ほんとに見ないんです」

何故だかえらく機嫌の良さそうな口ぶりに、申し訳ない思いで首を振った。体育系の方面には本当に全く興味がなく、せっかく京都にいるのだから、と入った史跡めぐりのサークルも、絵里ちゃんのことがあって以来、一度も顔を出していない。

「ああ、いやいや、こちらこそごめんなさい。興味のない話しちゃって。ほら、ウチ、お若い方、特に女性なんてほぼ来ないんで、どういうお話したら楽しんでいただけるか、どうも見当がつかなくって」

すっかり初回のようにほぐれた口調で言うと、龍王さんは茶杯にとぷん、とお茶を空けて空になった聞香杯を差し出してきた。今日頼んだのは黄金桂《おうごんけい》という烏龍茶で、普段飲んでいる烏龍茶に近い、けれどもう少し軽くてさわやかな感じの香りだ。

「いい匂い……」

思わず呟くと、龍王さんは相好《そうごう》を崩した。

「お味もいいですよ。ペットボトルの烏龍茶でも、ちょっと良いヤツだとこれが入ってることが多いんです。だから飲み慣れた感じがすると思います」

茶杯のお茶を、温度を見ながら少し口に含むと、確かによく知っている、けれど遥かに美味しい烏龍茶の味がした。香り同様、味も軽やかだ。

美味しいです、自然に呟くと龍王さんは目を細めゆっくりとうなずく。すると突然、がらりと店の扉が開いた。

思わず龍王さんと同時にそちらを向くと、大きな体が頭を少しかがめて入ってきて、ぐっと息が詰まった。――早見だ。

早見はこちらに目をとめた瞬間、眉を跳ね上げ顔を歪めて、さっと横を向いて目をそらした。そのごつごつとした頬に一瞬にひらめいた表情に、ぐい、と胸を押されたような気持ちになる。あれは、何だ？

それは例えて言うなら生理的な嫌悪、虫や両生類が本能的に苦手な人がいきなりそれを見てしまった時の表情に似ていた。何故あんな顔をされなければいけないのか、一瞬の憤怒と同時に、やはり素性を知られているのかも、という焦りが走る。

あからさまな嫌悪の表情を浮かべたまま、早見はそむけた顔の目だけをぎろりと動かしこちらを睨むように盗み見たと思うと、中には入らずにさっと外へと出ていく。

「あっ、キシくん！」

龍王さんがひどく慌てた声で呼んだが、早見は振り返りもせずに扉を閉めた。

「ちょっと待って……」

あたふたとカウンターを飛び出し、龍王さんは早見を追って店を出ていってしまった。店内に一人になると、いつの間にか止めていた息が一気に吐き出されて、ふうっ、と肩が落ちる。それと同時に、胸の中いっぱいに不審感と不安感とが広がった。

後をつけよう、瞬間的にそう思って椅子から降りたが、扉に向かいかけてためらう。木の引き戸は開閉にそれなりに音がして、自分が外に出たことを気づかれてしまう可能性が高かった。できればこっそりと、二人の様子をうかがいたい。

くるっと辺りを見渡して、はっと思い至った。ちらっと扉を見て戻ってくる様子がないのを確かめ、住居部分に繋がるのれんをくぐって洗濯機を借りた洗面所に入る。

開いたままの浴室の扉からそうっと中に入ると、数センチ程開いた小さな窓の下に身を寄せた。

「――出ていきます。今夜にも」

同時にすぐ外から低い声が聞こえて、心臓が飛び出しそうになる。思わず首をすくめると、「キシくん、落ち着いて」と龍王さんがなだめる声がした。

「大丈夫。考え過ぎだって。そもそも東京の子なんだから、地元が違うじゃない」

そう続けられた言葉に、ぎくりと体が固くなった。やはり正体がバレている――いや、でも。

緊張の中で、頭がぐるぐると回転した。もし早見が本当に自分の顔を識別できたのなら、それはもう完全確定なのだから、龍王さんがこんな言い方をする訳がない。ということは、早見にとってもまだそれは「疑い」なのだろう。

どうせ絵里ちゃんのことも遊びだったのだから、その従妹《いとこ》なんて、写真を見ていたとしても顔なんかろくに記憶に残らなかったに違いない。自分のやったことがろくでもないと判っているから、似てる気がする、程度の人間を見ただけであんなにもびくびくと怯えているのだろう。体は大きい癖に、小さい男だ、と胸の内で毒づいた。

「ウチに来てからは、もうずっと大丈夫だったでしょ。大体、もし見つかってたんなら、他のところみたいに苦情とかが来るのが先なんじゃないのかな」

続いた龍王さんの声に、内心で首をひねった。何の話だろう。

「前にもあったんです。様子を探るのに、人を雇って近づけたり……判ってます、悪いのは俺の方だって」

細かい意味は判らないまま息を殺して聞いていると、早見が吐き出すように言った言葉に背骨が硬くなった。

「こうなったのは全部、俺が原因です。それは判ってます。でもそんなつもりじゃなかったのに、なんでここまで……！」

「キシくん、声」

早見の声が徐々にうわずって高くなるのに、龍王さんはたしなめるように、しいっ、と息の音をさせた。

「……すみません」

小さく謝る声がして、それから何かを言い──けれどもう、何を言っているのか聞き取ることができない。

呼吸の音が荒くなるのをこらえてしばらく耳をすましたけれど、どちらの声もぼそぼそと低く小さくなってしまって、全く内容が判らなくなってしまった。

それでもせめてもう少し何か聞き取れないか、とねばってみたが、話がついたのかふっと声が止まった。そしてじゃりっ、と足音が聞こえて、慌てて身を翻《ひるがえ》して急いで店へと戻る。

カウンターの前の椅子にさっと座り直したのと、店の扉ががらりと開いたのはほぼ同時だった。

何でもないような顔をして茶杯を口に運びながら見ると、龍王さんだけが店内に戻ってくる。目が合うと、ひどく決まり悪そうな顔をして苦笑いを浮かべた。

「いや、ごめんねえ……驚いたでしょう」

はい、ともいいえ、とも言えずに曖昧に首を傾けると、龍王さんはふう、と大きく肩で息をついてカウンターの中に戻ってきた。

「あの子、ちょっとね……うん、あの、若い女の子がね、どうも苦手って言うか、トラウマでもあるのかな、近づきたくないみたいで。ウチ、ほら、あんまりそういう子が来ないから。だから、居心地良かったみたいなんだけど」

龍王さんは目を伏せたまま、もちゃもちゃとした口調でそこまで言ってから、はっと目を上げ、急いで大きく両手を振った。

「……あっ、いや、あの、吉川さんがどう、って言うんじゃないからね。吉川さんはぜひこれからも、機会があったらお茶、飲みに来てくださいね」

「……はい」

小さくうなずきながら、その表情を盗み見る。今の説明は明らかに嘘だろう。

つい今しがた聞いた、早見の言葉を思い出す。様子を探る為に人を雇った、と。

よく考えてみたら、そもそも早見は、上司の娘と結婚する為に絵里ちゃんと別れたのだ。それなのに何故、いまだにひとりで龍王さんのところにいるのか。

——両親とちょっと、折り合い悪くてね。いろいろあって、ウチで預かってるんです。

最初の日の龍王さんの言葉と、先刻の「他のところには苦情があった」という話をあわせて思い出す。

おそらく早見の結婚話は駄目になり、会社も辞めて家も引き払い、とは言え実家にも帰れず龍王さんのところにいる、という状況なのだろう。ということは、絵里ちゃんが興信所か何かを雇って婚約相手や実家の連絡先をつきとめ、早見の裏切りについて告発したのではないだろうか。それで破談になって、実家にも顔向けできずに『龍王』に隠れているのでは。

——そんなつもりじゃなかったのに。

いい気味だ、と思うと同時にふつふつと腹立ちを覚えた。つきあったのも妊娠も、そして流産も絵里ちゃんの死も、そんな一言で済ませる気か。

そんなつもりじゃなかった、と。

……多分本当に、早見は絵里ちゃんがそこまでするだなんて、全く思いもしなかったのだろう。優しくていつもやわらかく微笑む、一見大人しそうに見える絵里ちゃんの中に強烈な一途さと強い意思が存在していることを、実利のある結婚までのただの場つなぎとしてしか見ていなかったような男には見抜けもしなかったのだろう。

苦い思いを嚙みしめていると目の縁に涙がにじみかけて、慌ててまばたきで隠した。大丈夫、絵里ちゃん、仇《かたき》は必ず取るから、と内心で呟いたところでふっと、つい今しがたの早見の言葉を思い出す――今夜にも、出ていく、と。

焦りでカウンターに置いた指先にじわりと力が入った。せっかく見つけたのに、こんなところで逃げられたら困る。

後半の話の内容は全く聞き取れなかったけれど、おそらく声の大半は龍王さんのものだった。盗み聞いた話の前半では、龍王さんは早見のことをなだめていて――今の雰囲気では、それに成功した、のだと思いたい。

茶杯にお茶をつぎたして、ごくり、と喉を大きく動かして飲んだ。

「吉川さんには、ほんとにね……感謝、してるんですよ」

すっかり自分の思考に入り込んでいると、急にそんなことを言われて、ぽかん、と無防備な顔を向けてしまった。

「ほら、子猫、連れてきてくださったでしょう」

すると微笑みながらそう続けられ、あっ、と思った。そういえばどうしたろう、この間の猫。

龍王さんは笑顔のまま、猫の話を始めた。性別は雌で、名前は「すいおん」。「水の音のする場所で見つけた子だから」と、早見が付けたのだという。

まだ小さすぎて危なっかしいから店内には出してないんだけど、どうせお客さんもいないし、と龍王さんは奥の部屋に通してくれた。廊下をはさんで洗面所の向かいの居間の端に大きなケージが置かれていて、ふかふかした小さなクッションに包まれてくうくう眠っている。ふわふわのお腹が寝息と同時にふくらんではしぼんだ。

かわいい、と見たままの気持ちを呟くと、龍王さんはふふふ、と笑みをもらした。

「ですよねえ。ほんとにかわいい。もう、キシくんがほんとにかわいがっててね」

ふんわりとした幸福感に包まれていた胸の辺りが、一瞬でぎしり、と締まった。

「あの子がね、何と言うか……あんな風に、小さなものをいとおしむ姿を、初めて見てね。伯父としては、ああ、良かったなあ、て思ってるんですよ。本当に、この子を連れてきてくれてありがとうございます」

眼鏡の奥の、もともと細い目を更に細めて優しい笑顔を向けてくる龍王さんに、どうにか胸の奥の硬いものを飲み下した。子供を殺しておいて子猫をかわいがるなんて、と思うと怒りで目の奥に火花がちかちかと散る。

それと同時に、奇妙な感覚がした。龍王さんはもしかして、絵里ちゃんが妊娠していたことや、別れた後に自殺したことを知らないんじゃないのか？

もし知っていたら、この優しいひとがそんなことをしでかした男を家に置いたり、こんな風に愛情をもって語るとは思えない。きっと、ただ単に別れ方がこじれた、くらいにしか話を聞かされていないんだろう。だから早見があそこまで疑っているのに、「そんな訳がない」とあっさり片づけてしまえるのでは。

だとしたら……自分が復讐を遂げたとしたら、このひとはきっと、苦しい思いを、することになるのだろう。甥を失うことと、甥の所業を知ることとで。

「……いえ、こちらこそ、飼っていただけて嬉しいです。ありがとうございます」

ぎこちない響きになっていないかと懸念しながら、深く頭を下げた。目や表情を見られないで済むように。

店に戻りながら、前を行く龍王さんの背中にこころが折れそうになるのをどうにか引き締める。

ここでくじける訳にはいかない。

たとえ、あの優しい龍王さんの笑顔が崩れさろうとも。

絵里ちゃんをあんな目にあわせた男を、許すことはできない。

早見貴志人を、必ずこの手で殺してみせる。


龍王さんの説得が効いたのか、早見は同居を継続することにしたらしい。それから何回かお店に通う内に、少しずつ二人の状況が判ってきた。

早見は今は、いわばフリーター暮らしをしているそうだ。『龍王』の客入りでは仕事量も儲《もう》けもバイトを雇う程ではなく、近所の居酒屋や常連のお客さんからの雑用依頼、荷物運びなどをして、便利屋に近い感じで日銭を稼いでいるのだとか。

不定期に入る雑用的バイトの多い早見は店にいないことが多く、時間や曜日を変えて数回通ったけれど出会うことはなく、すっかり途方に暮れた。一体どうやって、相手に近づけばいいのか。

どうやって相手を手にかけるのか。

その方法については、さんざん悩んだ。

どう考えたって、体格的に自分の腕力で勝てる相手ではない。首を絞めたり、なんて論外だ。

だからと言って、毒殺なんていうのも無理だ。そもそも入手しようがないし、万一手に入ったとして、何かつくって差し入れたものを龍王さんが口にしてしまっては困るのだ。

非力で何の能力もない自分が、大の男を殺せる方法。

ある日、大学から帰宅して靴を下駄箱にしまおうとして、ふっと思いついた。

突き落とせばいい。

階段の上から。

できれば同じ階段がいい。

そうだ、それしかない、と一瞬取《と》り憑《つ》かれたように熱が走って、すぐに冷える。階段から落とす為には、まず一緒に階段まで行かなければならないじゃないか。

つまり、二人で外を並んで歩く程、親密にならなければいけない。

ぐうっ、と胃袋の喉に近い辺りが収縮した。考えただけで気持ちが悪い。

でも、やらなければならない。

吐いた息まで臭く匂ってくる気がして、軽く顔をしかめた。

いつの間にかきつく握りしめていた拳を、ほぐすように何度か開いては閉じる。

……叔父さんは悲しむだろうな。

手首に浮かぶ青白い血管を見ていると、血の繋がりのない、けれど自分にとっては今やたったひとりの「家族」であるその顔が浮かんだ。

自分の目標は、相手を殺すことだ。それがかなうことだけが望みで、罪を逃れようという気はさらさらない。チャンスさえ訪れれば、たとえ衆人環視の中でも、ためらいなく相手の背中を押す自信はある。

ひとり娘を失って、もうひとりの「娘」は殺人犯となる叔父さんのことを思うと、申し訳なさが胸いっぱいに広がった。けれどそれはただ「申し訳ない」というだけに過ぎなくて、逡巡《しゅんじゅん》には一切繋がらなかった。実行には何の迷いもない。

ごめんね、叔父さん。

指の先で、そっと手首の血管をなぞる。

絵里ちゃんはあの時、「もういい」と言った。あれはきっと、「生きるのはもういい」という意味で――同じように自分も「もういい」のだ。

あの男さえ殺すことができれば、その後なんて、もう、いい。

絵里ちゃんがいないこの世界で、未来なんか、もう要らないのだから。


それは、週に一回程のペースで通い始めて、一ヵ月半が過ぎた頃だった。

お店には珍しく、二十歳前後の若い男女がいた。テーブル席に向かい合って座って、お茶を飲みつつ顔を寄せ合い、仲睦《なかむつ》まじく小声で会話をしている。

他に誰も人がいなくても、自分はいつも、カウンター席に座るようにしていた。その方が龍王さんと会話の機会が増えて情報が得やすかったし、よどみなく流れるように動く龍王さんの手つきを間近で見るのも好きだった。

東方美人《とうほうびじん》、という綺麗な名前の烏龍茶を頼んでできあがるのを待っていると、龍王さんが茶壺を茶海に立てお茶を落とし始めたところで、ガチャン、と後ろで派手な音がした。驚いて振り返ると、トイレに行こうとでもしたのか、立ち上がった女性のハンドバッグの端が当たったらしく、茶壺や茶杯が床に落ちて粉々になっていた。

「あっ、すみません……！」

顔色を変えて高い声を上げしゃがみ込む女性に、龍王さんは「ああ、大丈夫ですよ、いいからいいから」と早口に言いながら急いでカウンターを出る。

「大丈夫、触らないでね、怪我するといけませんから」

拾おうとする女性を手で制しながら、龍王さんが床に膝をつく。

その時、

「――どうしましたか」

と、奥から声がした。

はっ、とこころが素早く反応したのに、何故か体はゆるやかにしか動かなかった。どうしてか理解できない程、のろのろと頭が動いてゆっくりと奥に向く。

店と家とを区切ったのれんを片手で上げ、早見が中を覗き込んでいた。

「ああ、キシくん。ごめん、ホウキ持ってきてくれるかな」

「あ、はい」

黒い目が床の上をさっと走って、事情を一瞬で見てとったのか奥に消えた。がらりと引き戸の音がしたと思うと、すぐに手にホウキとちりとりを持って戻ってくる。

目の前を通った時に、早見は初めてちらりとこっちを見た。気づいていなかったのか、一瞬目の端がぐっとひきつって大きく見開かれ、次の瞬間、ぱっと顔をそむけられる。

「……どうぞ」

「あ、ありがとう。……そうだ、キシくん、お茶とお菓子、吉川さんに出してあげてよ。もう茶海にできたの入ってるから」

床にかがんだままホウキを受け取りながら龍王さんがそう言って、ちらっと目だけでこちらを見て微笑んだ。――いや、ちょっと待って。

一気に心拍数が上がって、喉がぎゅっと詰まる。

早見が眉を跳ね上げて何か言おうと口を開きかけたのを、龍王さんはどこか有無を言わさぬ雰囲気を漂わせた威厳《いげん》のある微笑みで首を振って止めた。

早見は肩を動かして大きく二度呼吸すると、「はい」と短く答えて身を翻し、すたすたとカウンターに入ってきた。……待って、本当に嫌だ。

さっと流しで手を洗うと、大きな手のひらをした手を手ぬぐいで拭う。

その手に、その指に、軽いめまいがした。

そんな訳はないのに、あの手が絵里ちゃんの細い背中を階段の上からぐい、と強く押す景色が浮かんで、勝手に息が浅くなる。

カウンターの内側にまだ置かれたままだったお茶うけの入った真っ白い小皿を、早見が両手で両端をつまむように持って出した。

指の触れた辺りが、青緑っぽいカビが生えたように視界に映る。

すっ、とまた相手の手が動いたのに、「自分でやります」と言おうと口を開いたが、喉がかすれて声すら出なかった。早見の手は一瞬も躊躇《ちゅうちょ》することなく、素早く茶壺を茶海から抜いて脇に置き、茶海に満たされた琥珀の東方美人を聞香杯に移す。

いつもならそこで、お茶のいい香りが辺りを満たすのを感じるのに、今日は何の香りもしなかった。いや、むしろどこか生臭い匂いがうっすら鼻の奥をかすめた。

「どうぞ」

聞香杯と茶杯が並んで置かれた小さな木の盆が、ことり、と目の前に置かれる。じっとりと粘った汗が、うなじから背中に流れた。

嫌だ。

こんなもの、飲めない。

それ以前に、触りたくない。

どうしよう、吐きそうだ。

カウンターの端に両の指先を置いて、茶杯をじっと睨みながら目尻に涙がにじんでくるのを何とかこらえた。ああ、一体どうすればいいのか。

そのまま動けずにいると、頭の上から「どうか？」と、低い、殷々《いんいん》と鳴る鐘のような声がした。

吸い込もうとしても肺に入ってこない息を、何とか口の先だけで小さく吸って吐く。すっ、と少しだけ酸素を吸って、ぎしぎしと鳴る首をぎこちなく持ち上げた。

見たくもない顔が、視界に入ってくる。

わずかな光しかない、黒の深い瞳がうかがうようにこちらを見下ろしている。

「ああ……やりましょうか、それ」

その目がゆっくり動いて聞香杯の方を見ると、仕方がない、とでも言いたげな、ため息まじりの声が聞こえた。

一瞬意味が判らなかったが、ぱっとひらめいた。ああ、こいつ聞香杯をひっくり返すこともできないのか、と思われているんだ。

そう判ると同時にかちん、ときて、逆に気持ちが少し凪《な》いだ。

「いえ、大丈夫です」

すると意外な程あっさりと声が出て、我ながらほっとする。とは言え、やはり触りたくはなかったのでそこでまた途方に暮れた。

早見は黙ったまま、こちらを見下ろしている。

疑われては駄目なんだ。絵里ちゃんとは全く無関係のただの客だと、そう信じ込ませなければすべてが終わってしまう。そう自分に言い聞かせ、でも上手い言葉も思いつけないまま口を開いて、行き当たりばったりに言葉を繋いだ。

「あの……すみません、ちょっと、男性が……若い男の人が、苦手で。すみません」

「……ああ」

それは先日の龍王さんの「若い女性が苦手で」という説明の咄嗟の裏返しだったけれど、驚いたのか納得したのか、また目がぐるっと大きくなった。

「それは……すみませんでした。では、失礼します」

言ってしまってから「しまった」と思ったが、相手は小さく頭を下げて、前を離れ──と、カウンターを出る寸前に足を止め、また一歩こちらに戻ってきた。

「あの」

どこか覚悟を決めたような顔つきで声をかけられ、びくっとなる。けれど早見は、大きく頭を下げた。

「あの子を……すいおんを見つけてくれて、ありがとうございます」

はっと、息が止まった。

「最初は、ちょっと……正直、面倒なことになったと思ったんですが、いざ飼ってみるとかわいくて。あの時は失礼しました。自分は……できるだけ店の方には、顔を出さないようにしますので、これからも会いに来てやってください」

目を完全にそらしながらも、ものすごい早口で今まで聞いた中で一番長い言葉をひと息で言うと、早見はまた小さく頭を下げカウンターを出て奥に戻っていく。

「あの」

焦って出した声は、喉にひっかかってやけに甲高く響いた。

早見が足を止め、ゆるりと振り返る。

その目が見られない。

ごくん、と生唾を飲んで、ひきつる唇を開いた。

「いえ、あの……こちらこそ、あの、飼ってくださって、助かりました」

相手の足元を見ながら、つっかえつっかえ、言葉を押し出す。

「あの……別に、いいです」

「えっ？」

「お店に、いてくださっても……別に、いいんです。大丈夫です」

やっと言った言葉に何の返事も戻ってこなくて、ゆっくりと目を上げる。

すると、初日にまじまじと見てしまって以来初めて、早見と目が合った。

驚いたように眉をあげた、大きくて薄い唇の端の辺りが、ごくわずかにゆるむ。

「……ありがとう、ございます」

声が低く言うと、背の高い姿がさっとのれんの奥に消えていった。


その日のお茶は、結局飲むことができなかった。

早見が去って龍王さんが戻ってくるまでの間に、急いでハンカチを指に巻いて聞香杯と茶海のお茶を茶盤の中にあけ、お茶うけはティッシュにまとめてくるんで、鞄の中に隠した。そして戻ってきた龍王さんには「ちょっと用事ができたから」と適当なことを言い、お金を払ってすぐに店を出た。

……ああ、失敗した。

バス停に向かって歩きながら、胸の内に苦いものが広がる。

あんなことを言ってしまったら、向こうから避けられる。そうしたら殺すどころの話ではない。

ごくごく短い、今日の会話を思い出しながら小さくため息をつく。

助かった、などと言ってしまった。あんな男に。

また苦々しさが喉の奥にこみ上げる。

確かに、飼ってもらえたことは本当に助かったし嬉しいことだ。でも、それをあの男に言うのはどうにもいまいましい……でも。

——あの子を……すいおんを見つけてくれて、ありがとうございます。

はっきりと、心底からの謝意のこめられた声。

「水の音のする場所で見つけた子だから」と付けられた名前。

小さなものを、いとおしむこころ。

あれ等は……いや。

一瞬の混乱の後、打ち消すように、また胸の辺りがとげとげと逆立ってくる。

何なんだ。それって一体、何なのだ。

そんな風に生きることが自分に許されるとでも思っているのか、あの男は。

何かをいとおしむことが、絵里ちゃんのお腹の中の命を葬った、絵里ちゃんの魂を引き裂いた自分に、許されるとでも。

無意識に握り込んでいた拳がぎりぎりと震えて、吐いた息が熱くなった。一瞬間でも混乱しかかったことが心底絵里ちゃんに申し訳なくて、目尻に涙がにじむ。

でも大丈夫、これからどう接近しようとも、そんなのは全部空事だ。全部嘘。

必ずあの男をしとめるまでの、嘘で固めた城郭《じょうかく》だ。

第四章　共犯者

「……そしたら、今のところはまだ、サークルに戻ろう、て気持ちはないですか」

すっかりぼんやりとしていたところに突然声が耳に入って、はっ、と顔をあげた。

低いテーブルをはさんだ向かいで、薄青のジャケットを羽織《はお》った大学のカウンセラーの女性が、どことなく困ったような微笑みを浮かべてこちらを見ている。

「あっ……あ、はい、そうですね、今は……ちょっと。バイトも忙しいので」

ごくんと唾を飲み込んで曖昧に答えると、彼女は特に追及もしてこずに小さく何度もうなずいて、黒縁の眼鏡に指を当てて手元のノートを見た。

「寮、出はったんですもんね。お金かかりますよね」

もともと父からの仕送りは寮費と学費にほんのわずかなプラス分くらいで、バイト三昧《ざんまい》なのは前からだったが、それを言えばまた面倒なことになるのは判っているのでただうなずくだけにとどめる。

「体調はどうですか？　忙しくて睡眠不足になったりしてないですか」

「はい、大丈夫です」

意識してしっかりと言葉を発音してうなずくと、彼女は今度ははっきりとした笑みを見せてうなずき返してくる。

「なら良かった。夏休みは帰省しはるんですか」

「はい」

「そう。その前に宵山《よいやま》あるし、友達と見物行かはったらどうかしら。学生さんは楽しみにしてる子も多いし、誘われたら、ぜひ行かはったらいいと思いますよ」

心底からそう思っているらしい明るい笑顔を向けられて、また曖昧に首を動かして相談室を出た。扉を後ろ手に閉めると、ふう、と自然に大きなため息が出る。

叔父さんから「絵里と連絡が取れない、アパートを見に行ってほしい」と頼まれたのは、大学の近くのファミリーレストランでアルバイトをしている真っ最中だった。ちょうど冬休み中だったので、毎日フルにバイトを入れていたのだ。

我ながら切羽詰まった態度で早退を申し出て、その後もお通夜やお葬式でシフトを全部キャンセルしたので、バイト仲間にも絵里ちゃんの急死を知られてしまった。その中にサークルの先輩がいた為に大学にもあっという間に噂が広がり、根掘り葉掘り聞いてくる子や、逆に腫《は》れ物《もの》に触るような扱いをする子もいて、何もかも嫌になって殆どの連絡を絶ってしまった。

バイト先も、休んだまま復帰もせずに辞めてしまった。毎日毎日、人に笑顔を向けて言葉を交わして関わりをもつことが、もうどうにもしんどかったのだ。それからは数日だけの単発のバイトや、ギフトの箱詰めや仕分けのような、誰とも口をきかなくてもいいものばかりを選んでいた。すると新学期の始まる直前に、大学側から「カウンセリングを受けてみないか」という提案——と言うよりあれは「指導」に近かった——があったのだ。

断る方が面倒になりそうで、仕方なく受け入れた。それから月に二度のペースで相談室に通って、我ながら当たりさわりのない会話をこなしている。

宵山か、と内心で思いながら階段を降りた。京都の街は、祇園祭《ぎおんまつり》のある七月に入ると途端に気もそぞろな様子を見せる。アーケードや百貨店のＢＧＭが一斉に祇園囃子《ばやし》に変わると、暑さが一段と増すかのようだ。

校舎を出た直後、扉のすぐ近くにいた人に声をかけられた。びくっとして見ると、サークルの同期の女子が三人、立っている。

「紗夜、あの、久しぶり」

「あっ……あ、うん、ほんと、久しぶり」

あんまり驚いたので口ごもりながらもうなずくと、向こうもぎこちない様子で互いに顔を見合わせた。わずかな沈黙の後、真ん中の子がすう、と息を吸って半歩前に出る。

「あ、あのさ、今度さ、ほら、宵山じゃない。だから一緒に、どうかな、と思って」

言いながらも、残りの二人と盛んに目くばせする様子に、はっと気がついた。——誘われたら、ぜひ。

ああ、そうか……きっとカウンセラーさんが彼女達に、誘いをかけるよう頼んでくれたんだ。

気づくと同時に、様々な感情に襲われた。カウンセラーさんも彼女達も有り難迷惑だな、でもどちらも自分を本当に気遣ってのことなのだろうな……特に今目の前にいる三人は、同じ寮住まいで前は本当に仲良くしていて、誰かの部屋で遅くまでしょっちゅう喋《しゃべ》っていて……でも。

「ごめん。あの……親戚の叔父さんがお祭り見に来るから」

口から出まかせを言うと、三人の顔が一瞬ぱっと明るくなって、その直後また、わずかに暗くなる。そこに「面倒を避けられてほっとした」「でもやっぱり気がかりだ」という相反する思いを見てとって、自分も申し訳なさと若干のうっとうしさとを同時に感じた。

「そうなんだ。じゃ、しょうがないよね。それじゃ……また今度、遊ぼうね」

「うん。ありがとう」

小さく手を振って小走りに去っていく三人を見送って、ほっとため息をついた。本当はこの後図書館に行こうと思っていたけれど、誰か知り合いに会ってまた誘われたりしたら面倒だと思い、大学を出て『龍王』に向かう。

友達づきあいをほぼ絶ってしまって初めて、自分の世界を極端に狭めていくのが実はそれ程苦ではないことに気がついた。思えば母を失ってからずっと、自分にとって世界の中心は絵里ちゃんだったのだ。他の友人づきあいも何もかも、自分にはまず「絵里ちゃんありき」で、そこを失ってしまった今は、他の何にも、必要だとは思えなかった。

それにどうせ、自分はこの先、人を殺《あや》めるのだ。それを思えば、周囲の人の為にも、誰とも親しくしない方がいいに決まってる。

やってきた『龍王』の店先には「祇園祭の前祭《さきまつり》の出店のお知らせ」と書かれた紙が

貼られていて、思わず立ち止まって見つめた。店に入って、最近出され始めた水出しの冷たい龍井茶《ロンジンちゃ》――中国の緑茶だ――を頼んで、掲示について聞いてみる。すると、山町《やままち》に近い知人の中華料理店がお店の前で点心の屋台を出すので、そこで一緒に冷たい中国茶やお酒のお茶割りなどを出すのだと龍王さんは教えてくれた。

「吉川さん、宵山見物されますか？　良かったら寄っていってね」と笑顔で言われ、曖昧にうなずいた。行くつもりもなかった宵山だけれど……これもひとつの、機会ではあるかもしれない。

帰宅して、絵里ちゃんが去年撮ってくれた写真のアルバムを開く。白地に桔梗《ききょう》が染められた浴衣《ゆかた》をきりりと着ている絵里ちゃんと、群青色に笹と蛍の模様の入った浴衣の自分。二人ではしゃいで歩いた夜を思い出すとたまらない気持ちになって、立ち上がってタンスを開いた。絵里ちゃんが選んでくれた蛍の浴衣が、自分を勇気づけてくれる思いがする。

祇園祭のハイライト、山鉾《やまほこ》巡行の前夜祭にあたる宵山は、宵々々山、宵々山、宵山と、三日にわたって行われる。初日はバイトで行けなかったけれど、宵々山の夕方、どうにか一人で浴衣を着て出かけることができた。

歩行者天国が始まるのは夕方の六時からで、やっと日の落ちた七時には既に四条《しじょう》通《どおり》は人であふれかえっていた。去年、実際に目の当たりにして判っていたことながら、改めて一人で分厚い人の壁を前にすると気圧《けお》される思いがする。こんなところ、分け入っていけるものなのか。

「こちらは一方通行でーす、こちら側には入れませーん」

細い南北や東西の道の入り口で、警備の人が何人も立って、看板をかざしながら大声を上げている。蒸し暑く、ぎしぎしと音が鳴るくらいに押し合いへし合いしている人の間から、ぽろぽろとこぼれ落ちるみたいにその指示を無視して通りを抜けていく人もいる。

これ、無理じゃないかな……帰ろうかな。

そう弱気になった時、頭の上で一瞬、すっと空気が澄んだ気配がしたと思ったら、とん、と太鼓の音が鳴って、笛の音に続いてカン、と甲高い鉦《かね》の音が響いた。

——お囃子だ。

ふり仰ぐとそれは月鉾《つきほこ》で、少し離れて見上げるとまっすぐに夜空を指す鉾頭《ほこがしら》の上にとりつけられた金の三日月がぴかりと光った。鉾の上にはぎっしりと揃いの浴衣を着た囃子方の人達が乗っていて、ぴったりと乱れのない、独特のリズムと抑揚をもったお囃子を奏でている。

ざわざわとした群衆の声も、屋台から呼びかける売り子の声も、一瞬すべてが遠ざかった。

――いいねえ、これ聴《き》くとねえ、暑さがぐっと増して、それなのに胸がわくわくするのよねえ。これ聴かなくっちゃ、夏が来ないんだ。

隣で目を輝かせて鉾を見上げて呟いた絵里ちゃんの声が耳元に甦《よみがえ》る。

ぐっと拳を握りしめると、覚悟を決めて細い通りへと入った。

地図を片手に、一方通行の人波に流されるようにして南に歩いていると、山鉾が切れて少しだけ人が減った辺りに白壁の中華料理屋さんが見えてきた。街灯の明かりは小さいが店の壁のライトが道を明るく照らしていて、机を並べた出店がある。その前に立つ人のシルエットに目をこらすと、龍王さんの奥側にぬっと、もう一人背の高い人影が見えた。

「あ」と小さく声が出て、勝手に足が止まった。……早見だ。

急にどっと心臓が早鐘を打って、それなのに肌の汗がすっと引いた。

早見はごく薄い灰色のTシャツに薄手の藍染のジャケットを着て、袖を肘までまくりあげ、龍王さんと会話しながら机の上を片づけている。

一瞬間だけ、「帰ろうか」という思いが頭の中を走り抜けた。が、ぐっと足と手に力を込めて、小さく首を振る。何の為に、わざわざ浴衣まで着て出てきたんだ。いい加減に、もう覚悟を決めるべきだ。いつまでも顔も見たくない声も聞きたくないでは、目的が果たせる日なんてやってこない。

きゅっと下唇を噛むと、殊更《ことさら》に口角を上げて店に近づいた。

「龍王さん、こんばんは」

声をかけると、机の前で茶壺の葉を始末していた龍王さんがぱっと顔を上げる。同時に、隣に立っていた早見がこちらを向いて、目をわずかに大きくする。

「……こんばんは」

覚悟を決めたつもりなのに名前を口にはできなくて、それだけ言って軽く会釈すると、向こうも「こんばんは」と頭を小さく下げてきた。

「わあ、吉川さん。ほんとに来てくれたんだ、ありがとうね」

目を細めてにこにこと笑って、龍王さんが机の端に貼られたメニューを手で示す。

「水出しもありますしね、こうやって熱いのも淹れてます。今日はおひとり？　浴衣、いい色ですねえ。サービスしますよ、好きなの言ってってね」

「いえ、そんな。払います」

急いで言うと、相変わらず笑いながら龍王さんは片手を振った。

「ちょっと前まで結構お客さん来てたんだけど、今は減っちゃって。試飲出したりしてみたんですが、なかなか。だからサクラとして、こう、いかにも美味しそうな感じで店の前で飲んでもらえると」

言いながら片手でくいっ、とコップをあおる仕草をするのが可笑《おか》しくて、ついくすっと笑ってしまう。その安心感も手伝って、「判りました」と素直にうなずいた。

「じゃあ、龍井茶の水出しで」

「はい、いつものお好みね。お待ちください」

龍王さんは机の下のクーラーボックスからボトルを取り出し、「Re-Use」と書かれたカップに氷を入れて、お茶を注いで手渡してくれる。お茶はきりりと冷えていて、体の内側にたまった熱や湿気がすうっと吸い取られていくようで、演技などする必要もなく本当に美味しい。

「このカップね、リユース食器で回収してるところが四条とか烏丸通《からすまどおり》にいくつかあるんだけど……」

言いながら何故か龍王さんは、ぐるりと辺りを見回した。

「リユース食器？」

去年絵里ちゃんと来た時もいくつか屋台は覗いたけれど、山鉾やお囃子のことばかりでその辺の記憶はあまりない。

「ええ、三年くらい前からかな、ゴミを減らそう、てことでボランティアの人達が屋台の食器を再利用するのに回収をやってて。一番近い場所、どこだったかなあ……あ
あそうだ、キシくん、ついていってあげてよ」

話を聞きながらひと口飲みかけたお茶にむせそうになって、慌てて飲み込む。

「いえ、そんな、大丈夫です。平気です」

呟き込みながらぱっと反射的に言ってしまって、ああ、と忸怩《じくじ》たる思いが走る。

「いや、こんな人混みの中、場所探させるのも悪いから。暇になって手も空いてるし、ねえ、キシくん」

「ええ……でも……」

語尾を濁しながら、早見がちらっとこちらを見る。その顔がいかにも面倒なことになった、と言いたげで、急にむかっ腹が立った。

「ほら、井戸の水もいただいてきてほしいし。ついでに頼んだよ」

苛立ちが顔に出そうなのを何とかこらえていると、龍王さんがよく判らないことを

言いながらしゃがみ込んで、机の下に置かれたトートバッグから小さな水筒を取り出した。

「そうだ、せっかくだから吉川さんもいただいていくといいよ、お水」

まだ何か言おうとしている早見を牽制するかのように早口でそう言って、龍王さんはぱっとお店の中に引っ込みすぐに戻ってきた。片手に小さなミネラルウォーターのペットボトルを持っている。

龍王さんは、何故かその中身を机の上のコンロに置かれたヤカンに全部あけてしまった。空になったボトルの蓋を閉めてこちらに差し出してくる。

「これに入れて持ち帰るといいですよ」

「……あの、何の話ですか？」

先刻から訳が判らなすぎて、苛立ちも失せてついボトルを受け取ってしまう。すると龍王さんは、やっと安心したような顔で笑った。

「宵山しか開いてない井戸があってね。まあ、それは道々、キシくんに説明させます。キシくん、頼んだよ」

「……はい」

早見は開きかけた口を一度閉じ、諦めたように小さく首を振ってそう答えて水筒を手にとった。

「じゃあ、行きましょうか」

ぶっきらぼうにそう言われて、くっ、と小さく喉の奥を絞めてからうなずく。

「じゃ、またお店で。今日はありがとうね、吉川さん」

無邪気な笑顔でそう手を振る龍王さんに頭を下げ、前を行く早見の背中を軽く睨んでから後について歩き出した。

「こちらの道には山鉾がないですけど、その方が早く烏丸まで出られますから」

早見はそう言って、一本南の細い道を東に向かって歩いていく。確かに歩いているのは数人で、すぐ近くにあんなに人がいたなんて嘘みたいだ。街灯は少なく、店は皆シャッターが下りていて、繁華街である筈の四条界隈《かいわい》とは思えない程、道が薄暗い。

前を行く早見の足は早く、下駄の足では全く追いつけなくて、あっという間に引き離される。並んで歩くのも嫌だし別にいいか、でもこのままだと人混みに出たらはぐれるかも、と思ったのと同時に、早見は突然足を止め、くるりと振り返った。

「……？」

距離が縮まることが何となくはばかられ、足を止めてその場に立っていると、相手はどこかいぶかるような目でじっとこちらを見ている。

「……あの、何故止まっているんですか」

しばらくの間の後、早見が不審げな声で尋ねてきて意表をつかれた。

「えっ？　え、いや、あの……そちらが立ち止まられたので」

思わず素直に答えてしまうと、早見も一瞬、面食らった表情を浮かべる。

「そりゃ、そっちが遅いからで……」

その顔つきにわずかに苛立ちを乗せて言いかけた口調が、はたと止まった。目線が下がって、こちらの足元を見ているのが判る。

「ああ、そうか……そりゃ、そうか」

独り言のようにぼそっと呟くと、早見は小さく頭を下げてきた。突然の動きに、またも不意をつかれる。

「すみません。下駄はかれてるの、忘れてました」

そうまともに謝られ、少し焦る。

「あ、いえ、別に、こちらこそ遅くて」

そのあまりにも真っ当な謝罪に、つい自分も頭を下げ返した。

「そもそも、伯父ちゃん……伯父が、強引なこと言いまして、ほんとにすみません」

すると早見はそんなことを言って、軽く下げたままだった頭を更に下げた。

「伯父には後で上手く言っときますから、どうぞ他の見物に行かれてください。カップはこちらで戻しておきますし」

続いた言葉に、えっ、とのけぞった。瞬間的に、良かった、帰ろう、と思うのとほぼ同時に、いや駄目だ、それじゃ何の為に来たんだ、と脳内の声が自分を引き戻す。

それに、早見の口ぶりには一種独特の響きがあった。こちらを慮《おもんぱか》って、と言うよりは、自分自身もさっさと別れたい、という思惑を感じる。だとしたらそんな魂胆に乗ってやるものか、と一気に気持ちが引き締まった。

「いえ、大丈夫です」

強めの口調でそう言って首を振ると、早見が意外そうに目を見開く。

「そちらさえ、良ければ……それに、先刻龍王さんが言ってた、あれ何ですか、井戸がどうとか」

思い出して尋ねた言葉に、早見がああ、といった顔で小さくうなずいた。少し肩を落として仕方がない、と言わんばかりにため息をつき、今度はゆっくりと歩き出す。

一歩後ろに離れた位置でついていくと、目線を前に向けたまま早見が話し始めた。

「四条烏丸を少しだけ上がったところに、井戸があるんです」

その説明に、近辺を思い浮かべて内心で首をひねった。京都でもトップのビジネス街にあたるその周辺に、そんな古めかしいものなどあったただろうか。

「自分も伯父も、シュウさん……先刻の中華料理屋のオーナーさんから聞いて初めて知ったんですけど。御手洗井《みたらいい》、お手洗いのミタライですね、今は寺町《てらまち》のところに御旅所がありますが、昔はその井戸の辺りにあったんだそうです」

「おたびしょ？」

聞きなれない言葉にオウム返しすると、早見はこちらを見ないままうなずく。

「四条寺町にお神輿《みこし》が置いてあるところ、ご存知ないですか。祇園祭のお神輿が、祭りの間、置かれる場所なんだそうです。それが昔はその井戸のところにあって八坂《やさか》神社にお水を供えていたんですけど、あんまり名水だったもんだから、織田信長《おだのぶなが》が御旅所を寺町に移した際にお祭りの間だけ井戸を開けるように命じて、それで今でも」

「おだのぶなが!?」

何だか小難しい話になった、と思っていたのに、急にやたら耳馴染みの良い名前が飛び込んできて思わず声を上げてしまう。

早見が驚いたように大きな目を更に見開いてこちらを振り向いて、それからくしゃっ、とその目元を崩すようにして笑った。

ぐんっ、と見えない壁にぶつかったような感覚がして、足が一瞬だけ止まる。

――こんな顔をして、笑うのか。

初めて見た、固い岩のような顔つきがぱっと崩れて、まさしく「破顔」という言葉のごとくになった、それにぎゅっと心臓が縮まる。

「はい。信長」

うなずいてそう返す声も、つい今しがたまでの「一方的な事務的説明」とは違う、明らかに「会話」に変わったのが判る。

「びっくりしますよね。こんな街のど真ん中で、普通に誰でも触れて、今でも現役なものが、当たり前に『織田信長の命令で始めました』だなんて」

先刻までの、明らかに自分といることを避けたがっていた様子が薄くなっているのを感じて、内心でたじろいだ。この相手と「会話」なんてしたくない。

「京都の人は、ほんとに……『それが何か』みたいな、当たり前って顔で、凄いな、と思います」

そう言いながらちらりと北へ向けたまなざしを追うと、道の奥にどこかの山鉾が見える。うっすらとお囃子も響いていた。

「他県の人はよく、京都の人は嫌味だとか陰険だとか言いますけど……こういう凄いものを、こうやってまるで当たり前の顔で、ここまでずうっと守ってきたっていうのは、やっぱり特別なことだと思います。多分、京都の人じゃなければここまで守ってはこれなかったんじゃないか、って……住み始めて、ぱっと見の一面だけで相手のすべてを決めつけるのは、違うと思うように、なりました」

ずくん、と胸の内で何かがうごめいた。まるで「絵里の一件だけで、自分という人間のすべてを決めるな」と言われた気がして。

やはり、正体を……知られて、いるのか、いやまさか……でも。

「そう思えるようになったのは、伯父の存在も大きいと思います」

こちらの動揺には全く気づいていない様子で、早見は言葉を続ける。

「先刻も言いましたけど、あのひと、ほんと強引と言うか、一度何か思いついたらまっしぐらで、こっちの言うことなんか全然聞かなくて」

その声音には、ぼやきと共にひどくあたたかい、やわらかい響きがあった。

「何か見たり聞いたりしたら、その瞬間ぱっと何かをひらめいて、こっちにもどんどん押しつけてくるんです。何の根拠も無いのに、すごく自信たっぷりで」

その苦笑の混じった言葉に、龍王さんのいつもの軽妙でかつ押しの強い、なのに全然嫌な気持ちにならない、そんな口調やふるまいが目に浮かんだ。確かにそうだ、と勝手に口元がうっすらゆるむのを感じる。

するとちらりとこちらに目を向けた早見の顔が、ほんの少し変わった。黒目がちの目がわずかに見開かれ、それからふうっと、薄い唇がやわらぐ。

そこに見間違いのしようもなく確かによぎった「微笑み」に、ぐらりとこころが揺れた。その「微笑み」に、「あなたも伯父のそういうところをいささか困ったものだと思っていて、同時にそんな伯父をとても好きなんですね、判ります」という思いが込められているのがはっきりと伝わったからだ。

その「共感」は「共犯」に似ていた。「あのひとったら、ほんとに困ったもんですよね、いいひとなんですけどね」と当人のいないところで密《ひそ》かにくすくす、笑い合う。

その、本来なら好もしい筈の感覚に、じゃっと小石混じりの砂をばらまいたような不快感が混じった。よりにもよってこんな相手と「共犯者」になることが、絵里ちゃんを激しく裏切っているようで。

「でも自分は、そういう伯父が好きなんです」

それなのに、相手はそんな言葉で駄目押しをかけてくる。

「伯父が、ああいうひとであったことは……自分にとって、救いです」

更にそう続けられたのに、どくんと心臓がひとつ打った。

「あのひとが、いなければ……自分は、もっと……何て言うか、捨てられた、ゴミクズみたいな……存在でした。それをあのひとが、拾ってくれた」

喉のすぐ下に心臓がせりあがってきてどくどくと脈打っている、そんな感覚を覚えながら、とつとつと語られる言葉を聞く。

ゴミクズの、ようだと。

その瞬間に浮かんだのは、なんだこの男、判ってるんじゃないか、そんな思いだった。そうだ、あんたはゴミのような男だ、と。

けれど「それを判っている」、そして「そんな自分を拾ってもらった」と龍王さんに感謝している……それはつまり、自分が絵里ちゃんに対してやった行為の非道さを自覚していて、悔いている、ということだ。

反省している。

そこまでを一瞬間で考えて、同時にカッと目の奥に熱さが走った。反省している？　そんなことが何になる？　大体、そこまで悔いねばならないようなことを、何故やったのだ？

まさか相手が死ぬとは思わなかった？

自分がやった「あの程度のこと」で……命まで断つとは、思いもしなかった？

だから「あの程度のこと」で自分という人間を決めつけるな、と？

少し前に冷茶を飲み干して冷えた喉が、一瞬で熱くなってカラカラに渇く。

「……あ、すみません、変な話をしまして」

無言のままの自分に、早見ははっとした表情を浮かべて小さく頭を下げた。

「伯父の店……自分が言うのも何ですけど、お客さんが少なくて。殆どがご近所さんで、特に若い方が少ないもんですから、こうやってちゃんと、伯父や伯父の店の良さを判ってくださる方がいるのが嬉しくて、つい。ずっと、身内自慢をしたかったんです」

そう照れ臭そうに微笑むのに、また、こころがぐいぐいと奇妙なかたちに歪む。

何故ってその笑顔が、近しい身内である伯父への深い愛情と尊敬にあふれた、間違いなく好もしさを人に感じさせる、そういう種類のものだからだ。

四肢を引き裂いてやりたい程むかっ腹が立っているのに、同時にひどく胸を打つ、そんな微笑みだからだ。

「一方的で、すみませんでした。……行きましょうか」

何も言わずにいる自分をどう取ったのか、早見はすっと微笑みを消して小さく頭を下げると、また先に立って歩き出す。

広くがっしりとした背中から、半歩分離れて歩いた。

ちらりと、相手の顔を目だけで見上げて盗み見る。

長めに伸ばした髪が骨太な首筋にかかる、幅の広いノミで一息に削り出されたような横顔。

まっすぐに前を見る、深く黒々とした瞳としっかりと太い眉。

……絵里ちゃんの好みの男性って、こういうタイプじゃなかったのに。

その全体的に鉱物感の漂う硬い輪郭《りんかく》を見ながら、そんな疑問が浮かぶ。

勿論、「好きな容姿のタイプ」と実際の恋人や結婚相手の顔が似ても似つかない、なんてよくある話だ。けれど絵里ちゃんに限っては割とそこは一貫していて、芸能人でも彼氏でも、「好き」と言う相手の見た目の雰囲気はかなり似ていた。体はほっそりとして顔も細面で色白で、目も細めで少し垂れ目がちな、一言で言うと「和風の優《やさ》男《おとこ》」という形容がぴったりな男性だ。

目の前にいる早見とは、何もかもが違う。

……けれど、だからこそ、それは絵里ちゃんにとって「本物の恋」だったんじゃないか。

そんな言葉が浮かんで、ずきりと胸が痛んだ。

単純な見た目の好みなど吹き飛ばすくらい、相手のことを深く深く、中身ごとすべて、好きになったのじゃないか。

——ゴミクズのような、男なのに。

瞬間的に気持ちが沸騰するのと同時に、こころの芯がそれをくいとめた。

そこまで、絵里ちゃんが好きになったのなら……そうならせた部分、何かとても「善いもの」が、この男の中にも……存在、したのじゃないか。

絵里ちゃんの存在を隠したり、ひどい別れ方をしたり……けれども百パーセントすべてが悪ではない、何か……絵里ちゃんのこころをぐいと摑んだ、何かが。

それともやはりすべてが詭弁《きべん》で、天才的な詐欺師のようなふるまいで、絵里ちゃんのこころを騙《だま》し取っただけにすぎないのだろうか。

答えなど判る筈もないまま、ただ黙って早見の背の後について歩いた。

烏丸通に出ると、先刻までの暗さと静けさが嘘のように、道が明るく広く、そして人と屋台だらけになった。あちこちから熱気に乗って、ソースや揚げ物の匂いが漂ってくる。

リユース食器用の回収ボックスはすぐに見つかり、カップを返してしまうと、早見は四条烏丸の交差点に向かった。ただでさえ多い人が更に一気に増えて、押し合いへし合いのすごい混雑ぶりだ。

早見はこちらをかばうようにすぐ目の前に立って、東西に動こうとする見物客の間に道をつくった。少しでも離れるとすぐに合間に割り込まれて先へ進めなくなるので、その背にへばりつくようにして後についていく。

頰に触れる程近くに、相手の着ている藍染のジャケットの生地がある。

その中にぐい、とうごめく、厚く太そうな肩甲骨と背中の筋肉。

生地を通しても伝わってくる、熱の発散。

その熱が自分の心拍数を急に速めた。

――ぱっと見の一面だけで相手のすべてを決めつけるのは、違うと。

熱気が額の裏側にまで上がってきて、呼吸が苦しくなる。

「――吉川さん」

急に頭のすぐ真上から声が降ってきて、驚いて顔を上げる。気づかぬ内に、足が止まってしまっていた。いつの間にか交差点を抜けていて、少しだけ人が減り周囲の空間に余裕ができている。

「大丈夫ですか？　何か……スポーツドリンクとか、買ってきましょうか」

その声音に心底からの気遣いを感じとり、思わず強く首を左右に振ってしまった。

「いいえ。いいえ……平気です。あの、少し足が痛くて」

そう答えると太い眉をひそめて、ちらりと下駄の足元に目を向ける。

「もう、井戸、すぐそこなので。着いたら少し休みましょう。歩けますか？」

うなずくと、早見は今度は横に並んで烏丸通の東側の歩道に上がった。と思うとすぐに足を止めて、「ここです」と手を伸ばして前方を指さす。

「えっ？」

そこは錦小路通《にしきこうじどおり》を北にほんのちょっと、つまりは四条から通りを一本と少ししか上がっていないような場所で、まさか、と目を見張った。ビルとビルの間、ごくごく狭い、五メートル程度の間口に木の柵が建てられていて、中には小さいけれどきちんとした石の鳥居まである。

「うそ……全然、気がつかなかった……」

あまりの驚きについ声に出して呟いてしまうと、早見が微笑みながらも目を大きくして何度も首を縦に振った。

「そうでしょう。こんなところ、何度も通ってる筈なのに、僕も全然、気がつきませんでした。一度知ってしまうと、なんでこんなに堂々とあるものをずーっと見逃していたのかと、ほんとに不思議で……見ていても見えていないものって、本当はたくさんあるんだな、自分は今までの人生で、全然ちゃんと、『ものを見る』ってことをしてこなかったんだな……と、つくづく思いました」

どこかはにかんだような笑みを浮かべて、しみじみと言うその姿に、また苦さと焦りとが同時に胃からあがって喉の奥を灼《や》く。

今はゴミクズのように見えている自分にも、外からは見えていない「善性」があると言いたいのか。そんな風にあの出来事を、自分の中で消していくつもりなのか。

歯ぎしりが鳴りそうな程にきつく奥歯を嚙み締めながら、鳥居の手前の石段を上がる。中には本当に四角い井戸があり、周囲にはしめ縄が張られて、上は板できっちり蓋がされていた。向かって右側にやはり四角い手水鉢《ちょうずばち》が置かれ、井戸に繫がれた竹からちょろちょろと水が流れっ放しになっている。

「これが本当に、美味しいんです。伯父も昨日飲んですっかり気に入ってしまって」

言いながら早見はジーンズのポケットから小銭入れを出すと、硬貨を出して井戸蓋の上に置かれた賽銭箱に入れ、軽くぱんぱん、と手を合わせて小さく頭を下げた。

「いただいていきます」

脇にはさんだ水筒を手に取り、きゅっ、と開けて水を汲み始める姿に、慌てて自分も財布を取り出した。十円玉を出し、同じように賽銭箱に入れて手を合わせる。

「吉川さん、汲んでおきますからペットボトルもらえますか。端で壁に寄りかかって、少し休んでてください」

「あ、いえ、自分でやります」

「これ結構、時間がかかるので。ほんとは座れたらいいんですが」

手元を見ると、確かに水の流れは細く、そこそこ時間がかかりそうだ。

「……じゃあ、お願いします」

躊躇はしたものの、すぐ隣で黙ったままその時間をすごす方がわずらわしく思えて、板蓋の上にペットボトルを置き横を離れた。井戸をはさんで反対側の隅に行って、角のところに背中をもたせて立つと確かに急に体が楽になる。いつの間にかずいぶん足がくたびれているのを感じて大きく息をつくと、先刻の苛立ちが少しだけ軽くなった。

ぼんやりと見ると、目の前の歩道を行き交う人達は、こちらに殆ど注意を払わず通り過ぎていく。大きな祭りの真っ最中なのに、この空間だけが切り離されてぽっかり夜の中に浮き上がっているみたいだ。

「……不思議ですね」

すっかりぼうっとしていると、不意に声が聞こえてはっと目を動かした。

早見が相変わらず少し背をかがめて水を汲みながら、こちらは見ずに話し続ける。

「ああやって、全然気づかずに通り過ぎていく人がたくさんいて……ここにいるのにいないみたいな、この場所だけが別空間にあるみたいな……すぐ目の前にあんな、にぎわった祭りの風景があるのに、ここだけがひどく清浄《せいじょう》でしずかで、違う場所みたいな……そんな、感じがします」

――ぐっ、と、喉が詰まった。

自分がたった今感じていたことが言葉になって脳に直接、飛び込んできたかのようだった。

もしこれと同じことが、絵里ちゃんや叔父さん、友達との間で起こったら、ひどく嬉しく感じただろう。特別な場所、特別な空間にいる相手との間に繋がった、特別な感情の共有。

けれど相手が早見だと思うと、その気持ちがタールのように黒くべとつく。同時に先刻感じた「共犯者」のごとき感覚が戻ってきて、またこころがざりざりと荒れた。

……だけど。

目だけを大きく動かして、くるりと周囲を見回してみる。

空気のカーテンを一枚はさんだみたいに、祭りのにぎわいが遠くかすかに感じる。

ああ、本当だ……外はあんなにも華やいでざわめいているのに、胸の内はこんなにもどろりと濁って真っ黒いのに、この場所は……自分と、早見が、ふたりでいる、この場所は……何故こんなにも、しずかできよらかで……澄み切って、いるのだろう。

下唇を巻き込むようにしてきゅっと唇を閉じ、鼻からすうっと、深く深く息を吸い込む。ゆっくりと吐き出すと急に涙が出そうになって、慌てて強く目をまばたいた。

絵里ちゃん。

小さく小さく、喉の一番奥で、自分にしか聞こえないように名を呼ぶ。大丈夫。大丈夫、絵里ちゃん、大丈夫だよ……必ずちゃんとやりとげる。

「吉川さん、お水汲めましたよ」

きゅっ、と蓋を閉めて、早見がボトルを持った手をこちらに示してきた。

「……すみません」

もう一度軽く呼吸して、小さく頭を下げると近くへ歩み寄ってそれを受け取る。指先が汚れた気がして、わずかに手がひきつった。

「飲んでみられたらどうですか？　そんなに冷たくはないけど、美味しいですよ」

そう勧められて、また躊躇した。早見に渡されたものなど飲みたくない。

どうごまかそう、と思ったのと同時に、絵里ちゃん、とまた胸の内に名が響いた。

そうだ、頑張るんだ……絵里ちゃんの為になら、何にだって耐えられる。

深呼吸すると、ぐい、とボトルの蓋をひねって唇をひと息に押し当てた。

「……美味しい」

ひと口飲んで、思わず声が出た。早見の言う通り、「井戸水」という単語のイメージ程の冷たさはなかったが、その分、口あたりのきつさもなくて、まろやかで素直な雑味のない味だ。そのやわらかさが、胸をきつく締め上げていた鎖を少しゆるめてくれる。

「でしょう。伯父なんか、ほんとに残念がって……年に数日しか開けないなんてもったいない、ずっと汲めるようにしておいてくれたらいいのに、って」

早見が何故かほっとしたような顔で笑って、首を少し傾けた。

「でも……信長の、命令なんですよね」

その笑顔につい、鎖がゆるんだ心地のままそう言うと、相手の顔に更にはっきりとした笑みが広がる。

「そう。そうですよ。今度伯父に言っておきます。伯父ちゃん、織田信長に逆らうのか、って」

楽しげな声音でそう話すのに、つい、ふっと唇を笑みがかすめる。

すると早見が、肩を傾けてかすかな笑い声をもらした。

——ぎゅっ、と一瞬で自分の口元が固まるのが判った。たった今無防備に浮かべてしまった微笑みが、あってはならないもののように思えて。

すると何故だか、早見もはっとしたように唇を閉じ、ぐっ、と口元をひきつらせた。その顔に一瞬ひどく昏《くら》い翳《かげ》がよぎったのをはっきりと見てとって、急にむきだしの足首を冷たい何かに摑まれたような感覚が走る。

そのままお互い、しばらく押し黙っていた。

「……あの、いいですか？」

声がして同時にはっと顔を向けた先に、浴衣姿の女の子二人が井戸をバックに写真を撮ろうとしているのが見えた。自分も早見も、慌てて頭を下げて外へ出る。

「吉川さん、足は……どうですか。この後はどこか見に行かれるんですか」

早見は今の一瞬の表情を完全に消し去り、まるっきり普通の顔つきに戻ってそう話しかけてきた。首を振って「もう帰ります」と言うと、経路を聞かれて、あまり詳しいことは言いたくなくて「地下鉄で」とだけ答えた。

　すると早見が「改札まで送ります」と言い出し、慌てて首を振る。けれど「通り道ですから」とどこか頑固さを漂わせた強い口調で言うので、仕方なく並んで歩き出した。四条通の手前、銀行のビルの地下入り口に着いて、そこから階段を降りる。

　その間ずっと、早見は何も喋らなかった。

　ちらりと盗み見ると、先刻まではそれなりに打ち解けた様子を見せていた横顔はすっかり険しく、まっすぐに削《そ》いだ石のように固まってしまっている。

　会話をざっと振り返ってみたが、特に気を悪くするようなものでも、問題があるようなものでもなかった。本当に他愛ない、世間話のレベルの内容だ。

　もしそこに何か特別なことがあったとすれば……自分が笑って、相手も笑った、ただそれだけ。

「吉川さん、切符は」

　考えながら歩いていると、ついそのまま改札に直進しようとしていて、相手の声でそれに気づいた。

「あ、ああ……あの、定期が、あるので」

「ああ、そうか」

　早見は相変わらず無表情な顔のまま、口の中で小さく呟いてひとつうなずく。

「じゃあ、あの……お世話に、なりました。龍王さんにもよろしくお伝えください」

流れ的にこれは締めの挨拶をする場面だろう、と思って頭を下げると、早見は軽く眉間を弾かれたようにはっと額をそらして、それから短く息を吐いた。

「あ、はい……あの、すみませんでした」

「えっ？」

「つい……祭りの、せいか、調子に乗って……変なことを、気安く、いろいろ、話してしまって。苦手だとおっしゃっていたのに、申し訳ありません」

ひどく堅苦しい顔と口調で頭を下げられ、思わずぱちぱち、と何度も目をまばたいてしまう。

そんなことを気にしたせいなのか、と一瞬呆れに近い思いが走ったが、いや、違う、と何かが引き戻した。そういうことでは……ない、気が、する。あの一瞬の目のいろの昏さは、そんなことでは説明がつかない気が。

「いえ、別に、こちらこそ……気を遣わせてしまいました。あの、もう、そこは大丈夫ですので、お気遣いなく」

そうは思いながらもとにかく相手の言葉に合わせて答えると、早見は一度隠すように目を伏せてから、わずかに口角を上げて小さくうなずいた。けれどその笑みは、先刻までの自然なものとは違う、その場しのぎのようにしか見えない。

「判りました、ありがとうございます。それじゃ……お気を、つけて」

と言いながら既に身を翻しかけている相手に慌てて頭を下げて、ぱっと上げると、早見はもう完全にこちらに背を向け、人混みの中に消えていった。

第五章　甘苦い疑惑

祭りのすぐ後に始まった夏休みの殆どを、帰省した叔父さんの家ですごした。

お盆の直前に、陽菜ちゃんと、もうひとり別の女友達の塩田《しおた》結衣《ゆい》さんが訪ねてきた。初盆はお寺のある叔父さんの実家の三重《みえ》で行うので、そちらには行けないけど、とお線香をあげにきてくれたのだ。塩田さんは高校で二人と同じクラスで、よく絵里ちゃんの話には出てきたたし写真で顔は知っていたけれど、陽菜ちゃんのように家に来たことはなく、これが初対面だった。

叔父さんがお茶を替えに席を外した合間に、陽菜ちゃんが早見について何か判ったか尋ねてきた。けれどどうしてか、当人に出会ったことを口にはできなかった。どう、説明していいのか判らなかったのだ。あの、底の見えない、深い黒の目を持つ、鉱石のような男のことを。

「ごめん、いろいろ人に聞いてはいるんだけど、全然手がかりがなくって」

口ごもりながら答えると、陽菜ちゃんは口惜しそうに膝を拳で叩いて、ぽろぽろと涙を落とした。その肩を塩田さんがそっと抱いてなだめながら、何故かちらちらとこっちに視線を送ってくる。

その直後に叔父さんが戻ってきて、それからは陽菜ちゃんもさすがに早見のことは口にはしなかった。けれど家を去る直前、塩田さんがさっと傍に寄ってきて手の中に小さな紙を押し込み、耳元で「三十分したら電話して」と小さく囁《ささや》いてくる。

もしかしたら早見について何か知っているのかも、とドキドキしながら「買い物してくる」と家を出て、紙に書かれた番号に電話をかけ、指定された喫茶店に入った。奥の席に、濃紺のワンピースを着て座っている彼女の姿が見える。

「わざわざごめんね。先刻は話しにくいことがあって、でも聞いてほしくて」

向かいに座ってアイスティーを頼むと、塩田さんにそう切り出されて、こくりとうなずく。

「あのね、先刻、陽菜が言ってたでしょ……ほら、絵里のつきあってた相手がどうの、って」

言いにくそうな顔でそう話し出されて、ぱっと背中が緊張した——けれど。

「あれね、気にしなくていいから……陽菜がひとりで、突っ走ってるだけだから。あの子ね、ヤケになってるだけなの。絵里があんなことになって……その人に全部、理由を押しつけたいだけなのね。その人がものすごい悪党で、だから絵里は、って」

……何を、言ってるんだ、この人は。

急に視界が妙に狭くなってきた気がして、息がわずかに荒くなる。

「わたしね、陽菜とは幼稚園の時からのつきあいなの。だから陽菜のことは、ようく判ってる。すごくいい子なんだけど、ちょっと弱いところもあって。だって……そりゃいきなり金持ちの娘に乗り換えるって、確かにろくでなしだけど……だけど、普通はそれで、あんなことにまでって、ならないじゃない？　ねえ、そう思わない？　なのに全部その彼氏のせいだ、なんて……あ、ごめんね、わたし物言いが率直で」

浅い息を繰り返しながら、言葉もなく相手の顔を凝視した。彼女は少しきまりが悪そうにセミロングの髪を傾け、それでも話し続ける。

「あのね、ほら、亡くなった人のことを良くなく言うのはどうか、て世間では言うけど、わたしそういうの好きじゃないのね。だから、もしかしたら紗夜ちゃんには嫌な風に聞こえるかもしれないんだけど、でも判ってほしいの。誰にだって長所も短所もあるでしょ。そこを無かったことにするのは……逆に、その人に失礼なんじゃないか、て思うのね。その周囲の人にも、良くないことだって」

ことり、と目の前にアイスティーが置かれたけれど、そちらに目をやることもできずに、ただ塩田さんのよく動くピンク色の唇を見つめる。

「だから包み隠さずに言うんだけど……絵里ってちょっと、自分が大事に思う相手、男女問わず、思いが……強すぎる、て言うか、依存、しすぎる、みたいなところがあって」

ぱちり、と大きなまばたきをしてしまうと、それをどう取ったのか、彼女はそらし気味だった視線をまっすぐこちらに向け、わずかに身を乗り出してきた。

「ね、紗夜ちゃんも、ちょっとは感じてたんじゃない？　昔思ってたの、こんなに過干渉じゃ、従妹の子も息苦しいんじゃないかなあ、って。恋愛になるとなおさら……あの子、ほんとに一途なの。それは別に、悪いことじゃないんだけど……何事も、限度ってものがあるじゃない？」

紗夜ちゃん、と呼ばれて、背中に虫が這うような感覚が走った。絵里ちゃんや叔父さんが呼ぶように、この相手が自分を呼ぶことに。

「相手にこころを預けすぎる、まあ一言で言うと重い、て感じかな、相手のやることなすことに自分の全行動を支配されちゃう、みたいな。だからもう、相手にふられた後なんてほんとに大変で、手に負えなくて……こんなに辛いならもう生きていられない、自分なんかもう消えたっていい、てよく言ってた、その度に」

ぎしり、と肋骨がきしむ音が体の中から聞こえた気がした。

「そんな風に、相手に自分の全存在を押しつけるのって、やっぱり依存心が強いからじゃないかと思うのよ。そんなに背負わされても相手の方もしんどい、重いな、て思うのは仕方がないところもあるんじゃないかなあ」

もはや体はカチカチに冷えて固まっていて、相変わらず何も言い返すことはできなかった。が、反対に相手の口調はどんどんなめらかになっていく。

「だから……今度のことは本当に残念だったたし、辛いけど、でも多分、陽菜があんなにムキになって言う程、その相手の男の人悪くなかったんじゃないか、て気がするのね」

きちんと整えられた眉をいかにも申し訳なさそうに寄せて、彼女はまた少し、こちらに身を乗り出してくる。

「陽菜と絵里って、ちょっと似てるのよ。そういう、思い込みが少し強いところとか、精神的に弱い部分とか……だからかな、高校で初めて出逢ったのに、すぐに大親友、なんて言い出しちゃって。だからあの子、認めたくないのね。ただの失恋じゃなくて、相手がとんでもない悪党で、それで、て思いたいんだと思う。そうじゃないと自分が納得できないから……かわいそう、陽菜」

ふっと声が低くなって目が手元に落ちた、その瞬間の彼女の声だけが、何故かひどく真実味をもって耳に聞こえた。

「だからこれからも、陽菜がしつこく絵里の恋人のこと、言ってくるかもしれないけど……もう相手に、しなくていいから。だってもう、しょうがないじゃない？　ふってよその女にいっただけの相手をつかまえて、どうのこうの言ったところで。結局最後は、絵里が決めて、絵里が選んだことなんだから……あ、ほんとごめんね、わたし人にも、率直すぎる、てよく言われるの。だけどこれが、わたしって人間だから」

更に乗り出してきた薄いピンクのマニキュアを塗られたその指が、テーブルの上の自分の手の端に触れそうで、思わずびくり、と身を引いた。

塩田さんはずぶ濡れの仔犬を見るような、ひどく不憫《ふびん》げなまなざしを浮かべて、体を戻して座り直す。

「わたしからも、よく陽菜に言っとく。もう絵里の身内を振り回すようなことはやめなさい、って。そうやって気持ちを引き戻すようなことをしてたら、紗夜ちゃんも絵里のお父さんも、いつまでもひきずられて前を向けなくなっちゃう。でもそんなのっておかしいでしょ？　そんなこときっと、絵里だって望んでないと」

どんどん熱を帯びてくる相手の言葉が終わるのを待たずに、体が勝手に、バネ仕掛けのように立ち上がった。

「――失礼します」

かくん、と折れた木の棒みたいに首を曲げ頭だけを下げて、席を離れて歩き出す。

店の入り口の扉を見た瞬間に、はっと気がついて身を翻した。

行進する兵士のようにかっちりと九十度に他のテーブルの合間を進んで席まで戻ると、財布を開いて、あっけにとられてこちらを見上げる彼女の前に、ばん、と千円札を叩きつけた。

「おつりはいりません」

それだけ言って、結局一滴も飲まなかったアイスティーをそのままに、振り返らずに大股で店を出た。

バスにも乗らずにぐいぐいと歩く内、鼓動がどんどん速くなって、それにつれて涙が滝のようにあふれ出してきた。

何も、知らない癖に。

何ひとつ、知りもしない癖に。

絵里ちゃんがあの男に、どれだけひどい目にあわされたのか。どれだけ絶望に満たされた目で、この世を捨て去っていったのか。

あの時から、何度も何度も泣いてきた。涙はその度、ひんやりと冷たく、服に染み込みべったりと肌にはりついてきたけれど――今、頬を流れるそれは燃えるように熱く、皮膚を酸で焼くようにぴりぴりと刺激してくる。

乱暴にぐい、と拳で拭うと、その部分が夏の日差しに炙《あぶ》られて痛む。

ふつふつと煮えたぎった脳が、太い棒でかき混ぜられたみたいにぐちゃぐちゃだ。いろんな思いが、まともな言葉にならずに火花のようにはじけ飛んでは消えていく。

何なんだ、あの女。友達なんじゃなかったのか。あんなにたくさんの写真に仲良しトリオです、なんて顔でおさまって、こころの中ではあんなことを考えていて、よくもその当人の実家にのうのうと顔を出し線香をあげるなんて真似ができたものだ。

その上、友達の遺族をわざわざ連れ出して、あんな話をして。

あんな、話。

かちり、とスイッチを押した音が頭の中でするのと同時に、先刻の一方的な語りが脳内に流れ出し、足がぴたりと止まった。

そのままどうしても進めなくなって、どうしようもなく歩道の端、たまたまシャッターの下りていた何かのお店の壁によりかかる。

その間もずっと、ぐるぐるとあの声が頭の中をまわっていた。

一途で、思いが強くて、こころの底から相手を大事にする絵里ちゃん。

一体それの何が悪いって言うの？　いい加減にへらへらとつきあう方が最低じゃないか。

……そういえばいつだったか、絵里ちゃんがお正月に帰省していた時に、テレビでサスペンスもののドラマを見ていたことがあった、そんなことを急に思い出す。

男に一方的に捨てられた女が、相手に「殺してやる！」と叫んでいた。結局それで修羅場度合が更に上がって女の方が男に殺されたので、「余計なこと言わなきゃいいのに」と呆れて言った自分に「そうだよね」と笑っていた絵里ちゃんが、ふっと顔を引き締めて言ったのだ。

「わたしだったら……『殺してやる』じゃなくて『殺して』て言うかな」と。

意味が判らなくて、聞き返した記憶がある。相手が悪いのにどうして、とか、そんなことしたら相手に都合がいいばっかりじゃない、とか。

すると絵里ちゃんはテレビ画面に視線を向けたまま、けれどどこか焦点の合わない目をして独り言のように呟いた。

「だって、その方が相手の記憶に残るじゃない？　相手を殺しちゃったら……それはもう、記憶も何もないし。覚えててほしいんだよねえ、相手に。わたしのこと、ずっと。捨てられて忘れられるなんて、嫌だもの。だけど自分の手で殺したら、もうずっと一生、忘れることなんてできないでしょ？　ほんとに好きな相手なら、一生覚えててほしいから」

急にくっきりと、心臓の鼓動が速まるのを胸の内に感じた。

「殺してやる」じゃなく、「殺して」と。

まさか、と一瞬思って、大きく首を振ってそれを打ち消した。自分ひとりならともかく、お腹に子供がいたら絵里ちゃんは決して、そんな道を選ばない。だから妊娠した時点で、たとえどんなふられ方をしても相手にそんなこと、頼む訳がない。

でも……その子供が、死んでしまった。あの男のせいで。

だったらなおさら、「殺して」なのではないか。その絵里ちゃんの論に従うならば。自分と子供と、その両方の死を強烈に相手の記憶に刻み込む為に。

だけどそんなこと、承諾する人間なんか普通はいない。別れてこれから新しい道に進むのに、何を好き好んで捨てた相手の為にわざわざ、自分の手を汚したりする人がいるものか。

……だから、実家や婚約相手に告発をしたのだろうか。相手をとことん追い詰めて

「殺してもらう」為に。

けれど早見はそれを選ばず、逃げ出して龍王さんのところに身を隠した。

それで……第一候補の「殺してもらう」がかなわなくなって、第二候補を選んだのだろうか。

ズキリ、と急に頭の奥、鼻の根元に近い辺りが痛んで、思わず顔をしかめた。指で眉間を押すようにもむと、かえって痛みが頭蓋骨の奥までぶわっと広がっていく感じがする。

自分は……本当に、絵里ちゃんのことを、判っていたんだろうか。

陽の当たる肌の表面は焼けるように熱いのに、脳内は妙に冷えていく。

「そんなつもりじゃなかったのに、なんでここまで」と吐き出すように訴えていた早見の声が、ふっと耳の奥に甦る。

絵里ちゃんが一度好きになった相手には本当に一途なことも、思いが強いことも知っているつもりでいた。けれど……その本当の「強さ」は、自分が思うより遥かに深く、暗いものだったのかも、しれない。

だとしたら。

――あんなにムキになって言う程、その相手の男の人悪くなかったんじゃないか。

まさか。有り得ない。絶対に。

もうそれ以上立っていられなくなって、ずるずる、と壁にもたれたまま地面にしゃがみこむ。

「絵里ちゃん……」

口の奥で小さく名を呼ぶと、抱え込んだ膝の間に熱くほてる顔をうずめた。


もやもやとした気持ちを抱えたまま夏休みは終わって、京都に戻ってきた。

「ただいま」

部屋の扉を開ける時、いつもそう呟いてしまう。

絵里ちゃんがいた頃もそうだった。学生寮に住んでいるのに、ここへ来て「ただいま」と言う自分に、絵里ちゃんは笑って「おかえり」と出迎えてくれた。実家にいた頃と同じように。

一ヵ月ちょっと放ったままだった部屋は、蒸し暑さがぎちぎちに凝縮されて息苦しく、少しほこりっぽかった。買い物袋をテーブルに置き、窓を開け換気扇をまわして扇風機やエアコンの送風もオンにすると、一気に部屋の空気が入れ替わる。額ににじみかかっていた汗が、急速に冷やされて気持ちが良い。

重たい買い物袋を取り上げて、中のものをひとつひとつ冷蔵庫に移した。がらんとした庫内が、卵やヨーグルト、野菜ジュースや納豆で埋まっていく。

——紗夜ちゃん、卵と納豆は毎日食べてよ。タンパク質をちゃんと取らなきゃ。

足元に袋を置くと、庫内の隅の、帰ってから分別して捨てようと置いていた醤油《しょうゆ》のボトルを手に取った。ラベルを剝いでキャップを外すと、ぴっ、と小さな雫《しずく》がTシャツに飛ぶ。慌てて頭から脱いで、シンクで流水に当てるとシミはあっさりと消えた。

——紗夜ちゃん、お醤油飛んだ。脱いで、濡らすから。すぐなら水で結構落ちるからね。

Tシャツを洗面所のカゴに放り込むとタンクトップ姿のまま野菜室を開け、もう一度よいしょ、と買い物袋を抱え直して、ひとつひとつ野菜を中へと移していく。

——紗夜ちゃん、緑黄色野菜、ちゃんと食べてね。どうもあそこの寮のご飯、野菜が少ないと思うのよ。紗夜ちゃん体力ないんだから、ご飯はバランスよくちゃんと食べないと。

カボチャや大根などの重たい野菜を下の方に置き、その上に小松菜やキノコを並べていると、巻かれたラップの上にぽたり、と雫が落ちて流れた。

——紗夜ちゃん、あのね……

絵里ちゃんの声が、いくつもいくつも浮かんでは消える。

自分の全部は、絵里ちゃんのものだ。

食べ物を買う時も、服を選ぶ時も、本や映画を見る時も、いつも頭のどこかで、絵里ちゃんの声がする。

こころも体も、全部絵里ちゃんにつくってもらったのだ。

——こんなに過干渉じゃ、従妹の子も息苦しいんじゃないかなあ、って。

塩田さんの声が浮かんで、喉の奥がきゅっと狭くなる。

そんなことは……誓ってもいい、そんなことは、本当に、一度たりとも思わなかった。だって、幸せだったから。ずっと、絵里ちゃんにすっぽりと、毛布でくるむように守ってもらって。

毎日毎日、学校であったことを絵里ちゃんに話した。絵里ちゃんはしっかり聞いてくれて、ひとつひとつに感想やアドバイスをくれた。勉強も塾もお小遣いも門限も、すべて絵里ちゃんの細かい言いつけ通りに何でも従って、けれど全然、本当に苦でも何でもなかったのだ。

だってそれは皆、絵里ちゃんが自分のことを本当に親身に思ってしてくれたことだと判っていたから。……信じて、きたから。

——依存。

違う、そうじゃない、むしろ自分だ、自分がずっと、絵里ちゃんに依存してきたんだ。よりかかって、甘えて、全部を預けて。

絵里ちゃんがしてきたことは、もしかしたら彼女が言うように絵里ちゃんからの自分に対する「依存」だったのかもしれない。でも、だとしても……それ程の、深くて一途な愛情があってこそ、自分は生きられたのだ。

絵里ちゃんが言ってくれた、「わたしが紗夜ちゃんのお母さんになるからね」と。あの強い愛情があったからこそ、自分はこの年まで生き延びることができたのだ。

まばたきをする度、なおもぱたぱた、とかすかな音を立てて落ちる雫を、拭いもせずにそのままじっと見つめた。

だから自分は全部を、絵里ちゃんに捧げ返すのだ。

たとえ他の人が見た「真実」がどうであろうと、絵里ちゃんの奥にあったかもしれない闇があの男を追い詰めたのだとしても、絵里ちゃんがあの男にこころを踏みにじられたと感じたのなら、自分はそれを、全力で踏みにじり返してやるのだ。

野菜室の扉のふちに掛けた手に勝手に力が入り、ぎいっ、と筋が浮く。

ほんとの絵里ちゃんの気持ちなんて何も知らない、友達面して勝手なことを言う相手になぞ、いちいち振り回されなくったっていい。本当に大事なのは、自分と絵里ちゃんが共にすごした年月の方なのだから。

あちこちに妙な隙間の空いていたこころが再び、みっちりと四角く、隅まで敷き込み直されていくのを感じる。

唇を少し開いて長く太い息をゆっくりと吐き出すと、指と手のひらでこすりとるように涙を拭って、もう一度改めて覚悟を決め直した。

そんな風に気持ちを立て直したのに、休み明けから少しして訪れた『龍王』に早見の姿はなかった。

残念なようなほっとしたような、苦みの混じった思いを覚えながらも、すぐにすり寄ってきたすいおんの姿にほわりと気持ちがやわらかくなる。

前足の脇に手を入れて抱き上げると、ずいぶんずっしりと重みを感じた。まだ大人の猫よりは若干小さく見えるけれど、本当によく無事に大きくなったものだ、と何とも嬉しい。

すいおんは膝の上で少しうろうろして体勢を整えると、ぼすっ、と体全体を投げ出すようにして丸く座り込んだ。

これまでペットを飼ったことが一度もなくて、膝の上に生き物が乗る、という経験がなかったせいか、それは毎回、何とも言えない不思議な感覚がした。体全体の重みから放射状に、足やお腹にまで温かみがじわじわと広がっていく。心地よくてこそばゆくて、なのに同時に、奇妙なとまどいと鈍い切なさがわいてきて。

ふかふかとした毛並みの首筋辺りをなでると、ぐるぐる、と喉が低く鳴る。

「ああ、それ、ほんとに羨ましい」

向かいでお茶の準備をしながら、龍王さんがため息まじりに声を上げた。

「膝の上にねえ、乗ってくれないんですよね。僕の膝には。無理に乗せてもすぐ降りちゃう」

「ええっ？　どうしてですか？」

驚いて、つい声が高くなった。すいおんが店内にいる時には、いつも必ず、自分から膝に乗ってくるか、膝に乗せてほしい、とすり寄ってきていたから。

「それが判ったらすぐ何とかするんですけどねえ」

龍王さんはぼやきながら、お茶の葉をかささ、と茶壺に移す。

「残念ながら判らない。……あ、でも、僕の扱いが悪いとかじゃないですよ。多分。そもそもすいおん、吉川さんとキシくんの膝の上にしか乗らないんだから」

いきなりそんなことを言われて、すいおんをなでる手が一瞬止まった。

「どうもねえ、すいおんの中では、キシくんと吉川さんが飼い主なんじゃないかなあ。僕じゃなくて。自分を拾ってくれた二人を、親だと思ってるみたいな」

「そんな、まさか」

口ごもりながら目を落とすと、龍王さんは可笑しそうに声を立てて笑った。

「まあ、ご飯担当はキシくんだから、僕のことはほんとに、キシくんの付属物だとしか思ってない節はある気がしますよ。吉川さんのことはやっぱり、助けてもらったことをちゃんと覚えてるんじゃないかな、こう見えて」

「そうでしょうか……」

だとしたら嬉しいけど、と口の奥で呟きながら、またやわらかな毛をなでる。

「ええ。面倒みてもらってる獣医さんも言ってましたよ、猫は意外に人を忘れない、って……ああ、そういえば、そろそろ獣医さんとこ、連れていかないとなあ」

「えっ？」と驚いて顔を上げると、龍王さんは口元ににこ、と軽い笑みを浮かべた。

「そろそろね、避妊手術をした方がいい、て言われてましてて」

「ああ、そうなんですか……え、でも、まだ子供なのに」

納得しつつも不思議で尋ねると、龍王さんはお湯を茶壺に注いでうなずき返した。

「多分、今が生後半年くらいだと思うから頃合いだって。猫はねえ、やっぱり人間よりも成長が早いんですね」

いつものように抜群の手際でお茶を淹れてくれると——今日は日本の人がスタンダードな烏龍茶の味だと感じる水仙《すいせん》だ——龍王さんは何故かくすっと笑みをもらす。

何か面白いことがあったのか、ときょとんと見上げると、龍王さんはお茶うけのお皿を出してくれながらもう一度ふふ、と笑った。

「キシくんがもう、寝ても覚めても夢中でね……この間、避妊どうしようか、みたいな話になった時、やっぱり真顔で、『子猫をかわいく思うのは当然だけど、大きくなったらその気持ちが薄れるかと思ってた、なのに大きくなっても相変わらずかわいい、どんどん更新していく、猫は本当にすごい』って」

言いながら本当に可笑しくなってきたのか、龍王さんは朗《ほが》らかな笑い声をあげる。

「ああいうのをまさに、めろめろって言うんでしょうね。真剣な顔で言うから、もう可笑しくって」

そう笑う龍王さんの顔に早見に対する深い愛情を見てとれて、お腹の底がざらざらと紙やすりで削られるような気持ちになった。

それと同時に、すいおんに対する、確かな早見の慈愛の念も感じる。どんな風に姿が変わっていこうが全力で相手を愛する、それがあの男にも可能なのだと。

口元に運んだ琥珀色のお茶の味が、奇妙に苦味を増した。

一度は互いに想い合った筈の相手にあんなにひどいことができる人が、そんな風に何かを心底から愛して大事にする、なんて本当に可能なのだろうか……それはひとりの人間の中に、同時に存在できるものなのだろうか。

いや、世間に知られた犯罪者が、同時に家族やペットをとても大事にしていた、なんてよく聞く話だ。おそらくその人の中で、それとこれとは別なのだ。だから……いや、でも。

――あんなにムキになって言う程、その相手の男の人悪くなかったんじゃないか。

塩田さんの声が不意に耳の奥をよぎって、口の中のお茶が飲み込めなくなった。

一度は迷いを振り切った筈のこころが、またぐらりとゆらぐ。

喉の奥が硬いコルクのように固まっているのを無理やり動かしてお茶を飲み込むと、熱さが食道のラインをくっきりと浮かび上がらせながら胃の底に落ちていった。

それから十日程たった日のことだった。

講義の休講が重なった平日の昼間に向かったお店に、早見の姿はなかった。それどころか他のお客も、すいおんさえもその場にいなかった。

「すいおんね、今日手術なんですよ。こないだ言ってた、避妊の」

お水を出してくれながら、龍王さんは言った。

「ちょっと前にキシくんが連れていったんですけど、もうゆうべからずっとそわそわして……あ」

カウンターに置こうとしていたメニューをぱたりと落として、龍王さんは口を丸く開ける。

「しまった」

短く言うと龍王さんはカウンターを出て、店の奥に引っ込んでしまう。

「龍王さん？」

からから、と引き戸が開いてまた閉まる音がしたと思うと、手に封筒を持って戻ってきた。

「準備でバタバタしてて、診察券と、手術の同意書、キシくんに渡すの忘れてた……

診察券はともかく、同意書がないと」

　龍王さんは焦った様子で「ちょっと、届けてきます」と言った。

「病院、すぐ近くなんですよ。すぐ戻りますので、悪いけど吉川さん、待っていてもらっても大丈夫ですかね」

「ああ、はい。大丈夫です、待ってます」

「じゃ、クローズドの札出しときます。すみません」

　と、入り口に向かいかけたのと同時に、外でぱっと複数の人の気配がしたと思うと扉がからりと開いた。楽しげな笑みを浮かべた、着物を着た学生らしき女性達が続々と中へ入ってくる。

「すみません、六人、大丈夫ですか？　入れますか？」

　はきはきと明るい、礼儀正しい声で言われて、龍王さんが一瞬、途方に暮れた目でこちらを見た。

「あの、代わりに届けましょうか」

「え？　でも」

「病院、ここから近いんでしょう？　診察券、封筒に入ってるんですよね。携帯で場所調べます」

「いいんですか？」

ええ、とうなずくと、龍王さんはわずかにためらいながらも封筒を差し出してきた。受け取って席を立つと、女性達に軽く会釈をして横を通り過ぎて店を出る。

診察券を取り出して病院の名前を検索すると、確かにとても近かった。多分、歩いて十分かかるかどうか、くらいじゃないだろうか。

早足に歩き出すと、家の間を抜けて細い道路に出た。南にまっすぐ進むとすぐにT字路に突き当たる。Tの横棒に当たる道は東に向かってゆるやかに山へと上がっていて、ど真ん中が深い切り通しになっており、ＪＲの線路が敷かれている。その分を含んだ全体的な道幅がとても広くて、十月初めの、雲の少ない明るい青空がせいせいと広く抜けて見える。

このまま東に折れて上がっていって大通りに出てもいいし、目の前の跨線橋《こせんきょう》を渡ってから道の南側を同じように上がってもいい。どちらにしようか、と道の真ん中で一瞬迷う。時間的にはもう病院についていてもおかしくないから、書類がないのに気がついて戻ってくる途中かもしれない。

……そうか、だとしても、跨線橋の上からなら道の両側が見通せる。もし早見が戻ってきていれば見えるんじゃないか、そう思いついて橋の階段を上がって、足がぴたりと止まった。

「あ……」

　口からかすかな声がもれて、橋の真ん中で線路を見下ろしている相手が、ゆっくりと顔をこちらに向ける。

「……吉川さん」

　そして向こうも、口を小さく開けてまじまじと見返してきた。

「えっ、あの……どうして、ここで、何を」

　混乱してうまく言葉にならないまま目を動かすと、足元にキャリーケースが見えた。奥までは見通せないけれど、当然中にいるのはすいおんだろう。

「吉川さんこそ、どうして」

　おそらく自分と同じくらい驚いている様子の相手を見て、逆に少し気持ちが落ち着いた。目の前に歩みより封筒を差し出すと、早見の眉が大きく上がる。

「診察券と、手術の同意書です。龍王さんから預かってきました」

「伯父が？　えっ、でも、どうして」

「龍王さん、お渡しするの忘れてたんだそうです。届けてくるから、て出て行こうとしたんですが、ちょうど珍しく若い女の子が六人も来て、出られなくなって、それで代わりに」

早口に説明すると、早見は見開いた目をぱちぱち、とさせて、それからごく軽く、小さく吹き出した。

「……珍しく」

それと同時に呟いた言葉に、はたと我に返る。いや、事実だ、事実なんだけれども失礼だ。

「あ、いえ、あの、すみません」

「いや、正しいです。すごく珍しいです。奇跡に近いです」

唇の端の辺りにまだほんのりと笑みの気配を漂わせたまま、早見は片手を振った。吹き出してしまったせいなのか、夏に別れた時のあの硬い尖った気配はすっかり消えている。

「でもそれを、『若い女の人』である吉川さんが言うのが、何だか可笑しくて……」

けれど、最初はそうやってまだ笑いを残して言いかけた言葉が、途中でふっと弱くなる。

大きな手で隠すようにふっと口元を覆うのと同時に、また、あの昏い気配が目元をよぎった。どきん、と心臓が跳ね上がるのを感じながら見ていると、その目が一瞬伏せられ、またあげられる。

そこには何故か、美しく光に満ちた誰もいない朽ちた廃墟を見つめるような、奇妙な諦めに似た明るさが見てとれて、どうして、と不可解な気持ちになった。

「……すみません、とにかく、お手数おかけしました。ありがとうございました」

ぱっと切り替わった、堅苦しくもないけれど完全な親しみとも違う、顔を覚えた配達員さん程度のくだけた声音で言うと、早見は封筒を受け取って大きく頭を下げた。

「あ、いえ、間に合って良かったです。まだ病院、着いてなかったんですね」

相手の態度の移り変わりも謎だったが、とりあえずもうひとつ手前の謎を解きたくてそう口にすると、早見の目元にぐっと苦いいろが走った。

「ああ、いえ、あの……はい。あの、なかなか、忍びがたくて」

「しのび？」

音を言葉として一瞬理解ができなくてオウム返しをすると、早見は曖昧に口元を動かし、きゅっとひき締める。

「手術が……本当にするべきなのかどうかとか、そういう……ところで」

ああ、と思いながらも、額をピン、と小さく打たれたように面食らった。ペットを飼ったことはないけれど、犬や猫を飼う人は、ほぼ避妊手術をするものだと思っていたからだ。

「結局、それは……飼う側の自分達が、管理をするのが楽だからで……もしも自分がものすごいお金持ちで広い家を持っていて、子供を何匹産んでも全員面倒をみられるのなら、わざわざ体を切るような手術、しなくたっていい訳でしょう。でも……現実的にそんなこと、無理な話じゃないですか」

「まあ……確かに、そうですね」

「だから、ええ、飼うんだと決めた以上、するのが当然だし、するのが精一杯の自分達の責任だと、判ってはいるんですが、それでも……」

「忍び、がたい」

語尾を濁して小さく息をついた早見の姿に思わず言葉を足してしまうと、相手は地面を見つめたまま、ごくわずかにうなずいた。

「そういう……こちらの仕方のない事情で、命を危険にさらしてしまうのが、どうしても」

「きけん？」

深刻な口調なのに、またつい、オウム返ししてしまった。

「え、避妊の手術って……そんなに危ない、ものなんですか？」

知らなかった、そんなに危険なのにやって当たり前みたいな風潮なんだ、と心底驚いて尋ねると、早見はふっと、困ったように目尻を下げて視線を横に向けた。

「いえ、あの……ひと昔前の、海外の数字ですけど、死亡率は〇・一パーセントくらいみたいです」

自分の目が勝手にまん丸くなったのが自分で判った。そのせいなのか、早見はますます、目線をあさっての方に向ける。

「……ええ、はい、あの、莫迦莫迦《ばかばか》しいというのは、自分でも重々承知なんですが、それでも……それでも、こんな小さい体で、麻酔なんかかけられて……それでもし、二度と……二度と、目覚めなかったらと、思うと」

唇を殆ど動かさずにぼそぼそと語られる声が、流砂に呑み込まれる小枝のようにすうっと深いところに落ちていって、思わず息を呑む。

伏せられた瞳の、くろぐろと沈んだ底の無いうつろさ。

こくり、と喉が動くと同時に、勝手に言葉が出た。

「……誰か……大事な、ひとを、突然……思いもしないようなかたちで、失ったことが……あるん、ですか」

うつろだったその瞳が、跳ね上がったバネのようにばん、と突然大きく見開かれ、こちらをまっすぐに向いた。

小刻みな呼吸と共に大きくて広い胸板が細かく動いているのが、パーカーをはおったTシャツごしにはっきりと見てとれる。

そこに、何か——殺気と呼ぶのに似た、はらりと落ちた紙が切れる程に研がれた刃物の切っ先のような、指一本さえ動かせない空気を感じて、全身の毛が逆立った。

——絵里ちゃん。

こころの中で悲鳴のようにその名を呼んだ瞬間、すぅっ、とはっきりと音を立てて、早見が深く長い息を吐く。

息の流れと同時に、その全身に漲《みなぎ》っていた恐るべき緊張がするすると抜けていく。

そしてそれと入れ替わるように、はらりと風に乗る長めの髪に、わずかに落ちた肩先に、力の抜けきった骨ばった指に、ゆるんで少し曲がった背中に——薄い薄いガラスの器に満たされた水に似た、青みがかった透明な気配が広がっていくのが、確かに判った。

その気配は、かなしみ、と呼ばれるものに、似ている気がした。

絵里ちゃん、ともう一度名を呼ぶのと一緒に、自分の中にインクの染みのように困惑が広がっていくのを感じる。

この人は……もしかして本当に、心底から、絵里ちゃんの死を……悲しんで、悔いて……いるのだろうか。あんな結果になるなんて、本当に思ってもみなかったのか。広がっていく混乱を抱え込んだまま、何も言えずにただ立ちすくんでいると、早見も何も答えずにふっと腕時計に目を落とした。

「ああ、もう……さすがに、行かないと。間に合わない」

ひとりごとのような、けれどこちらに聞かせるような声音で言うと、早見はかがんで足元のキャリーケースを取り上げた。中から小さく、「にぃ」と声がする。

「それじゃ、吉川さん、わざわざすみませんでした。ちゃんと受け取ったから、と伯父にも伝えておいてください。今度必ず、お礼します。ありがとうございました」

こちらに何の言葉もはさませない勢いで一気に言うと、大きく頭を下げてくるりと身を翻す。

「あの」

歩き出そうとする背中に声を上げると、足がぴたりと止まった。

けれど、こちらを振り返る様子はない。

「あの……」

何故呼び止めてしまったのか、自分でも全く判らなかった。一体何を言おうとしたのか。

頭では全く判らなかったのに、声は勝手に続いた。

「あの、病院……ご一緒させて、もらえませんか」

「えっ？」

ぴょん、と声の高さを跳ね上げて、相手がくるりと振り返る。

黒い瞳が、まあるく見開かれている。

「あの……すいおんが、心配なので。最初に、見つけたし、親みたいな……ものなので」

――自分を拾ってくれた二人を、親だと思ってるみたいな。

頭の中で龍王さんの声が響いて、同時にそう言葉にしていた。

早見はまじまじとこちらを見つめ、それから一瞬、キャリーケースに目を落とし、もう一度こちらを見て、ゆっくりひとつ、うなずいた。

その口元には、うっすらと、けれど確かに、ゆるやかな微笑みが浮かんでいた。


病院に着いたのは、予約時間ちょうどだった。

手術自体は一時間程度だが、麻酔が完全に抜けたかどうか確認する必要がある為、三時間くらいかかるのだそうだ。ここで待っていてもいいが暇だろうから、とすぐ近くのお茶屋さんを受付の女性に勧められ、一緒に向かうことになった。

早見について歩いていくと、商店街を少し歩いて信号を渡ったところに、確かにお茶屋さんがある。一見ただの小売店に見えたけれど、中に入ると店の片隅が小さな喫茶スペースになっていた。一番奥のテーブルに座って、小さく息をつく。

他にお客は誰もいなくて、すぐににこにこと笑みを浮かべた中年の女性がメニューを出してくれた。開いてみると、当たり前のことだが抹茶もののメニューだらけだ。

外からぱっと見た感じからは思いもよらないメニューの豊富さに少し圧倒されていると、向かいで早見が、いぶかしげに眉を寄せてこちらを見た。

「大丈夫ですか？　アレルギーとか、あまりお好きでないとか」

「あ、いえ、違います。大丈夫です。……あの、いろいろあるので、迷っちゃって」

口ごもりながら言うと、早見の眉の辺りから目に見えて力が抜けた。ふうっと目を細めると、ちょっと首を伸ばしてこちらの手元にあるメニューを見る。

「でしたらもう、いくつでも好きなもの頼んでください。今日はご足労おかけしてしまいましたし、ここは自分が出します」

「あ、いえ！　そんなのはいいんです、全然、あの、何て言うのか、その……こういう抹茶スイーツ的なお店、久しぶりで。いつも龍王さんのところのお茶なので」

思いもよらない申し出に泡を食って早口に言うと、早見は一瞬きょとんとして、それから口元をやわらげた。

「そうなんですか、それは嬉しい限りです。伯父にも伝えときます。でも……せっかく京都に住んでおられるのに、抹茶より中国茶って、珍しいですね」

言葉通り本当に嬉しそうに、そしてなごやかな笑みを含んだ声で言われて、確かに、と気の抜けた思いで内心ため息をついた。仕送りとバイト代から生活費や必要経費を引いて、残った分はほぼすべて『龍王』で使っている。他で使うお金も時間の余裕も今の自分にはなかった。

「よっぽど、お好きでいられるんですね。それこそお若いのに、珍しいです」

注文を取りにきた女性に抹茶ソフトクリーム入りのグリーンティーを頼んで、早見はそう言った。自分は抹茶カプチーノを頼んで、メニューを戻すと軽く座り直す。

少し賭けに出てみよう、橋での会話を思い出してそう覚悟を決めた。

「ええ、そうですね……あの、仲の良い、従姉《いとこ》がいて……彼女の影響で、好きになりました」

「ああ、そうなんですか。……あれ、お店にいらしたこと、ありましたっけ」

音を立てないように歯の隙間から細長く息を吸うと、ぐっと止めて口を開く。

「亡くなりました」

短く言い切ると、早見がはっと撃たれたように息を止めた。薄い唇が、かきん、と音が聞こえるくらいに固く結ばれる。

そのままどちらも無言で座っていると、奥から女性が明るく「お待たせしましたぁ」と飲み物を持ってきた。テーブルに抹茶カプチーノを置いて、「これね、甘みついてないいんで、ちょっと飲んでみて良かったらお砂糖足してくださいね」と丁寧に声をかけてくれると、すっと奥に引っ込む。

けれどこの状況で手をつける気にもなれず、ただ目の前の、ふかふかと泡立った白いミルクののった、くっきりと絵の具のように鮮やかな濃い緑色を見つめた。座っているだけなのに、心臓がどくどくと打って胸苦しい。

「……そうですか」

しばらくそうしていると、不意に早見が呟いて、はっと目を上げた。相手は対照的に目を伏せたまま、グラスの横に置かれた紙の袋を開いて、ストローをソフトの脇にぐい、とねじ込むようにさしこんでいる。

「だから……だから、あんな」

そうしながら、唇を殆ど動かさずに呟かれた言葉の意味が一瞬判らず、「え?」とかすかな声をあげてしまう。その次の瞬間に、先刻跨線橋で自分が相手にかけた言葉がはっきりと脳裏をよぎった。

——誰か……大事な、ひとを、突然……思いもしないようなかたちで、失ったことが……あるん、ですか。

一度は意識から外れていた心音が、再びどくり、と耳の裏で響く。

小さく唾を飲み込むと、口を開いた。

「……早見さんも、ですか」

ついに初めて口にしたその名は、癖の強い南国の果物を食べた時に感じる、ピリピリと苦く細かい針のように舌を刺す。

相手は首を突き出すように伸ばしてうなだれたまま動かない。

「早見、さん?」

聞こえていないのか、といぶかしく思いもう一度呼ぶと、早見ははっと顔を上げた。居眠りから覚めた人のように、せわしなくまばたきをして辺りに目を走らせる。

「あの……大丈夫、ですか」

相手の内心の状態が全く読めずに恐る恐る聞くと、早見は大きく息をついて「ええ」とうなずいた。ソフトクリーム用と思われる柄《え》の長いスプーンをストローの脇に突き刺して、けれど口に運ぼうとはしないまま、もう一度「ええ」と首を縦に振る。

一度目の「ええ」は「大丈夫ですか」への答えで、二度目の「ええ」は「早見さんもですか」に対する「ええ」だ。それが何故だか、はっきりと判った。

「……ああ、でも、僕は……吉川さんとは違って、家族とか親戚とかの身内ではなくって」

「お友達、ですか」

慎重に尋ねると、早見は少しだけ考えてから小さく首を振る。

「いえ。……ちょっと、特殊で……親しいとか仲が良かったとか、そういう間柄でもなかったんですけど。でも……突然だったし、思いもしなかったので」

目の奥が一瞬でぱりん、と凍りついて表面が乾いたのが自分で判った。カップに伸ばそうとしていた手が、テーブルの上で止まる。

親しくも仲が良くも、ない？

みぞおちの辺りが急激に熱くなる。

頭蓋骨の内側すべてが煮えたぎりそうになる寸前、隅の方だけ、わずかに疑問を訴えてきた。

もしも本当に、この男が絵里ちゃんのことを「親しくも仲が良くもない相手」だと認識していたとしたら……そんな相手の死を、こんなにも全身で重たく引き受けているものだろうか？

頭からすうっと熱が引いて、思考が高速でめぐっていくのを感じる。

だとしたら……考えられるのは、今のこの「相手とは親しくない」という言葉が嘘なのか、それとも。

それとも……本当に、絵里ちゃんとこの男とは、それ程「親しくも仲が良くもなかった」のか。

心臓に突然、直に冷たいアイスが押しつけられたようで、ぞくりと背筋が震えた。

自分も陽菜ちゃん達も、「絵里ちゃんと早見はつきあっている」と思っていた。けれど……よく考えてみたら、それはすべて、「絵里ちゃんから聞いた話」なのだ。他に確かなものは、何ひとつない。会ったことも、声すら聞いたこともない。

勿論、絵里ちゃんの妊娠と流産は事実だ。後者がおそらく、相手の男が贈った靴が原因であることも。

けれど「その相手が早見ではない」可能性が、もしかしたら、あるのだろうか。早見が絵里ちゃん自身やその死を知っているとするなら、例えば早見の友人だとか。

だけどそれなら、どうして「早見とつきあっている」なんて嘘をつく必要が、と思って、ふっとこころが暗くなった。そこに嘘をつく、ということは、つまり相手が、自分達には紹介しづらいような人だということだ。

ぱっと頭に浮かんだのは「前科持ち」という単語だったが、それはあまりに現実的でなく思えて内心で小さく首を振った。でなければ、ものすごく歳が離れていると か、離婚歴があって子連れとか……既婚者、だとか。

あっ、と小さく口の中で声が出かかった。それなら確かに、自分達に隠しても不思議ではない。そして早見が、もしも二人のつきあいにアリバイを提供したりしていたのなら、自分が直接親しい訳ではない絵里ちゃんの死をこれ程悔やむのもおかしくはない、いやむしろ当然の話だ。

……いや、でも、絵里ちゃんがそういうことを芯から嫌う、潔癖な性格であることは自分が一番、よく知っている。母が亡くなった後だから正確には不倫ではない父と継母の交際でさえ、自分の手前、抑え気味ではあったけれど、「早すぎる」と心底嫌がっていたくらいだ。

でも。

――相手にこころを預けすぎる、まあ一言で言うと重い、て感じかな、相手のやることなすことに自分の全行動を支配されちゃう、みたいな。

一度、どうしようもなく、こころを囚われてしまったら……どうあがいても逃れられなくなってしまったら、あの一途な絵里ちゃんなら、まさか……

「――吉川さん」

不意に目の前で強い声で呼ばれて、はっと我に返った。身を乗り出した相手の顔が、その黒光りしたまなざしがすぐ目前にあって、思わずひゅっと息を吸い込んでしまう。

「どうしたんですか……どこか具合が悪くなったり、されてないですか」

語勢の強い、けれどお店の人に聞こえないようにか低く落とした声に、確かに相手が心底こちらを案じていることを感じて、水をかけられた炭がまだじぶじぶとくすぶるような、奇妙な苛立ちと懐疑の念とを覚えた。

万が一、今の妄想にも近い思いつきが事実だとして……だとしたら、いくら何でも遺族に詫びの一言くらい、あってもいいものじゃないだろうか？　自分はともかく、少なくとも叔父さんには、間違いなく頭を下げてしかるべきじゃないんだろうか。いくら思いもよらなかったとしても、黙っているのはあまりにも卑怯じゃないか。

むらむらとした腹立ちのすぐ隣に、疑問符が渦巻いている。そもそも早見は実家や職場から逃げて『龍王』にいるのだ。もし今の思いつきが事実なら、一体何故、隠れなければならないのか。

……もしかしたら、早見は絵里ちゃんとその彼氏との仲立ちをしたのかもしれない。どちらからの頼みかは判らないが、その際に彼氏が既婚者だということを隠していて、後で判った時には絵里ちゃんはもうどうにも相手を諦められなくなっていて
……だとしたら別れや流産の後に、早見のことまで恨みに思って、それで……

「吉川さん」

重ねて呼ばれて、またぐつぐつと煮えたつ思考のるつぼに落ち込みかけていた意識を、何とかひきずりあげる。

「……すみません、大丈夫です。ちょっと……いろいろ」

何の説明にもなっていない言葉を口にして、けれど相手は一瞬、ひどく傷ましげなものを見るまなざしを向け、小さくうなずいて身をひいて座り直した。

それ以上何ひとつ言えなくて、目の前のすっかり泡の落ち込んだカップを手にとり、やっとひと口すすった。

「え、美味しい」

すっかり冷め切っていたにもかかわらず小さな声が出てしまって、はっと唇を閉じ

る。

向かいで早見が、鳩が豆鉄砲を食ったような顔でこちらを見た。

「あ、いえ、あの……すみません、でも、美味しくて」

何故か焦ってしまって早口に言い訳をする。だが本当に、カップの中のそれは何とも言えず美味しかった。甘みはついていない、とお店の人は言っていたけれど、抹茶の味に角立ったところが一切なく、お茶の苦味もすっぽりとミルクに覆われて、こくのある甘みを感じる。

「……そうですか、良かった」

すると相手は自分の言葉をどう受け取ったのか、ひどく甘苦い、どこか今口の中に感じている抹茶とミルクの溶け合った味によく似た笑みを一瞬、よぎらせた。目の前のグラスの、もうかなり溶けてきている抹茶ソフトをひとさじすくって、口に含む。

「ほんとだ、美味しい」

早見はひとりごとのように呟いて、続けてスプーンを口に運ぶと、ストローで液体の方も勢いよく吸い込んだ。

「うん、美味しいですよ。甘いのと苦いのと、全部がちょうどいい」

今まで見たことがない程いきいきした顔つきで、あっという間にグラスが空になるのに、つい呆れたような笑みを浮かべてしまったのが自分で判った。

「……甘いもの、お好きなんですか」

ふっとやわらかくなった気持ちにつられてそう尋ねると、早見は大きな肩をすくめるようにして「はい」とうなずく。

「ちょっと、最近は……すいおんのこともあって食欲も落ちてたんでこんな感じですけど、普段だったらもうこっちの、パフェとか食べちゃう方ですね。アイスが特に好きで」

テーブルの端に立てて置かれたメニューを指さし、少し気恥ずかしそうに言う早見に、話がそれたことに安心したような納得がいかないような、複雑な気持ちが混じり合った。

先刻の自分の考えが荒唐無稽であることなんて判ってる。確かに自分は早見に会ったことはないけれど、前に絵里ちゃんがデート中、職場の人にばったり会ってからかわれた、なんて話を楽しそうにしてくれたことがある。相手が既婚者だったら、絵里ちゃんの性格的に有り得ない話だ。

それなのに、そんな無茶なことを考えてしまう程……どうにかしてつじつまを合わせたいと思う程、多分自分は、そうであってほしくない、とこころのどこかで思っているのだ。

目の前の、何かに深く苦しんでいる、子猫の体を心底から心配する、この人が絵里ちゃんの仇であってほしくない、と。

その思いは、乾ききらない傷口からじくじくとにじむ液体のようにこころを苦く濡らした。自分が絵里ちゃんに対して、ひどい冒瀆《ぼうとく》を行っているように感じられて。

「このお店、前はよく通るんですけど、何となく入る機会がなくて。こんなに美味しいのなら、もっと早く来れば良かったです」

こっちがぐじぐじとした気持ちを抱え込んでいることなど当然知る由もなく、早見は明るい口調のまま話し続けた。ちらっと時計を見て、小さく息をつく。

「まだ、当分かかりますよね……僕、お茶を頼もうと思いますが、吉川さんは」

そう言いながらメニューを取って開いたので、胸の内のぐちゃぐちゃしたものをいったん脇に置いて自分も中を見た。確かに三時間は粘るのに、カプチーノ一杯というのも申し訳ない。

早見はほうじ茶を頼んで、自分はかぶせ茶を頼んだ。すぐに出てきたそれは、テーブルに置かれる前からいい香りがして、荒れた気持ちが慰められる。

新しい飲み物が来て場がすっかり切り替わったこともあって、それからは獣医さんのエピソードや『龍王』の最近の様子や商店街の他のお店のこと、ごくごく他愛ない世間話を、話がはずむという程でもなく無言が続くという訳でもない、程々のペースで交わした。もう今はこれ以上あれこれと考えたくなくて。

何回かお湯を注ぎ足してもらったお茶もすっかり飲み終えた頃、電話が鳴って、無事に手術が終わったことが判った。

お礼だから、と早見は全額出そうとしたが、がんとして譲らずに自分の分は払った。この相手にお金を出してもらうのは、やはりどうしてもどうしても嫌だった。

病院に迎えに行ったすいおんは、診察室に入った時にはだらんと横たわっていて、ずいぶんぐったりした様子だった。が、入ってきた自分達を見るなり、にゃあにゃあ鳴いて診察台を降りてこようとしたので、先生が慌てて止めていた。その元気そうな様子にほっとしたし、当のすいおんには申し訳ないけれど、くるっと巻かれたエリザベスカラーをつけた姿がちょっとかわいい、と思ってしまった。

術後の注意などを少し受け、支払いをして病院を出る。

お店に寄っていってください、と言う早見を断って、バスで帰ることにした。もうお茶はたくさん飲んだので今日はいい、龍王さんによろしくお伝えください、と頭を下げる。

「判りました。でも本当に、必ず近い内、何かお礼をさせてください」

下げた頭が上がりきらない内に言われて、思わずきつい口調で「いりません」とはねのけてしまった。早見はぐっと唇を閉じ、鼻先を殴られたようにわずかに顔をのけぞらせる。

「必要ないです。すいおんが……心配で、来ただけですから」

その顔つきに、どうしてか自分の方が頭を叩かれたような感覚を覚えながらも口調をゆるめずに言うと、早見は何故か、閉じた唇にうっすらと笑みを浮かべた。

「……吉川さんは、すいおんの親ですからね」

やわらかく呟かれて、急激に胃の底から顔まで一気に、かあっと熱くなる。

「判りました。お礼は無しです。でも」

そこで一度言葉を区切って、早見は真正面から、こちらの目を見た。

急に足元の辺りに風が通り過ぎて、すぐ脇を走る車の音がすうっと薄くなる。

「――忘れません」

ざらりとした低い声が、胸の中心にまっすぐに突き刺さった。

第六章　黄金の夜

それから一ヵ月程、『龍王』に足を向けることができなかった。

夜になると、夢を見てはうなされて飛び起きた。一番多いのは絵里ちゃんのあの日の夢で、けれどそれ以外の夢は何故か、目が覚めた瞬間にぱっと霧《きり》のように消えてしまって、何ひとつ覚えていられなかった。それなのにそれが「悪夢」だということだけははっきりと判った。

——忘れません。

そして何故だか、そんな目覚めの時にはいつも、あの声が耳の裏に聞こえた。

つやつやと磨かれた那智黒石《なちぐろいし》のような、ひとをまっすぐに見つめるまなざし。

ぶるん、とめまいがするくらい強く頭を振って、その映像と音を追い払う。

何かを見抜かれてしまうことが怖くて、大学のカウンセリングも適当な理由をつけて休んでしまった。ちょうど三コマ目の講義が無い日だったので、学食の混雑タイムを避けて一時過ぎに一人で入店する。

ご飯を食べなくちゃ、と頭では判っていたけれど、食欲があまり出なくてミニサイズのかけ蕎麦《そば》とサラダを選んだ。それでも我ながら箸《はし》は重い。

ちまちまとつまんでいると、テーブルのすぐ横をすっ、と誰かが通り過ぎた。同時にカタン、とトレーの端に何かが置かれる。

えっ、と見ると、学食名物の手作りプリンがあった。顔を上げると、この間宵山に誘ってくれた三人が、空になった食事のトレーを手に一列に並んで歩き去っていく。

「あっ……」

思わず口からかすかな声がもれると、一番後ろの子がちらっと振り返った。どこかぎこちない表情で、けれど確かに微笑んで小さく手を振り、返却口にトレーを返して学食を出ていってしまう。

言葉もなくその背を見送って、置かれたプリンをじっと見つめた。本当に美味しくて大のお気に入りで、四人で学食に来る度によく食べていた。絵里ちゃんにも食べさせたくて、休みの日にわざわざ学食まで連れてきたこともある。

そっと手にとって蓋の上にテープでとめられたプラスチックのスプーンを外してひ

と口含むと、大好きな甘い卵の味としっかりした舌ざわりがした。それが驚く程懐かしく、危うく涙が出そうになる。

この前、これを食べたのはいつだったろう……おそらく十ヵ月は前のことだ。

好物を忘れずにいてくれた、こちらが一方的に避けているのに気遣ってくれた、そのどちらも泣きたい程嬉しく、けれど困惑してしまう。こんな優しさは、もう自分には要らないものなのに。

カラメルの苦さを舌にしみこませながら、どうにか涙をこらえた。ちゃんと頑張らないと。一日も早く、決着をつけないと。

その次の日、ようやく重い腰を上げて『龍王』へ向かった。

「いらっしゃ……ああ、吉川さん！　お久しぶり、良かった」

店の扉をくぐると、龍王さんがぱっと顔を明るくさせ、次の瞬間、眉を曇らせる。

「ちょっと……体調、悪かったのかな？　少し、痩せました？」

「龍王さん、人に体型のことをあれこれ言うもんやないですよ」

龍王さんの言葉に、奥のテーブル席にいた中年の男女二人連れの女性の方が、陽気に声をかけてきた。どちらも店で見たことがない人達だ。

「え、そう？　でも……」

語尾を濁しながらちらりとこちらに目を向けた龍王さんに、軽く微笑んでみせる。

あれだけ通っていた店にこの一ヵ月全く姿を見せなくて、その上確かに、前より数キロ体重が落ちている。そこに言及されるのは当然のことだし、真剣に心配してくれているのも口調からはっきり伝わって、特に気にはならなかった。

「すみません、ご無沙汰しちゃって……タチの悪いインフルエンザにかかって、かなり長いこと寝込んでしまって」

「ああ、そうなんだ。それは大変でしたねえ……良かった、良くなって」

いかにも嬉しそうに眼鏡の奥の目を細めて、龍王さんは何度も何度もうなずいた。

その顔に、嘘をついたことに後ろめたさを覚える。

「そうだ、良かったらね、今日はこの間のお礼に、お茶をご馳走しますよ。ちょうどあちらのお二人が、とっても良いお茶をお土産で持ってきてくださって」

えっ、と改めて見ると、テーブルからこちらを見ていた二人が同時に、小さく頭を下げてきた。つられて頭を下げ返す。

龍王さんの紹介によると、台湾でお茶について教えてくれて、お店を開く際にも世話になった藤谷《ふじたに》さんという方だそうだ。向かいの男性は台湾の方で、半年前に知り合ってすぐに意気投合し、あっという間にご結婚されたのだとか。男性は台北《タイペイ》でいくつかのレストランを経営していて、料理の一部を冷凍で販売もしており、それを『龍王』でも提供してもらえないか、と帰省も兼ねて来日したのだという。

「それでね、来週の金曜に試食会をしようと思ってるんですよ。普段の営業の後に、常連の方だけ集めて。僕もひと通り食べてね、美味しいと思ってるんだけど、僕向こうの味に慣れちゃってるから、そうじゃない人に食べてもらって味をみてもらおうと思って。吉川さんもぜひ、来てもらえないですか」

とびきり美味しいお茶——武夷山《ぶいさん》の大紅袍《だいこうほう》という岩茶《がんちゃ》——をしっかりいただいている状態で、三方からの期待に満ち満ちた目を寄せられて、もううなずくしかなかった。あまりこの店で知り合いを増やしたくはないのだけれど、これだけ通っていると多少の顔なじみは既にできてしまっている。仕方がない、と腹をくくった。

試食会の日の夜、珍しく、いや初めて、『龍王』が満席になっている光景を見た。とは言えテーブルの十席、カウンター四席の全部で十四人に、どこから借りてきたのかパイプ椅子が数席の、全部で二十人程度のものだったけれど、普段を見慣れているだけに「ぎゅうぎゅうだ」と感心する。

知らない顔も何人かいて、寺町で建築事務所を営んでいるという中年男性に名刺をもらったり、先月結婚されたばかりの萱島《かやしま》さんというご夫婦にも紹介された。なんと

『龍王』で知り合って結婚に至ったそうで、どうやらその場全員が知り合いらしく、皆がその話で持ちきりになってくれたおかげで、あまりこちらに声がかけられずに済み内心ほっとする。

それでもカウンターの端の席に座って、なるべくプライベートな話はしないように、と気をつけていたけれど、会が始まると全員の話題が料理に集中した。とにかく美味しかったのだ。冷凍でこれなら、実店舗に行ったらどれ程かと思う。最近すっかり落ちていた食欲があっさりと復活する美味しさだった。

手伝いとして早見がいるかもしれない、と思ったが姿はなかった。龍王さんによると、夜はすぐ近所の居酒屋でバイトに入っていることが多いのだそうだ。

それで少し気がゆるんでしまって、藤谷さんに勧められた紹興酒《しょうこうしゅ》のソーダ割りを一杯だけ飲んでしまった。そのまま飲んだ時の渋さや酸味、独特なえぐみのようなものが、炭酸で感じにくくなって飲みやすいのだという。

試食、というレベルを超えてたくさんの料理が出てきてお酒の瓶も次々空になり、場がどんどん盛り上がっていくので、龍王さんに断って退席させてもらうことにした。「どうもこの雰囲気だと朝までコースだね、吉川さん早く逃げた方がいい。それじゃ気をつけて」と龍王さんは笑って送り出してくれる。

外に出ると急に顔全体にぺたりと冷気が貼りついて、それでかえって、自分の頬がぼわぼわとほてっているのに気がついた。うっすらと酔っているのが自分で判る。わざと口を丸く、オーの字に開いて息を吐くと、一瞬ぽわりと、丸い白い水蒸気が浮かんで消えた。それが何だか妙に楽しくて、ふうっと唇に笑みが浮く。

歩き出す背中に、お店の喧騒《けんそう》があたたかく響く。

今日は楽しかったな。お料理美味しかった……絵里ちゃんと来たかったな。

ちくん、とこころに針が刺さって、唇の笑みがかき消える。

楽しければ楽しいだけ、嬉しければ嬉しいだけ、「そこに絵里ちゃんがいない」ということが胸に応《こた》える。なすべきことをなさぬまま、ただ漫然とこうして日々を楽しんでしまう自分がじっとりと嫌になる。

……やりとげた後になら、楽しんでもいいのだろうか。

うっすらと酔った頭でちらっと一瞬思って、すぐに打ち消した。いくら正当な仇討ちとは言え、人ひとりを殺めてその後に楽しむも何もないだろう。

……でも。

ふうっと目を上げると、立冬も一週間程を過ぎてすっかり冷え切った夜空に、星がちかちかと瞬いているのが見えた。

でも、だとしたら……自分はこの先一生、「こころから何かを楽しむ」ということが、もう許されないのかな。

首を思い切りそらして夜空を見ていると、何故だか急に星の光がぼんやりとにじんできて、急いでぎゅっと目を閉じて首を振って歩き出す。

玉砂利の路地を抜け道路に出て北に折れると、少し進んで東西に延びるT字路を三十三間堂の築地塀《ついじべい》——太閤塀《たいこうべい》という文化財だ、と昔絵里ちゃんが教えてくれた——に沿って東に曲がる。バス停は三十三間堂を挟んで北側、七条通《しちじょうどおり》にあって、『龍王』からだとお堂の西側の道の方が若干近いのだが、築地塀の端の南大門をくぐるのがいかにも京都らしくて好きだった。

塀に沿って少し進んだところで、前方でがらり、と音がしてふっと目を上げ、見えたものに一瞬で体が硬直した。

早見だ。

築地塀の向かいの道沿いに小さな居酒屋があって、そこの引き戸を開けて早見が外に出てきていた。この寒いのに、五分丈程の白いTシャツを着ただけの姿だ。

早見は立ち止まってしまったこちらに気づくことなく、瓶の詰まったビールケースを両手で抱え持ち、がしゃがしゃと音を鳴らしながら店の脇から裏に消えた。一瞬後に手ぶらで戻ってきて店に入り、がらっと戸を閉める。

無意識の内に止めていた息がふうっと勢いよく肺からもれて、白く揺れた。

近くの居酒屋、てここだったのか……いつも昼間や夕方の早い時間にしか通ったことがなくて、その時はシャッターが下りていたので、全然認知していなかった。

そうっと足を忍ばせて店の前に近づいてみたが、扉には長めののれんがかかっていて中の様子はよく判らない。まあひとつ活動場所が判っただけでも収穫だ、と帰ろうとすると、扉がまたがらりと開いた。

どきり、としてつい注視してしまうと、中から四十代くらいの背広姿の男性二人が連れ立って出てきた。コートや上着は着ているが、ネクタイは二人とも外してしまっている。

「いやあ、美味かった……あれ、お嬢ちゃん、どうしたの？」

陽気に張り上げられた声が自分に対してだと気づくのに、少し時間がかかった。

「え、いえ……別に」

返事をした時には、もう二人は自分を囲むように左右に立った後だった。

「何々、だって見てたでしょー？　気になるんでしょ、おじさん達のこと」

「お嬢ちゃん、京都の子かなー。おじさん達今日は出張で京都でねえ、これから二軒目行くんだけど、どこかいいとこない？　案内してよ、ご馳走するから」

かわるがわるに訳の判らないことを言われて、どうしよう、と途方にくれた。相手の荒い息から強く酒の匂いがして、勝手に体がたじろぐ。

「いえ、結構です、帰ります」

頑《かたく》なに首を振って後ずさろうとすると、片方の男にぐい、と左の手首を摑まれて、ぎくりと体がこわばった。反射的に体をひねろうとしたけれど、こんなに酔っているのに摑んでいる力は強くて全然ふりほどけず、全身の毛が逆立つ。

──警察。電話、そう、鞄。

真っ白になりかかった頭の片隅に単語がばらばらと散らばって、左の肩にかけたショルダーバッグに右手を伸ばそうとすると、その手を今度は逆側の男に摑まれた。

「やっ……」

大声を出せと脳は命じているのに、喉が腫れ上がったように塞がってかすれ声しか出てこない。頭がかあっと熱いのに、足元が氷のように冷たい。どうしよう、絵里ちゃん、助けて。

「──お客さん」

と、すぐ近くで低い、ざらりとした声がしてはっと顔を上げた。男達も同時に、頭だけひねって自分達の後ろを見る。

――早見。

「そちらの方、嫌がっているように見えますが」

一本調子の、淡々とした声で言う姿に、ほっとしたのも忘れて足が震えた。まるで棒読みの口ぶりの奥に、何かが見え隠れしているようで。

「ええー？　兄さんそんな、人聞きの悪いこと言っちゃ困るなあ。僕等この子と、飲みに行く相談してるだけ」

「そうそう。誘ってきたのこの子だよ」

「そんなことしてません！」

早見の様子に気をとられていたのが、一瞬で引き戻された。一体何がどうしたらそうなるのか。

「えー、だって見てたでしょ、こっち。僕等のこと気になってたんでしょ、判るよそれくらい」

「違います！　勝手なこと言わないでください！」

「何だこの女、誘っといて生意気な……」

摑まれたままだった腕をぐっと引っ張られ、ひゅっと息を吸い込んだのと同時に、男の動きがぴたりと止まった。ぎゅっと閉じてしまった目をゆっくり開くと、男の手首を早見が片手でぐっと摑んで押さえている。

「おい、何すんだお前……」

言い出しは怒鳴り声に近かった声の勢いが、しゅうっと見る間にしぼむ。

「何やってんだ、こんなでかいだけの奴に」

もう一人が言いながらぱっと手を離し、早見に向かって殴りかかる。——あ、と声が出そうになるのと同時に、早見が手首を摑んだままそちらにさっと視線を向けて、もう一人もぎくん、と急にぜんまいが切れた人形のように動きを止めた。

心臓がどくんどくんと不規則に激しく打つのを生々しく感じながら、目を見張って早見を見つめる。

無言のまま、ただじっと男を見つめる早見の目は恐ろしく冷たく底光りしていて、ぱん、と張った腕の筋肉からは熱が薄くたちこめていて——そうだ、先刻声を聞いた時にも感じた、全身が青白い炎に覆われているみたいだ……体中からしずかに放たれている、あれは……怒り、なのか。

「お客さあん、ウチのがどうかしましたかあ」

と、ぴいんと張り詰めた空気を打ち破るようにのんきな明るい、関西なまりの声がして、全員がはっとそちらに目を向けた。黒いTシャツを着てねじったタオルを頭に巻いた、五十代くらいの痩せた男性が立っている。

「……大将」

早見が小さく呟き、男の手を離して向き直った。

「大将ちょっと、この子何とかしてよ」

「そうだよ、態度悪いよ。僕等ただこの女の子と飲みに行く話してただけだよ？」

どうやら居酒屋の主人らしい男性に、男達は勢いを取り戻して口々に言いつのる。

男性はにこにこと愛想良く笑ってうなずいた。

「そうですかあ。……そらえらいすんませんでしたな、お嬢さん」

と、いきなり言葉も笑顔もこちらに向いて面食らう。

「ウチとこの客がホンマすんません。――お客さん」

やはり愛想の良い声で頭を下げると、一瞬で声質が変わった。

「ウチの酒飲んだ後に、ご近所さんにあまりご迷惑かけんといてください。ウチの店の評判にかかわりますさかい」

言葉はやわらかいけれど声の響きは厳しくて、男達は黙り込んでしまう。

「お帰りください。――キシちゃん」

軽く顎をしゃくってうながすと早見は小さくうなずいて、自分と男達の間を遮るように立つと、ぐい、と顔をそらして二人をねめつけた。男達は目をそらして小さく縮こまってしまう。

「……何だよ、ケチついた」

「全くだ、二度と来るか」

「そら有り難い。ぜひそうしてください。——お気をつけて！」

口々に文句を吐き散らしながら去っていく二人に、男性は満足そうに声をかけた。

「……はあ、ホンマすんませんでした。大丈夫ですか、お嬢さん」

「はい……」

お嬢さん、と呼ぶ声の響きは優しくてあたたかみに満ちていて、先刻の二人のねっとりと絡みついてくるような「お嬢ちゃん」という声とは全く異なっていた。その差に、きつく締め上げられていたこころのネジがふうっとゆるんで、急にひんやりとした底冷えの空気が体に感じられる。

「何やったらほら、そこの七条の角んとこ、交番ありますし、ちょっと声かけときましょか？　あんなんその辺歩かせといたらまたなんかやりよるわ。なぁ、キシちゃん」

腰に手を当てて憤懣やるかたない、といった様子でそう話す男性に、早見が一瞬、ほんのわずかに、上半身をゆらめかせたのが判った。

「……そう、ですね……どうしますか、吉川さん」

早見は何か言おうとして開きかけた唇をきゅっと閉じ、もう一度開いてそう言うとこちらに目を向けてくる。そこにはつい先程の殺気にも似た空気はすっかり消えていて——けれど、今の一瞬のためらいの中に何かを感じる。

警察が……嫌、なのだろうか。だとすると、それはやはり……絵里ちゃんについて、何か後ろ暗い思いがあるということか。

急に胸がどきどきしてくるのを感じながらも、急いで首を横に振った。警察で名前を聞かれたりしたら、むしろ困るのは自分の方だ。

「いえ、別に怪我もしてないので、そこまではいいです。大丈夫です、すみません」

早口に言いながら注意深く見ていると、何となく早見がほっとした息をもらしたような気もする。

「え、キシちゃん、彼女知り合い？」

男性が声を高く張り上げて、自分と早見とを交互に見た。

「ええ。伯父の店の常連さんで」

うなずく早見に、男性は得心したように何度も首を縦に振った。

「そうなん。良かった、ウチの客が龍王さんとこの常連さんにやらかさんで済んで。……ああ、そしたらキシちゃん、その子送ったってあげてよ」

と、意外なことを言われて驚いた。即座に早見が「はい、お願いしようと思ってました」とうなずいたのでまた驚く。

「あ、いえっ……」

「もう後、お客いつもの三人だけやし。今日はもうそのままあがってくれてええよ。ちゃんと送ったげて」

「判りました。ありがとうございます」

こちらの意見を言う間もなく、二人の間で勝手に話が進んでしまう。

「そしたら、おやすみー。お嬢さん、今度はウチにも寄ってねえ」

明るく手を振って店に戻っていく背中に、早見が頭を下げる。

「……じゃ、行きましょうか、吉川さん」

こちらに向き直ってそう言う早見に、大きく首を振った。

「いえ、大丈夫です。バス停すぐそこですし、一人で帰れます」

一気に言うと、早見は何故か、少し眉を曇らせる。

「先刻の二人、そこの道を北へ上がっていきました。もしかしたら、同じバス停にいるかもしれない」

そう言って築地塀の西側の方を軽く指さすのに、背筋がぞわっとした。またあの二人に会ってしまうかもしれない、と思っただけで、急に足元ががくがくとおぼつかなくなる。

「せめてバス停までは、一緒に行かせてください。無事にバスに乗るところまでは確認したいので」

重ねるように言われて、もうどうしようもなくて小さくうなずいた。ぎいっと心臓を引っ張っていた緊張の糸が切れたせいなのか、急にどうにも心細さが募って、情けないことに泣きたくなってくる。

「……大丈夫ですか」

下唇をきつく嚙みしめていると、向かいの早見が少し声を落としてこちらを覗き込むように頭を近づけ、探るように言葉をかけてきた。わずかにかがめられて丸くなった肩先の腕の筋肉が、Tシャツの布を通してもはっきりと見てとれる。

その瞬間、勝手に体がぱっと後じさった。

早見がはっと弾かれたように背筋をまっすぐ伸ばして、少し距離が開く。

それは例えばカエルがヘビを恐れるような本能的なものに似ていて、頭では判っていてもこの場の自分にはもうどうしようもなかった。布の下できゅっと動いた筋肉に、先刻の張り詰めて漲っていた「力」を思い出し、同時に自分の腕を摑んだ男の「力」がまざまざと甦る。

「男の力」がその気になったら自分の腕力ではもう絶対にかなわない。全身が青く燃えるような怒りに満ち満ちていた、あんなものをもしまっすぐに向けられたら、自分の腕や足など、簡単にへし折られる。

……こんな、相手を……本当に自分は、殺せるのだろうか。

額の辺りは頭痛がしそうなくらいの冷気にさらされているのに、マフラーの下の首筋をひと筋ぬるりと、汗がつたっていくのが判る。

「……とにかく、バス停に行きましょう」

頭の上の方でそう早見の声が聞こえて、歩き出す足音がする。

はっと顔を上げると、早見は南大門に向かって歩き出していた。ごくりと息を吞んで、自分も早足でその背を追う。

心臓がまた、ばくばくと速いテンポで鳴っている。

二メートル程前方を歩く早見の広い背中を、じっと見つめる。

判っている、今の自分の狼狽《ろうばい》は確かに相手に伝わってしまった。自分があの男二人に恐怖を感じて、にもかかわらずそれを助けた早見のこともこわがっている、それがはっきり、伝わってしまった。

……助けて、もらったというのに。

少し足を速めながら後についていくと、じくじくと胸に苦い水がにじんだ。

お礼を、言っていない。

言いたくない。

いや、でも、確かに助けられた。早見が来なければ、今頃どうなっていたか。

言うべきだ。言うのが正しい。でも。

走ってもいないのに鼓動がどんどん強くなるのを胸に手を当てて抑えながら、うつむきがちに歩いていると、ふっと足先に相手の靴が見えて面食らった。

ぱっと顔を上げるとすぐ目の前で、早見がぴたりと立ち止まっている。

「……？」

早見は体全体を三十三間堂の塀の方に向け、わずかに唇を開いて、背をかがめるようにしてまばたきもせずにじいっと塀の奥を見つめていた。歩道と塀の間には背の低い生垣があって、その向こうに赤枠に緑に塗られた格子窓がある。

早見の目は、その格子の中にまっすぐ向けられていた。街灯は少なく、道は暗いけれど、とっくに拝観時間など過ぎている筈なのにかすかな光がもれている。

つられるように自分も体と目を向けて、そこから見えたものに、息が止まった。

「あ……」

唇から白い息と共に、かすかな声がもれる。

格子を通して真正面に黒いシルエットで見えているのは、三十三間堂の有名な本堂だ。

その扉がすべて開かれて、中にずらりと並んだ千体の観音像《かんのうぞう》が、強い明かりに照らされ黄金に浮かび上がっていた。

あまりのことに、言葉も出ない。

細い格子や庭の木で視界は遮られている筈なのに、何故か自分の目玉はそれをするっとくぐり抜け、長いお堂の一面を曇りなくすべて見渡していた。

壁と柱とに黒く切り取られたお堂の中に、黄金に輝いた仏の像がどこまでもどこまでも列をなしている。

すうっ、とまた首筋を汗がつたっていく感触がして、少しだけ我に返った。先刻はねとねとと嫌なまとわりつきかたをしたのに、今のそれはさっと乾いて消える。

少し意識が地上に戻ってくると、耳に複数の声が聞こえてきた。何かの場所とか、あれこれと指示をしている声のようで――ああ、そうか、撮影でもしているのか。

見当がついてちょっと落ち着いて、ちらりと目だけを動かして横の早見を盗み見る。

早見は殆ど呼吸もしていない、彫像のような姿で、ただただじいっと、格子の向こうの眺めを見ていた。その硬い横顔に、ちくりと胸のどこかが痛む。

くろぐろとした瞳に、遠くの黄金がちらちらと映っている。

もう一度目を戻すと、その荘厳な黄金色が自分の目にも飛び込んできて、奇妙なまでにこころが澄み渡った。先刻までの恐怖や懊悩《おうのう》や焦燥が、さあっと凪いでしずめられていくのが確かに判る。

頬に当たる空気はきりきりと冷たくて、黒いお堂に包まれた黄金の仏像達が、すうっとそのまま、その冷気の中に吸い込まれて空に飛び去っていく気がする。

……その彼方に、「極楽」と呼ばれるようなものがあるのだろうか。

昔の人はこんな風にして、地上にいるまま、「極楽」というものを目の当たりにしようとしたのだろうか。

そんな場所が、本当にあるとして……そこに絵里ちゃんは、いるのだろうか。

不意に視界が、ゆらりと揺らいだ。思わずぱっと頭を下げて、強くまばたく。

その動きに、隣の早見がはっとしたように肩を揺らしてこちらを見た。

ぎゅっと目を閉じて目尻ににじんだものをかき消すと、顔を上げ相手を見返す。

早見はまるでたった今目が覚めた人のような顔をしている。

そのまま、何となく見つめ合った。

相手の目の中には、自分が今見たものに対する純粋な驚きと感動がほの見える。

しばらくこちらを見つめ続けた後、早見は大きく肩を動かして、驚く程長く深く、湯気の塊のような白い息を吐いた。

「……すごいものを、見ました」

息と共に吐き出された言葉にうなずく以外になく、「はい」と首を縦に振る。

早見はもう一度、格子の向こうに目を投げる。

「ああ、先刻は全然、気づかなかったけど……今見たら庭に結構、人いますね。撮影かな、あれ……テレビカメラ、ですかね」

まだ声の節々に感嘆の響きを残したまま早見が言うのに、自分ももう一度中を覗き込んだ。確かに、何人もの人が走り回って機材を設営しているのが見える。けれど先刻は全然、視界に入ってこなかった。

「すごいな……本当に、すごい」

感に堪えない、という声音で、早見は呟いた。

「美しい、とか、そういう……いや、美しいとしか言えなくて、他に、どう言えばいいのか全然……でももっと、そういうのを超えてて……」

言葉をもてあますように話すと、いったん口をつぐむ。

「こんなものが……本当に、この世にあるのかと」

そしてぼそぼそと呟くと、また途方にくれたように押し黙る。

「……はい」

そのことごとくに同意しかできずにそれだけ返して、自分もただ、目の前のその驚異の光景を眺めた。

隣にいる早見と自分との間に、確かに何かが繫がっているのをはっきりと感じる。

きっと人に言っても信じてもらえない、もし信じてもらえたとしても、今実際に自分の目の前に確かにある、この畏怖を感じる程の荘厳な眺めの真実は一ミリたりとも伝わらない。

こうして並んで、これを共有している、隣の存在以外には。

少し離れて立っているのに何故か固く手を繫いでいる、そんな錯覚を覚えてくらりとめまいが、した。

しばらく見ていると中の様子が更に慌ただしさを増して、どうやら撤収を始めたような雰囲気が伝わってきた。

「……ああ、もうこんな時間だ」

早見が腕時計を見て、小さくうなる。慌ててバッグの中の携帯を見ると、十一時近かった。

「あっ……大丈夫、ですか」

改めて早見の方を見て、声がひっくり返った。そう言えばこの寒空の下、早見はTシャツ一枚の姿だった。

「えっ？　何がですか？」

一体何を聞かれているんだ、と訳の判らない顔つきの相手に、また面食らう。

「いや、だって……寒く、ないですか？　大丈夫ですか？」

「えっ……あ、ああ」

むき出しの腕を交互に見て、一瞬目を大きくしてから、早見はふっと唇をほころばせた。

突然の笑みに、きいんと耳の奥が鳴る。

「忘れてました。ほんとだ……でも全然、感じませんでした」

腕を見つめながら可笑しそうな口調でそう言うと、こちらに目を向け、はっとしたように唇をきゅっと閉じる。

「――急がないと。バス、なくなってしまいますね」

がらりと口調を堅苦しいものに切り替えて、すたすたと先に立って歩き出す。

胸の奥がざわざわするのを感じながら、急いでその後に続いた。七条通に出るとバス停が視界に入って、そこに誰も立っていないことに当たり前だとは思いつつも安堵の息がもれる。バス停の接近表示板を見ると、あと数分でバスが来るようだ。

「あの、もう大丈夫なので。寒いでしょうから、お帰りください」

無言で隣に立つ早見に恐る恐る言うと、相手はちらりとこちらを見て小さく首を振った。

「いえ。こんな時間に、何かあったらいけませんから。あと少しでバスも来ますし、それまではここにいます」

断固たる口調で言われて、それ以上は反論できずに口をつぐむ。

人通りも、車通りすら全くない、くろぐろとしたアスファルトを見つめていると、胸の内に逡巡が戻ってくる。

言わなくては。お礼を……しなければ。

でも、よりによってこの男に？

そんなことをして、絵里ちゃんの部屋にのうのうと帰っていくの？

鎖骨がぎしぎしと押し合うのを首の下に感じながら、そっと息を吐く。ちらっと目線を下から隣に投げると、すぐ横で組まれた相手の腕に、ごくごくうっすら、鳥肌が立っているのが判った。

……ああ。

その瞬間、こころの中で何かが音を立てて崩れた。

「……早見さん」

ごくごく小声で呼ぶと、相手が目だけをこちらに向ける。

こくり、と唾を飲んで、改めて口を開いた。

「あの……先刻は、危ないところを、すみませんでした」

でもどうしても「ありがとう」という言葉が出ずに、それだけ言って、小さく頭を下げる。

早見は驚いたようにまばたいて、顔を動かしてまともにこちらを見た。

「えっ……いや、いえ、別に」

思ってもみないことを言われたかのようにうろたえる姿に、不思議な気持ちがした。困っている人を助けたのは確かなのだから、こんなに意外そうな顔をすることはないだろうに。

だからその理由を説明したくなって、言葉を続けた。

「あの、ああいうの、初めてで……ああいう絡まれ方を、したことがなくって」

だがいざ言い出してみると、どう説明したらいいのか自分でもよく判らなくなって、言葉が変にもつれる。

「だから、まともな対処ができなくって……一一〇番しようと思ったんですけど、その前に腕を掴まれてしまって」

もそもそと話す自分を、早見はまばたきもせずに見つめている。

「大声を……あげようと、思ったんですけど、声も……出なくて」

何故か目を合わすことができずにうつむき気味に話し続けていると、先刻掴まれた腕の感触や、振り払おうとしても全くかなわなかったこと、すぐ近くで吐かれた酒臭い息や熱気がまざまざと甦ってきて、勝手に声が震える。

「情けない、全然、ダメで……ご面倒をおかけして、すみませんで」

「吉川さん」

でした、の最後の二文字を言い終える前に、早見の言葉がそれをぶった切った。

はっと顔をあげると、先刻まで道路の側に体を向けていた相手は、組んだ腕をといて完全にこちらに向き直っていて――体越しに、遠くの道の突き当たりから、バスがゆっくりと曲がってくるのが見える。

「吉川さん」

唇を開いたまま、言葉を失ってただ見つめていると、早見は再び、強い声で名前を呼んだ。

「ダメではありません」

「……え？」

「ダメではありません。情けなくもありません」

ぐいぐいと言い切る声に、胸のどこかの扉が、ぱっと開かれたような気がした。

早見は一度口をつぐんで、黒光りした瞳でじっとこちらを見た。

「……間に合って良かった」

「え……？」

「手遅れになる前に、間に合って……それまでちゃんと抵抗してくださって、ありがとうございました」

顔に空気の塊がぱん、と叩きつけられたように頭が軽くのけぞって、すっ、と鼻から冷えた空気がダイレクトに肺に届いた。

ヘッドライトが光って、エンジンとタイヤの音と一緒にバスが停留所にすべりこんでくる。前と後ろの扉が同時に開いたが、降りてくる人は誰もいない。

「吉川さん、バスこれですよね？」

早見の慌てた声に、はっとなって急いで開いた扉の中に足を乗せた。

「気をつけて。おやすみなさい」

背後から声が追いかけてくる。

扉のすぐ傍の金属の手すりを摑んで、半身をひねって振り返る。

ブザーの音がして、扉がぐっと動き出す。

「早見さん」

何も考える間もなく、声が出ていた。

「助けてくれて、ありがとう」

ございます、と続ける余地もなく、扉が閉まった。

扉のガラスの向こうで、早見の眉が大きく跳ね上がる。

それを見つめていると、動き出したバスの窓から、何故か早見が深々とこちらに頭を下げる姿が、はっきりと目に残った。


その日の夜は何ともなかったのに、次の日の昼間から急に熱が出た。熱だけではなく、鼻水や咳も、つまりは立派な「風邪」だ。

……早見は、大丈夫だったのだろうか。

つい、そんなことを考えてしまう。一応季節に合わせた防寒ファッションをしていた自分でさえ風邪をひいたのだから、いくら体力差があるとはいえ、Tシャツ一枚の早見はもっとひどいことになっているのではないだろうか。

それを思うと、奇妙に気が急いた。

……殺そうと思っている相手を病気かも、と気にするなんて、意味が判らない。

冷却シートを額に貼って布団を肩までかぶり、ぼやき気味に考える。

でもそれを言うなら、自分が危機から助けた相手にお礼を言うのも、全然意味が判らない。

はあ、と大きく熱い息を吐いて、ぐるんと寝返りをして横を向く。

もういろんなことが、全然、何が何だか判らない。

目を閉じると、脳内のスクリーンにくっきりとゆうべ見た暗闇に浮かび上がる黄金の観音像の列が映って、ガサガサしていたこころがふうっと安らぐ。

あれは……美しかった。本当に。もうそれ以外に、どんな形容もあてはまらないものだった。

あの男が言った通りに。

額の熱が上がって、シートの冷たさが逆にくっきりと感じられる。

あの人は……いいひと、だ。

吐き気のように胸の痛みが襲ってきて、海老みたいに背中を深く丸める。

間違ってる？　絵里ちゃん、間違っているかな？

きつく目をつむると涙がにじむ。

きっと熱のせいだ。そのせいで変なことを考えている……眠って全部、忘れてしまおう。そして明日からはまた、絵里ちゃんの仇をとることだけを考えて生きよう。

閉じたまぶたの裏に黄金の輝きが帯のように流れて、ぐるりと渦を巻いて消えた。

結局風邪はこじれにこじれて、軽く十日は寝込んでしまった。

久しぶりに訪れた『龍王』はすっかりクリスマスモードになっていて、店の片隅に立派なクリスマスツリーまで飾られていた。「目を離すとすぐすいおんが飾りに飛びついちゃって、困ってるんですよ」と龍王さんは笑って話した。

街のあちこちもすっかりクリスマスの様相を呈していて、その眺めを見る度、きゅうっとこころの幅が狭くなる感覚がする。おそらく「クリスマスプレゼント」として贈られた、絵里ちゃんのあのハイヒールを思い出すのだ。それに、もともとクリスマスの直後は母達の命日なこともあって、百パーセント楽しいだけだとは言えない。

とは言え、祖父や叔父さんに贈るプレゼントをあれこれ考えたり、バイトを増やしてその為のお金を貯めたりするのは、やっぱり気持ちが少し浮き立った。

そして冬休みに入る前日、ちょうどクリスマスイブに『龍王』に立ち寄ると、珍しく八割程の席が埋まっていた。年齢は二十代前半から後半くらいで、見事に男女のカップルだらけだ。知らない人ばかりだからか、すいおんは奥に引っ込んでいるようで見当たらない。

店内はほわりと暖かく、いつもは感じたことのない、シナモンのような香りがした。カウンターの中には龍王さんと並んで早見が立っていて、思わず足を止める。

「――いらっしゃい」

龍王さんより先に、早見は目をわずかに細めてこちらを見た。

「ああ、吉川さん！　いらっしゃい」

その肩越しから龍王さんがにゅっと顔を出して明るく声をかけてくれて、ちょっとほっとする。そういえばあの晩以来、早見と顔を合わせるのは初めてだ。

大きなボストンバッグを肩にかけたままカウンターの端の席の横に立つと、早見が「それ、良かったら奥でお預かりしましょうか」とバッグを手で示す。

「ああ、ほんとだね。カゴに入れるにもちょっと大きいね、預かりますよ」

龍王さんがそう言いながらカウンターから出てきて手を差し出してきたので、お言葉に甘えてコートやマフラーと一緒に預かってもらうことにした。

「……どこか、ご旅行でも」

お水とおしぼりを出しながら、早見が伏し目がちに尋ねてくる。

「いえ。明日から冬休みなので、今日はこのまま、帰省するんです」

それに何故だか、別に教える必要のないことまでひと息に全部説明してしまった。

どうしてか相手に、「イブに旅行に行く」と思われたくなかった。

「ああ……そうなんですね。ご実家……どちらでしたっけ、確か、東京でした？」

するとそう続けてそう聞かれて、それがごく自然な世間話の流れでしかない、と判っていながら、瞬間気持ちが焦る。その次の瞬間に、最初の頃に「地元は東京だ」と龍王さんに嘘をついた記憶が甦った。

「……はい」

一拍おいて、それだけ答えた。細かく聞かれたらどうしよう、あの時はどう言ったっけ、とめまぐるしく脳が回転する。

「そうか、じゃ、新幹線ですぐですね」

が、特にひっかかる様子も見せずに早見はあっさりとうなずいて、やはり単なる世間話だったんだ、と内心胸をなで下ろす。すると戻ってきた龍王さんが、後ろからいつものメニューと別に、ラミネートされたものを差し出してきた。

「今日はね、ほら、クリスマスだから。いつもと違う、特別メニューなんです」

へえ、と思って見ると、それは中国茶ではなく、紅茶だった。知らない外国のブランド名と共に、「クリスマスティー」と書かれている。

「欧米ではね、クリスマスの時期になるとあちこちのブランドが『クリスマスティー』って名前でフレーバーティーを売り出すんですよ。つけるフレーバーはメーカーによって違いますけど、大抵はオレンジとかリンゴ、アーモンド、それにシナモンとかクローブなんかのスパイスが入ってて、温まるし美味しいんです」

「へえ……じゃ、それをひとつ」

「かしこまりました」

龍王さんは嬉しそうにひとつ頭を下げて、お湯を沸かし始める。

「SNSで宣伝してみたら、意外と反応あって。今日はちょっとお客さん増えるかも、て期待して、キシくんにも手伝ってもらうことにしたんです」

「そうなんですか……じゃ、当たりですね。良かったです」

「そうなんです！　でも、クリスマスネタだから、できて明日まででしょう。もうちょっと長期間使えるネタなら良かったのになあ」

笑いながらそう軽口を叩く龍王さんに、自分の唇もちょっとほころんだ。何も考えずに手元のおしぼりの袋を破って指先を拭って、次の瞬間、それが早見が出したものだったことにはっと我に返る。何の迷いも躊躇もなく、完全に無意識にそれを扱った自分に。

つい半年と少し前には、早見が出したものに触れることさえ嫌だった。見えない汚れがついたようで、吐き気がしそうになった。

それなのに。

「――吉川さん？」

龍王さんの声に、ぱちんと意識の膜が破られてはっと顔を上げると、相手はお湯で温めたポットを手ぬぐいで拭いながら、少しきょとんとした顔でこちらを見ている。

「あ、はい、何でしょう」

「ああ、あのお荷物、帰省なんですってね。それじゃ今夜は、ご実家でクリスマスですか」

「はい、そうなりますね」

「そりゃお父さん、喜ぶでしょう。大人になって父親とクリスマスしてくれる娘さんなんて、日本にはそうそういないでしょうからねえ」

可笑しそうに話す龍王さんに、一拍、答えが遅れてしまう。それを敏感にとらえて、お茶菓子を用意していた早見が一瞬、ちらりとこちらに目を走らせた。

「……あの、父はちょっと、仕事で今は、遠方に住んでいて。でも地元には叔父がいて、母方の祖父も旅行がてら遊びに来ると言っているので、多分三人で」

その視線を読み取ってしまった後にしれっと肯定の返事をするのもためらわれて、ぎりぎり嘘とは言えない、微妙な言い回しで答えた。

父の職場は確かに家からは遠方だが、一緒に暮らしていないのは「仕事のせい」ではない。そもそも父とクリスマスを祝ったのは母が亡くなる前の年、自分が小一の時までだ。亡くなった年には自分も絵里ちゃんもインフルエンザで寝込んでいて、父はうつると仕事にさしつかえるから、とベッドに近寄りもせず、叔父さんが二人分の看病をしてくれた。

「ああ、そうなんですね。いやでも、それはますます、珍しい。三代揃ってなんて、正しいクリスマスの姿ですよ。お爺ちゃん喜びますね」

「ええ、はい……あ、でも、ちょっと悩んでいて」

話の向きがこうなったのを良いことに、龍王さんに相談に乗ってもらうことにした。プレゼントをどうするか、最終決定ができていなかったのだ。祖父とクリスマスをすごすのは初めてだし、叔父さんへのプレゼントはいつも絵里ちゃんと共同で買っていたから、いざ自分だけで決めるとなると悩ましい。

「――それで、駅前の百貨店で買って、新幹線に乗ろうと思ってるんですけど……五十代や七十代の男性って、どういう物が嬉しいんでしょうね」

「ああ、ちょうど僕、その中間、アラカンですからねえ。そうだなあ……」

龍王さんは首をひねりながらお茶のポットにコジーをかぶせ、カウンターに置く。

すると阿吽《あうん》の呼吸で、早見がすっと、パウンドケーキと何種類かのクッキーののった皿を隣に置いた。ドライフルーツの混ざったパウンドケーキは温められていて、脇に黄色味の濃いアイスが添えられている。

龍王さんが注いでくれた紅茶のカップから、甘い、こっくりとした香りがたちのぼった。

「いい匂い……」

思わず呟くと、龍王さんがふんわりと微笑む。

「そのまま飲んでもいいですし、少しお砂糖や蜂蜜で甘みをつけても美味しいと思います。ミルク、ご希望ならお出ししますから、言ってね」

「はい、ありがとうございます」

頭を下げてお茶に口をつけると、オレンジにバニラやシナモンの甘い香りがして、確かに味までも何となく甘みが感じられた。お菓子を一緒に食べるから、と思い砂糖や蜂蜜は入れずにそのまま飲むことにする。

自分がお茶を楽しんでいる間も、お客さんは少ないながらも途切れることもなく次々と現れて、内心で「紅茶店にした方が儲かるんじゃ」とさえ思ってしまった。プレゼントについてあれこれ龍王さんの意見を聞きながら、ポットのお茶が殆どなくなりお菓子の皿も空になった頃、ようやく新しい来客の姿が見えなくなる。

「実際ちょっと、僕が売り場に一緒に行って、色味なんか見られたらいいんですけどねえ……あ、そうだ」

帰っていったお客さんのお皿を片付けながら、龍王さんがぱっとこちらを向く。

「キシくん、お見送りがてら、吉川さんと行ってきてよ、お店」

「……え、えっ？」

突然の提案に、自分も、流しで食器を洗っていた早見も、大きく目を見開いて龍王さんを見た。一体何の話だ。

「ほら、キシくんの携帯、それ、僕のとテレビ電話みたいにできるでしょ。それでお店の品映してもらって、どんなんか見ようかと」

「え、いえ！　そこまでは、そんなご面倒かける訳には」

ものすごい勢いで首を横に振ったが、龍王さんには毛筋程も通じず、にこにこと返される。

「お客さんも落ち着いたし、この後は僕一人で大丈夫だと思うから。ね、キシくん」

「いや、伯父ちゃん……」

「いいね、頼んだよ」

早見もおそらく何かを言い返そうとして、それを遮るぐいぐいとした口調とあくまで朗らかな笑顔に押されたのか、ぐっと押し黙った。それから困ったような目で、ちらりとこちらを見る。

その目つきに、宵山で井戸に向かっていた時、「伯父は一度何かを思いついたらこっちの言うことは全く聞かない」と早見が話していたのを思い出した。確かにこの笑顔でこの口調の龍王さんには、到底歯向かえる気がしない。

「……吉川さんが、よろしければ」

不承不承、といった調子で早見が答えて、それに龍王さんはこちらの返事も聞かずに「よし、じゃあ頼んだね、キシくん。着替えて、奥から吉川さんの鞄とコート、持ってきてあげて」と矢継ぎ早に指示を出した。

早見ははあ、と小さく息をついてこちらにちらっと目線を投げ、唇の動きだけで小さく「すみません」と言葉をかたちづくると、エプロンを外して奥へ消えていく。

どうしよう……あまりに思ってもみない話でどうしたらいいのか、我ながら混乱している。

引っ込んだ早見は、まだこちらの決心がつかない内に戻ってきた。上に厚手のモスグリーンのモッズコートをはおって、片手にこちらの服を掛け、もう一方の肩にバッグを掛けている。

「どうぞ」とコートとマフラーを差し出されて、「すみません」と小さく頭を下げて受け取り身につけた。同時に、先刻のおしぼり同様、手渡しされることに抵抗がほぼなくなっている自分に、慄然とした思いと焦りとを感じる。

「あの、バッグを」

「持ちます。……じゃ伯父ちゃん、行ってきます」

「はあい、気をつけて。吉川さん、また来年ね。良いお年を」

「……はい、良いお年を」

きっぱりとお別れの挨拶を投げられてもう逆らいようもなく、素直にお辞儀をすると店の外に出た。

「あの、すみません、やっぱりバッグ、自分で持ちます」

「そうですか？　判りました、こちらこそ失礼しました」

おずおずと声をかけると、早見はすぐにうなずいてバッグをおろす。受け取って自分の肩に掛けると、ずしりと重みを感じた。後期試験の為にノートパソコンや参考書を持ってきていて、我ながらちょっと詰めすぎた、と後悔する。

家と家の間の幅のひどく狭い路地を後ろについて歩き出して、「あ」と声が出た。

「えっ？」

早見が不意をつかれた様子で振り返る。

「お金……お茶代、払ってませんでした」

勢いよく追い出されて、すっかり忘れていた。慌てて戻ろうとすると、早見が小さく吹き出して思わず足を止める。

「いいですよ。伯父と自分から、クリスマスプレゼントです」

頬をゆるめたままの顔で早見が言うのに、何故か再び、ひどい焦りを覚えた。

「いえ、そういう訳には」

「もしどうしても気になるようでしたら、年明け、お店にいらした時にまとめて払ってください。電車の時間、遅れたら困るでしょう」

「……はい」

確かに、この後プレゼントも見なければならないのだからあまり時間は無駄にできなくて、仕方なくうなずいて歩き出す。

バスで京都駅に向かって近くのビルの酒屋に寄ると、もともと叔父さんからリクエストのあった京都の地酒を何本か買った。最初は断ったけれど、「この後も品を見るでしょうから、今だけ」と、お酒の入った紙袋を早見が片手に下げる。

京都タワーの前の横断歩道を渡って駅に向かう途中から、帰省ラッシュのせいか改札に歩く人が増えてきた。それを避けて早見は壁沿いに百貨店の方へ進み、南北自由通路に繋がる幅の広い、大きな階段をのぼっていく。

――あ。

前を歩く大きな背中に、はっとこころが跳ねた。

思わずさっと目を下に走らせると、奇跡的に自分達の後ろには誰も歩いていない。今なら。今……例えばこのコートの裾を摑んで思い切り後ろに引けば、相手は真っ逆さまに、落ちていくかもしれない。自分の腕力を考えたら本当は真正面から押すのが一番確実だろうけど、不意打ちでバランスを崩すことができれば、案外これも、上手くいくのでは。

ごくりと息を吞んで、急いでもう一度相手の背中を見上げた。別に、自分が捕まることなんてどうだっていい。理想としては絵里ちゃんが落ちた西の端の階段が一番だけれど、でもこんなチャンスは二度と来ないかもしれないし。

相手が一段一段、階段をのぼるにつれ、コートの裾が左右にゆらゆらと揺れる。

これを、摑めば。力いっぱい、ぐっと引っ張れば。

猫じゃらしを振られた猫のように、その動きを食い入るように見つめた。指がぴくりと動き、手がゆらりとうごめいて勝手に伸びていくのを、視界の端に感じる。

その指のすぐ先に、相手がぶら下げた紙袋が揺れているのが見えた。

「……っ」

はっ、と急に額を打たれた気がして、すっと手が引っ込められた。何の力も入れてないのに、指先がぶるぶると細かく震えているのが判る。

そうだ……駄目だ、お酒……割れて、しまう。

何を言ってる、頭の中でそう誰かが叱る声がした。どうせこの場ですぐ捕まるのだ、万一割れなかったとしたって……渡せる、訳がない。

だからそんな理由で、手を止める必要なんてない。

そう脳内で論理が立ったのに、一度下げた手はどうやっても動こうとしなかった。

そうこうする内に早見は上にたどりついてしまい、何も知らずに、そのまま二階の通路にあるお店の入り口へと向かっていく。

……今じゃない。必ずやるけど、今じゃあない。今は違う、ただそれだけ。

ただそれだけのことなんだ。

そう自分と自分の中の絵里ちゃんに言い聞かせると、一度小さく呼吸して、その背の後を追った。

「やっぱり、バッグ持ちます」

二階の入り口正面のエスカレーターに乗っていると、不意に相手からそう言われてはっと顔を上げた。

「えっ？」と聞き返すと、二段上に立ってこちらを見下ろした早見は何故か落ち着かなげに身じろぎする。

「何だか……顔色が、悪いみたいなので。真っ青というか、真っ白というか」

「……あ」

まだぴりぴりと痺《しび》れの残る指先を、つい背中に隠した。確かに、暖かい店内に入ったというのに、額や頰がかちかちに冷えているのを感じる。

「いえ、あの……先刻のバス、運転がちょっと荒くて。少し酔ったみたいな」

もごもごと適当な言い訳をすると、早見は眉を曇らせ、また「持ちます」とすっと片手をさしのべてきた。

「……すみません」

自分自身で口にした言い訳があだになり断ることができずに、ずっしりと肩に食い込んだバッグをそっと差し出した。体が軽くなると、穴の底に落ち込んだようだったこころもつられて、少し軽くなった気がする。

それから紳士物や食器のフロアをまわって、プレゼントを買い揃えた。早見のアドバイス——伯父は喋らせたらキリがないから、メッセージで送った方がいい——に従って、店員さんに写真を撮らせてもらい送信する。早見の意見も聞きつつやりとりする中でふっとひらめいて思いついた品を、どうしよう、と迷いながらも結局買い込んだ。

あちこちで買った品を、三つの紙袋に分ける。お酒の入った紙袋は他の物を入れて重みを増やしたくなかったので、結局計四つもの荷物になってしまった。

「ずいぶん重くなりましたけど、大丈夫ですか」

それ等すべてを持ちながら、早見は心配そうに声をかけてきた。

「新幹線に乗ってしまえば、向こうの駅まで、叔父が車で迎えに来てくれるので」

答えると、それでも案じるように眉を寄せたまま早見は小さくうなずく。

「ああ……そこの、外階段から降りますか？」

エスカレーターに向かおうとすると、早見がよく理由の判らないことを言った。駅と直結している百貨店は全体的に東西に長く、その中央部分が外広場になっていて、長くて横幅も広い名物の大階段がある。

　その時いた場所からはむしろ店内エスカレーターの方が近くて、一体どうして、と我ながらきょとんとした顔になった。

　ふ、と早見が薄い笑みを口元に漂わせる。

「そこ、ほら、確かクリスマスツリーがある筈なので。せっかくですから、見物されていかれたらどうかと」

「……あ」

　去年、十一月半ばにもう立てられたそれを絵里ちゃんと一緒に見に行ったことを思い出して、足が硬くこわばった。大階段の一番下には広い空間があって、そこに二十メートルを超える立派な大きさの、一面に細かな電飾が施された綺麗なツリーが立っているのだ。

　あの時は本当に大興奮してしまって、絵里ちゃんと一緒に何枚も何枚も写真を撮った。大階段に立つ位置で見え方も違って、何度も上に行ったり下に行ったりして、最後には息を切らせた絵里ちゃんに「頼むからもう勘弁して」と笑いながら言われたものだ。

　そうだ……いくらその三日後が母達の命日だと言っても、去年まで自分にとって

「クリスマスそのもの」は嫌なものでも、気分の沈むものでもなかった。それは母達のことがあった後、毎年のそれを、叔父さんと絵里ちゃんがこころを砕いて、心底自分が楽しめるように全力を尽くしてきてくれたからだった。

暖かな部屋で、クリスマスツリーを飾って、絵里ちゃんと一緒につくった料理やケーキを三人で囲んで、甘いサイダーを細いシャンパングラスに入れ、苺を浮かべて飲んで。

確かにその中にいた筈なのに、その光景はまるで外から見ているように一枚の写真となって、はるか遠くに飛び去っていく。

「……吉川さん？」

早見が声をひそめて呼んで、はっと我に返った。

「いえ、あの……クリスマスって、実はそんなに好きじゃないんです。すみません」

この相手の前では、つい我を忘れて自分の殻に入ってしまうことが多い。それはどうしても自分の思いが絵里ちゃんに飛んでしまうからだけれど……多分、逃げてもいるのだと思う。目の前の相手としっかりと向かい合いたくないから、次々浮かぶ、思い出に逃げ込んでいるのだ。

万一素性を不審がられたら面倒なことになるというのに、これでは駄目だ、と内心で自分を叱咤した。しっかりしなければ。

「ああ……そうなんですか」

少し意外そうに、早見は目を丸くした。確かに、これだけいろいろプレゼント選びや購入に手間をかけていて、「そんなに好きじゃない」もあったものではない。

「あの、叔父と……従姉と一緒だった時は、楽しかったんですけど、今はそれ程」

ぽつぽつと説明すると、早見ははっと唇を引き締め、小さく顎を引いた。

「そう、じゃ、そうしたら……あ、ちょっと、買いたいものがあって地下に寄りたいんですが、いいですか」

新幹線の時間にはまだ充分余裕があったのでうなずくと、早見はデパ地下のお店に寄って、お菓子やご飯のお供的な品を買った。どういうものがいいと思うか、この二つならどちらを選ぶか、いろいろアドバイスを求められて素直に返すと、また中くらいの紙袋がひとつ増える。

店を出て改札の傍まで行くと、早見は荷物を抱え直して何故か券売機に並んだ。え、と驚く間もなく、入場券を買って戻ってくる。

「いえ、もう結構です、ここで」

急いで言うと、早見は首を横に振った。

「いくら何でも、この荷物は重すぎます。中まで行きますから」

きっぱりと断言されて、もはや断ることもできずに仕方なく連れ立って改札の中に入る。

東京方面行きのホームは、人がいるとは言え逆方面のそれよりも大分空いていた。空のベンチの上に荷物を置いて早見が小さく息をつくと、もうすっかり夜になった空気が一瞬白く曇る。

ホームの売店でお茶を買って戻った瞬間に、到着のアナウンスが流れ始めた。バッグを肩に掛け、乗車口まで運ぶつもりなのか早見が両手に紙袋を分けて持つ。自分が並んだ位置にはたまたま他の人がいなくて、先頭に立つことができた。

開いた扉にも偶然降りる人はいなくて、早見は手に持った紙袋をすべて、扉のすぐ中の床に置く。

「これ、違いますよ」

最後に早見がデパ地下で買った食料品の入った袋を持ち上げて差し出そうとすると、ホームに立った相手が困ったような笑みを浮かべて首を振った。

「さしあげます」

予想もしない言葉に、「えっ？」と声がひっくり返る。

「吉川さんと、叔父様へ。お嫌いなものはない筈なので、良かったらお二人で」

「え、えっ、でも」

「クリスマス……プレゼントの、ようなものだと思っていただければ」

「いえ、ですが」

必死に頭を振りながら、ふっと足元に並んだ袋のひとつに目を落とした。どうしようか迷いながらも買い込んで、結局そのまま、持って帰って叔父さんと祖父に渡してしまおうと思った品だ。

発車のベルが、頭の上を通過していく。

もう破れかぶれな気持ちになって、さっとしゃがんでその袋を手に取ると勢いよく相手の胸の前に突き出した。

今度は向こうが、「えっ?」と目を丸くする。

「先刻買いました、ビール用のタンブラーです、早見さんと龍王さんに渡そうと思って。あの、いつもお世話になっていますし、クリスマスなので。お好みはうかがったので、きっと大丈夫かと」

ぱちり、と一度大きくまばたきをして、早見は胸の前の袋に目を落とす。

「あの、扉閉まるので、早く」

「あっ、はい、ええ、ありがとうございます」

早見が袋を受け取るのとほぼ同時に手を引っ込めると、しゅっ、という圧縮空気の音と共に、扉がすうっと閉まる。

「吉川さん！」

その向こうで早見が張り上げた声がかすかに聞こえる。

「良いお年を……また来年、お会いしましょう！」

新幹線がなめらかに走り始める。

一瞬ためらってから、唇だけを動かした。

良いお年を、また来年、と。

それを読み取ることができたのかどうだったのか、ホームに立った早見は口角をきゅっと持ち上げ、それなのに目元と眉は泣き出しそうにぐっとひそめて、高い背を伸び上げ大きく腕を、振った。

第七章　答えのない問い

喪中であるお正月はしずかに過ぎて、京都に戻ってきてからすぐ『龍王』に一度顔を出した。年末のお茶の代金を払うのと、後期試験の勉強があってしばらくはお店に顔が出せない、と断っておく為だ。

今まで土曜の午前中に早見がいたことはなかったので、そこを狙って訪問すると、予想通り早見はおらず無事に目的を果たせてほっとする。——とは言え、龍王さんはお茶代をがんとして受け取ってはくれなかったけれど。「ここでお代金をもらっちゃ、せっかく吉川さんからいただいたクリスマスプレゼントが台無しです」と。

プレゼントなら先に早見にもらったから、とは何故か口に出せなかった。

バイトも少なめにして勉強に取り組んで、後期試験をどうにかくぐり抜けると、もう大学は春の休暇だ。

それからすぐ、絵里ちゃんの一周忌が叔父さんの実家のある三重で行われた。実家には叔父さんの両親、つまりは絵里ちゃんの祖父母がどちらも健在で、三人で暮らしていた頃は里帰りに同行してずいぶんかわいがってもらったので、自分にとっても祖父母に近い感覚だ。

そして法事の後、帰宅してから叔父さんにひとつの相談を持ちかけられた。

絵里ちゃんのこともあってか、二人とも去年から体調がおもわしくないのだそうだ。老人ホームも考えたそうだが、どこも空きは少なく、まだ二人とも日常生活に深刻な不自由がないこともあって、順番も当分まわってきそうにないらしい。

呼び寄せるか、あるいは自分が転職して同居するか、と会社の懇意にしている上司に相談したところ、三重の支社の支社長がちょうど年末に定年退職するから、それまで待てるなら後釜にどうか、という話が出たのだという。

ただその場合、今住んでいるこの家をどうするか、という問題が持ち上がる。

「紗夜ちゃんがもし地元で就職するなら、家をこのまま残して住んでもらう、というのもありだと思う。でも、東京や関西で就職するなら、その時は……」

叔父さんは言葉を濁したが、言われなくてもその続きは判った。売るか貸すか、その二択しかない。

「でも紗夜ちゃんが嫌なら売らないし、それも含めて叔父さんのものは全部、紗夜ちゃんに遺す。……と言うか、紗夜ちゃん、ほんとに養子に入る気はない？」

その話はこの一年の間に何回か出されていたが、その度あやふやにごまかしてきた。叔父さんとしては、母達が亡くなった後からずっとその心づもりはあって、けれど一応実の父親もいるのだし本人が二十歳になってから、と後回しにしていただけだという。

「絵里が亡くなったから代わりに、とかいうことじゃ、ないんだよ」

「うん、判ってる、それは判ってるよ、叔父さん」

心底こちらを気遣ってくれているのが判るので、急いでそう言う。

多分、一年前のあのことが起きる前なら、喜んで首を縦に振っていただろう。絵里ちゃんもきっと、飛び上がって喜んでくれた筈だ。

けれど今の自分には、その話を受けることはできない。いずれ人殺しになる、自分には。

そこでふっと、迷いが走った。姪とは言え、血縁に殺人者が出て……叔父さんは支社長の後任に、してもらえるだろうか？

いや、もし任命前だったら、その話は無し、で仕舞いかもしれない。けれど一度なってしまえば、簡単におろすことも難しいんじゃないか。

なら、実行は来年まで待つべきなのだろうか？

それはあまりにも遠すぎて、軽くめまいがした。そんなには待てない。そんなには
……無理だ。そんなにも長く、あの男と向かい合うのは、到底無理だ。

でも、自分が成し遂げた後に叔父さんにかかる迷惑を少しでも減らしたいなら……

来年まで我慢するしか、ないのだろうか？

「大学を、卒業する前に……決めようと、思う」

ためらいながら言うと、叔父さんは安心したようにほっと息をついてうなずいた。

「判った、待つよ。就職は、今何か考えてるところがある？」

それからそう尋ねられて、また言葉に詰まる。四月からは三回生で、本来そろそろ、希望を固めていくべき時期だ。でも今の自分には、就職なんて道はない。

「ほんとは……京都や大阪で就職したいと思ってたけど、今はまだ、全然」

ぼそぼそと言うと、叔父さんは一瞬、眉をぐっとひそめた。

「……絵里の近くで、暮らしたかったんだね」

しみじみと言われて、もうそれ以上何にも言えなくなる。その通りだからだ。

「ほんとに……昔からずうっと、二人を見てると、ああ、真紗美《まさみ》ちゃんと亜沙美が自

分達みたいに仲の良い姉妹になるように、て天国から見守ってくれてるんだなあ、どっちも大事なうちの子だなあ、て思ってた」

母の名と叔母の名を呼んだことで何かがこみあげたのか、叔父さんは口元に指をかけて顎を手のひらで支えて、軽く鼻をすすった。

「ずうっと、見ていたかったんだけどねえ……」

ぼそぼそと呟くと、顎から手を外して両目を隠す。

その手の下から、頬につうっと涙がつたっていく。

——ああ、やらなければ。

自分のこころを鋼のように保って、どうにか年末まで我慢して、それから……必ずあの男の、息の根を止めなければ。自分だけではない、目の前のこのひとの為に。

自分達を「姉妹」だと、「うちの子」だと言ってくれた、この大事なひとの為に。


三月が終わって、また京都へと戻った。

——一昨年《おととし》は二人でお弁当をつくって、鴨川《かもがわ》の桜を見に行ったっけな。

七条通をバスに揺られて、鴨川沿いに並ぶ桜にその時のことを思い出す。油断しているとトンビにお弁当を狙われるから、と通りすがりの地元の人に注意され、「上から見えないようにすれば大丈夫」と言われて、桜の眺めは置いて、日傘をさしてご飯を食べた。「真の『花より団子』だ」と絵里ちゃんは笑っていたものだった。

その日尋ねた『龍王』は、いつものしずかな風情に戻っていた。「紅茶とか抹茶とか、別企画をまた考えないとダメですかねえ」と龍王さんはしきりにぼやいた。

早見は店にはいなかったが、世間話の流れで龍王さんから意外なことを聞いた。今年に入ってから、早見はしばしば、寺町御池《おいけ》に近い建築事務所にアルバイトに行っているのだそうだ。

事務所を営んでいるのは先日の試食会で自分も名刺をもらった、杉本《すぎもと》さんという五十代半ばの男性だった。事務員の女性が結婚相手の転勤で退職して人手が足りないと聞き、手伝いを申し出たのだという。

「キシくんね、もともと、大学でそっちをやってて。設計とかデザインとかやりたかったみたいだから、本人は口には出さないけど、結構喜んでるみたいなんですよ」と龍王さんは話していた。大学の専攻までは知らなかったので、意外に感じる。

ただ、建築、建物に興味があるのなら古い神社仏閣の類《たぐい》にも理解がある筈で、そこは成程、絵里ちゃんと気が合った訳だと思う。京都にも大阪にも古い建物はたくさんあるし、きっとデートであちこち出歩いたに違いない。

……ふうっと、胸の底を羽根でなでるようにさみしさがよぎった。

左右から覆うように満開の桜が揺れ、辺り一面花吹雪が舞う中に、一本、まっすぐに線路が伸びていて、その真ん中を並んでしっかりと手を繋いで歩く背中。

仲睦まじそうに顔を寄せ、何かを囁き合っては翳りのない顔で笑い合い、こちらを一切振り返らずにどんどん歩き去って、やがて消えていく。

自分が一度も見たことのないそんな光景が、驚く程くっきりと脳裏に浮かんだ。

あの桜と線路の眺めは、一昨年に絵里ちゃんと見た、蹴上《けあげ》のインクラインだ。

インクラインの下には「ねじりまんぽ」なる奇妙な名のついた煉瓦積みの小さなトンネルがあって、それが建築的にとても珍しいものなんだ、と絵里ちゃんが話してくれたのを、美しい桜の眺めと共によく覚えている。多分そのせいで、そんな幻が浮かんだのだろう。

桜吹雪の中に、薄れていく二人の背中。

それをひとり取り残されて見ている自分が、何故だかひどくさみしく思えた。絵里ちゃんにも、あの男にも、どちらからも顧みられない、手を触れることさえできない、自分が。

『龍王』を訪れた翌日は履修登録期間中だったので、買い物をしようと街に出た。

ぶらぶらと店のウィンドウを流し見て歩いていると、ふと目の前が京都市役所、つまりは寺町御池だということに気がつく。

本当は気になっていたのだ。買い物したいから、と適当に自分をごまかして、でも足はごまかせなかった、そういうことだ。

苦い思いを噛みしめつつ、ここまできたら、と杉本氏の名刺に書かれていた事務所の場所に向かってみた。事務所は寺町を御池から少し北上して西に入った辺りの、こぢんまりとしたビルの二階にあって、中がどんな雰囲気なのかは全く判らない。

何をしに来たんだか、ビルを見上げるのをやめて小さくため息をついた。

昨日見た白昼夢のような光景が、胸のどこかにこびりついている。

思えば自分は、絵里ちゃんと早見がどんな風に二人の時間をすごしていたのか、全く知らないのだ。何を話して、何を食べて、どこにでかけたのか。

だが、そんなことはどうでも良かった。自分の目的はあの男を見つけ出して殺すこと、だからそんなことは知る必要がなかった。

それなのに、今は知りたい。

きっと幸福に満ちあふれていた筈の、その時間はどこにいってしまったのか。それを知ることができたら、一体何故早見があんなにも残酷に絵里ちゃんを捨てたのかが判るかもしれない。

もしかして、自分の考えには何か、大きな間違いがあるのかもしれない。

それを、自分は知りたいのだ。

そう思うとまた、食べつけない山菜を嚙んだ時のような苦味とえぐみとを舌の裏に感じた。何とか言い訳を探したがっている、そんな自分を明確に意識することで。

……自分がすることはすべて、絵里ちゃんの為だ。だから正確な事実を手に入れて、それによって行動を決めるのも、やっぱり絵里ちゃんの為なのだ。

そう言い聞かせて、またビルの二階を見上げる。

自分が知っている早見は、ほぼ『龍王』にまつわるものとも言えた。だから、「それ以外の姿」が見たかったのだ。

もう一度小さくため息をついて、ビルの前を離れた。寺町に戻って、このまま南下して本当に買い物をして帰ろう。

昨日からの雨は今朝早くにあがっていて、今日は黄砂もなく、ぴかりと気持ちよく空が青い。ただその分、まだ四月初めなのに陽気は汗ばむ程で、何か飲むものが欲しくて道沿いのコンビニに入った。道に面したガラス壁に沿って置かれた雑誌の前を通ると、時々買っている京都の地元情報誌が目に入り、足を止めて手に取る。

買おうかどうしようか、少し迷って何気なく目を上げ、はっと体が固くなった。

ガラスのすぐ向こう側を、早見が男性と女性の二人と連れ立って歩いていく。

男性は杉本氏で、女性は知らない顔だった。早見と同じくらいの年齢で、えりあしが長めのしゃきっとしたショートカットに、ライム色の大きなピアスを揺らして姿勢良く歩いている。袖のわずかに膨らんだ真っ白いブラウスが、日差しに反射して目に焼きついた。

店の中から見守っていると、三人は通りを渡って東へ歩いていく。

何も考えられないまま、店を飛び出した。

見失うか、と一瞬焦ったが、三人はすぐ傍のお店に入っていった。自分がいた位置からはよく見えないが、レストランだろうか。

入っていった先が思ったより近くて、すぐに後を追うことがためらわれた。仕方なくもう一度コンビニに入って、雑誌と一緒に当初の目的のお茶を買う。

何度か深呼吸して、歩き出した。

三人が入ったのは道の北側のお店で、自分は南側の歩道を進む。日傘をさしてゆっくりと歩きつつ、その下から盗み見ると、店の入り口は大きく開いて半分テラスになっていた。テーブルと椅子が何脚か、店の外にはみ出すような位置で置かれている。

その中のひとつに、早見達の姿があった。

テーブルの向こう側、こちらから顔が見える位置に杉本氏が座り、手前に早見と女性がこちらに背を向けるかたちで座っている。その配置から、すぐには気づかれないと思って足を止めた。

道端でお茶を飲んでいるだけ、というふりをして、三人を観察する。

おそらくは仕事仲間と思われるその女性は、鞄から大きなタブレットを取り出した。画面に何かを映し出して、それについて話しているのか、三人ともテーブルの中心に顔も体も寄せ合っている。テーブルはもともと二人がけの、小さくてかたちの違うものを二卓寄せて使っていて、その為にかえって、並んだ二人は体をぴたりと寄せて画面を見ていた。杉本氏が画面を指さして何か言い、それに二人は顔を見合わせて軽く声を立てて笑う。

その、からりとした陽性の笑い声に、何故か体が冷えた。

早見はすぐに笑顔を引っ込めると、今度は真面目な横顔で二人に何かを言った。彼女は少し首を傾げて考えた後、杉本氏と少し喋って、ぱっと花が開くような笑みを覗かせ右手を早見の右肩にまわして、ぱん、と軽く叩くときゅっと引き寄せる。

早見の顔は見えない。

女性はそのまま、何度か早見の肩を叩いて手を戻した。

また三人は顔を寄せ、何かを熱心に話し出す。

それ以上見る気を急に失って、ふい、と頭をまわして、元の道へと歩き出した。

胸の中で心臓がとんとんと鳴っている。

自然に動かしているつもりの足が、何故かどんどん早足になっていく。

御池通で目の前でぱっと信号が変わって、つんのめるように足を止めた。

――焦っている。

体は何とか止めたのに、とにかく前に歩き出したい。早く、一刻も早く、この場から離れていきたい。

どうしてだ。

頭の中で、大きな立体の疑問符がゆっくりと回転している。

あんなことはおかしい、間違っている、と思う自分と、それを間違っていると思う自分の方が間違っている、という思いが同時に胸をいっぱいにしている。

だって、そんなのっておかしいじゃないか。

早見は絵里ちゃんの恋人だ。絵里ちゃんと幸福に時間をすごしてきたのだ。たとえ絵里ちゃんがいなくなってしまっても、ずっと、ずうっと、絵里ちゃんのことを想い続けているべきなんだ。

そう強く思いながらも、その考えが完全におかしいことも判っていた。

そもそも早見と絵里ちゃんは、とうに別れているのだ。それも、金目の女にさっさと乗り換え、宿った子供を流させて、絵里ちゃんを絶望の淵に叩き込んで去ったのだ。その時点でこれっぽっちも、絵里ちゃんへの気持ちなど残ってはいない。

それなのにどうしてか、強く強く、「今も早見は心底絵里ちゃんのことを想っていなくちゃいけない」という、理屈ではない感情が自分の中にある。

体と顔を寄せて話し合う先刻の二人の姿が、目の裏をよぎった。

あんなに明るい、顔をして……ああやっていつか、絵里ちゃんのことを本当に消し去っていくのか。

久しく胸の中から消えていたむらっとした炎が、ひと筋煙をあげてゆらりと立ち上がる。

そんなことは、許すことができない。

今まで何度か目にした、石を削いだような硬い頬とかちんと閉じた薄い唇に、底の見えない古井戸のようなくろぐろとしたまなざしが浮かんだ。

生きている間はああしてずっと、絵里ちゃんのことを悔いているべきなのだ。

それを捨て去っていくのなら……自分はもう、年末まで待つことなどできない。

無意識の内にきつく握りこんでいた手の爪が食い込んで痛みを訴え、はっと手を開く。

何度も浅い息をしながら、ただただじいっと、手のひらにステープラーの針のような爪痕が四つ、並んでいるのを見つめた。


年度始めの四月は慌ただしく過ぎ、五月がやってきた。

ゴールデンウイークは叔父さんが京都にやってきて、あちこちでものすごい観光客にもまれてくたくたになりながらも、久々に楽しい時間をすごすことができた。

絵里ちゃんのことがなければ一緒に『龍王』に行きたかったな、と思う。

あれから早見の顔を見るのが嫌で、不在と思われる時間帯ばかりを選んで店に行ってしまった。これじゃ店に来たって意味がない、不甲斐ないとは思いつつ、早見の顔を見ると思うと、あの真っ白いブラウスが陽に照り映えて光を放つ姿が目の裏をよぎって、どうしても足を向けることができなかったのだ。

そうやって五月も下旬に入る頃、お店にポスターが貼られているのを見かけた。龍王さんに尋ねると、毎年五月末か六月の頭に、吉田《よしだ》神社の境内《けいだい》でお茶のイベントが開催されるのだという。京都大学の吉田キャンパスのすぐ裏に吉田山という山があって、吉田神社はそこにあるのだそうだ。山といっても、高さは百メートルちょっとなんだけどね、と龍王さんは笑った。

神社の境内がなかなか広くて、そこで何年か前から、京都だけでなく全国あちこちから日本茶や緑茶、紅茶のお店が集まってお茶やお菓子を売ったり、野点《のだて》をしたり、というイベントなのだそうだ。始まった当初はそれ程でもなかったが、今ではかなりの集客力を誇る代物なのだとか。

「僕も一昨年初めて行って、すごく楽しくて。その時に知り合いになったお茶屋さんに頼んでもらって、今年初参加。吉川さん、時間空いてたらぜひ来てください」

本当に嬉しそうな顔で言われて、断り切れずに「はい」とうなずいた。今までの傾向からして、そういう時には早見も手伝いに来ている可能性が大だけれど、そんなイベントならさらっと顔だけ出して「他の店をまわってきます」でその場を離れてしまえばいい。人が多いなら龍王さんも、あまりこちらを構う余裕もないだろうし。

イベントは六月最初の土日で、早い内に済ませよう、と土曜にでかけることにした。東大路でバスを降り、東一条通を東へ向かって進むと、左手にテレビで見たことのある京大の正門が見えてくる。初めて見たので、これがあの、とちょっと嬉しくなった。

更に進んで赤い鳥居をくぐると左右が砂利敷きの駐車場になっており、びっしり車が停まっていた。京都や大阪だけでなく、静岡や熊本なんかのナンバーもある。その先には、左右からもさもさと木が繁る間に傾斜のゆるい石造りの階段がまっすぐ山へと続いていた。左手に手水舎《ちょうずや》があったので、手を清めてから階段をのぼり出す。

十数段のぼったところで、上から妙に慌ただしい複数の人の声がした。え、と顔を上げると、龍王さんが勢いよく駆け下りてくるのが真っ先に目に入る。

驚いて見ていると、更にその上からも何人かの男性が固まって降りてきて、皆慌てて道をあけていた。自分も脇によけると、トップを走る龍王さんがこちらに気づいてぱっと目をまん丸にする。

「あ、吉川さん！　来てくれてありがとう！」

立ち止まって、けれど足踏みは続けたまま言われて、どうしていいか判らずとりあえず「こんにちは」と頭を下げる。すると龍王さんはばっと上方を仰いで、「ごめん、こっちこっち！」と手を振ってまた駆け下りていってしまった。

「あ、龍王さん……」

行ってしまった、一体何なんだ、と自分も上を見ると、何人かの男性が手に白い布を広げ持ち、早足に、けれどひどく慎重な様子で石段を降りてくる。

その先頭にいる、茶色でツバの長いハンチングを深くかぶった男性が、ふっとこちらを見て小さく頭を下げた。帽子で顔が隠れていて一瞬判らなかったが、よく見ると早見だ。

久しぶりに見たその姿にどうこう思うより先に、脳内を疑問符が飛びかう。一体何が起きたというんだろう？

すると男性達が通り過ぎる時に、布の中が見えて息を呑んだ。三十代くらいの女性が油汗をかいて苦しそうに中に横たわっていて——お腹が大きく、ふくらんでいる。

「早く、こっちだよ！」

石段の下、駐車場の青い車の前で、龍王さんが手を振っている。

一瞬悩んでから、降りていった男性達の後を追った。彼等は龍王さんのところまでたどりつくと布をいったん地面におろして、女性に肩を貸してかつぎあげ、完全に後ろに倒した助手席に寝かせている。

「すみません……」

お腹を手で抱え、くいしばった歯の間から絞り出すように女性が苦しげな声をあげた。その顔に見覚えがあって、思わず何度かまばたく。

「大丈夫、すぐそこですからね！　もう少し我慢して！」

龍王さんはそう励ましながら扉を閉めて自分は運転席にまわり、はっとしたように顔を上げ、早見の方を見た。

「キシくんごめん、すぐ帰ってくるからそれまでお店お願い！」

「判りました」

うなずく早見を両手で拝んで、龍王さんは車に乗って行ってしまった。まるで嵐だ。

「……はー、良かったあ」

「いやあ、びっくりしたわぁ」

「ほんまに。無事に産まれるとええなあ」

女性を運んでいた男性達は口々に言いながら、すっと元の道を戻っていく。

「――こんにちは」

呆然とそれを見送っていると、横から声をかけられてはっと顔を向けた。

早見が小さく、頭を下げてくる。

「……こんにちは」

我ながら情けない程の小声で、それに答えた。

「すみません、驚かれたでしょう」

「あ……はい。あの、一体何が」

早見が手でうながしたのにうなずいて、少し離れて歩きながら話を聞く。

見覚えがあったのも道理で、先刻の女性は試食会で見かけた萱島さんだった。今日はご夫君に急な仕事が入ってしまい一人で来たところ、まだ予定日は三週間も先なのに急に産気づいてしまったのだという。

「救急車を呼ぼうと思ったんですが、かかりつけの産科がそこの京大病院なんだそうです。だったらもう、来るのを待つより連れていった方が早いから、と伯父が」

話しながら、早見はちょい、と西の方を指さした。確かに京大病院は東大路に出てすぐ南で、車なら三分とかからない。

「僕が運転できれば良かったんですけど、免許は一応、高校の時に取ってはいるんですが、ペーパードライバーで。レンタカーなので事故ったら大変ですし、妊婦さんを運ぶ自信もなくて」

成程、と納得してうなずいた。確かにそれは自分でも引き受けられる気がしない。

「困ったな……」

早見が口の中で小さく呟いて、石段の上を見やった。

「伯父ちゃん、早く戻ってこられるといいんだけど」

ひとり言のように言うと、ふう、と息を吐いて石段をのぼり切る。

すぐ後に続くと、広がった眺めに「わぁ」と思わず声が出た。

緑の豊かな境内は大きな広場のようで、そこにずらりと、いくつもブースが並んでいる。敷地をぐるりと囲んで、それだけではスペースが足らずに中心の部分にもたくさんあった。あちこちの店から試飲の呼び込みの声がして、いかにも活気があってこちらまで気分が浮き立ってくる。

「……じゃ、また後で、良かったら寄ってってください」

あちこちを見回しているとそう声をかけられ、え、と首をめぐらせた。すると早見はもうこちらに背を向けていて、右手奥の方向に向かって歩き去っていく。

しまった、浮かれてた、と忸怩たる思いが走るのと同時に、何がだ、という奇妙な反発心もわく。

だって、関係ない。大変だろうが、自分には関係ない。来てねと言われてやって来た、龍王さんへの義理は果たしたし早見と一応会話もした、もうやることはやったのだ。だったらせっかくのイベントを楽しんだところで、何が悪い。

ぐい、と振り切るように体ごと横を向いて、大股で歩き出した。並んだブースを覗いてまわり、勧められるままに何杯も試飲をする。

試飲をすれば、当然商品の説明をされるし会話も求められる。けれど何を言われても何を聞かれても、いっこう頭に入ってこず、右から左に通り抜けていくばかりだ。お茶の味さえ、全然判らない。

……駄目だ。

十分もしない内に諦めて、足を止めてふう、と思い切り息を吐いた。気持ちを切り替える為にトイレに行って、冷たい水でごしごしと手を洗う。

もう一度大きく深呼吸すると、こころを決めた。

トイレを出て境内を斜めに大きく横切ると、先刻早見が歩き去った、石段から右手奥の方向へと向かう。

木の生え際沿いに並んだブースの一番右端に、早見の姿が見えた。お店の前には若い女性が三、四人たむろって、お茶のサンプルの匂いをかいでは楽しそうに明るく喋っている。が、早見はどこか途方にくれた様子でたたずんでいるだけだ。

さっさとその横を通り抜け、無言でブースの中に入った。

「え、吉川さん……？」

目を丸くする早見を無視して、辺りを見回す。ブースは長机がL字型に組まれていて、ひとつは商品の展示、もうひとつはお茶をつくるスペースらしく、茶器のセットに鉄瓶《てつびん》ののったＩＨのコンロやお茶の袋、足元にはコンロに繋がったポータブル発電機と、段ボール入りのミネラルウォーターや一口サイズの紙コップが置かれている。

腰をかがめて二リットル入りのボトルをぐっと引っこ抜くと、キャップをひねってどぼどぼと鉄瓶に注いでコンロのスイッチを入れた。

「あの、吉川さん」

「手は洗ってきました」

おろおろと早見がかける声に顔も向けずに言い返すと、店先の女の子達が嬉しそうに声をあげる。

「試飲、できるんですか？　良かった！」

「……はい、でも、お湯が沸くまで、ちょっと時間がかかると思います。だから……そうですね、十分か十五分後ぐらいに」

「じゃ、また来ます！」

何とか平静を保って答えると、女の子達は明るく言って隣の店に移っていった。

「吉川さん」

三度呼ばれて、机の端に指をかけたままふう、と息を吐くと、思い切って相手の側に向き直る。

「力不足なのは承知してます」

けれど目を見ることができずに、顔を伏せたまま言った。

「龍王さんのように……ちゃんと、本当の、お茶の持つ味や香りや、力が引き出せるとは思えません。でも……龍王さんがつくるそれが、どういうものかは、良く知ってます。手順もずっと、目の前で見てきました。だから……少しでもそこに近づけるよう、精一杯努力をします」

目を上げずに言うと、もう一度深呼吸して顔を上げた。

早見はまばたきもせず、じっとこちらを見つめている。

「……それだけです」

どうにかそう告げると何故だか急に涙が出そうになって、また慌てて目を伏せた。

「――ありがとうございます」

早見は腰から体を折って、深々と頭を下げる。

その顔が上がる前に急いで目尻ににじんだものを拭って、「いいえ」と短く答えてコンロに向き直った。

「試飲、どのお茶ですか？」

「あ、龍井と鉄観音です」

コンロ脇の、クリップで留められたお茶の袋をそれぞれ指さして早見が答える。有り難いことにどちらも『龍王』で飲みつけたお茶で、味もよく知っているし、龍王さんが淹れてくれるところも目の前で何度も見ている。

少しだけ気が楽になったところで、携帯の鳴る音がした。

早見がはっと目を光らせて、ジーンズの後ろポケットから電話を取り出しブースを離れる。

「はい。……ああ、うん、どうですか……えっ？　……ああー……ああ、はい。いや、仕方ないです。はい、判りました。あの今、ブースに吉川さん、お手伝いに来てくださってて」

おそらく龍王さんだろう、と耳だけ向けていると、自分の名が出て思わずそちらを向いた。早見は電話をしながらもこちらをちらっと見て、また小さく頭を下げる。

「うん、そうです。え、はい……ちょっと待って」

そしてこちらを見たまま早足に戻ってくると、「伯父です、代わってほしいと」と携帯を差し出してきた。さすがにぱっとは受け取れずに一瞬手の筋がぴくりとひきつったが、状況上どうしようもなく、ためらいつつも指先でつまむ。まだ相手のぬくもりの残るそれを、できるだけ頰に触れないよう耳に近づけた。

『あ、吉川さん、ごめんね、ありがとう』

ひどくテンポの速い龍王さんの声が耳元からして、少しほっとする。

「いえ……あの、すみません、でしゃばってしまって」

『ううん！　いいの、助かるよ、キシくんお客さん相手ほんと苦手だから。吉川さんならウチの味ちゃんと判ってくれてるし、もう大船に乗った気持ちですよ』

大仰な龍王さんの言いっぷりに、また涙ぐみそうになった。信頼されている、ということが嬉しくて、けれど申し訳なくて、期待に応えられるか不安になって。

『それじゃ、ほんとごめんね。申し訳ないけど戻るまでよろしくお願いします。なるべく急ぎますから。じゃ』

どう答えようか迷っている間に、ぱっと電話が切られてしまう。また改めて、ずん、とプレッシャーがこころに乗っかるのを感じながら早見に電話を差し出した。

「すみません、ほんとに……どうも、すぐには戻ってこられないみたいで」

それを受け取りながら、早見は心底申し訳なさげな声で頭を下げる。

「萱島さんのご主人、今日はお仕事で岸和田《きしわだ》なんだそうです。伯父が連絡して、すぐ戻ってくる、とはおっしゃってるそうなんですが、何ぶん距離が距離で」

「岸和田、て大阪でしたよね？　どの辺なんですか？」

土地勘が全然なくて距離感が判らず聞くと、早見は相変わらず恐縮した顔のまま「関西空港の辺り」と答えた。それは確かに遠い。

「多分、二時間以上かかるだろうと……ご両親、どちらも遠方だそうで、やっぱり向かわれてはいるそうですが更に時間がかかるみたいで。それでどうしても心細いから、誰かが着くまで一緒にいてほしい、と萱島さんが」

「それは……龍王さん、断れないですね」

先刻のいかにも苦しそうな萱島さんの顔を思い出してうなずいた。あれを放っておける龍王さんではない。

だけど、そうすると……あと最低でも二時間は、どうにか場を繋がないといけないのか。

きゅっと心臓が締まるのを感じていると、鉄瓶がしゅんしゅん言い出した。注ぎ口からゆらゆらと白い湯気がたちのぼり始める。

「お茶、どういうのがありますか？　試飲ってやってます？」

するとは先刻とはまた別の、若い男女のカップルがブースの前にやって来て明るく声をかけてきた。

「こちら、説明しておきますから、お茶お願いします」

早見が小声で言って、二人に売っている品や試飲のお茶の説明を始めた。

――やらなくちゃ。

すう、と息を吸って一瞬目を閉じ、カウンターの中の龍王さんの手さばきを思い返す。繊細で優美で的確で、丁寧に茶器や茶葉を扱う指の動き。

置いてあったミトンで鉄瓶を持って、茶壺にお湯を注いで温めた。そのお湯を茶海へ移して茶壺の蓋を開け、茶漏をのせる。

鉄観音の袋を手に取り、茶則でお茶の葉をすくおうとして、指がぷるぷると細かく震えているのに気がついた。がさっ、と音がしてお茶の葉が少しテーブルの上にこぼれる。

「……あ」

無意識の内に小さな声が唇からもれてしまった。右手の手首をぐっと左手で押さえたが、震えが止まらない。どうしよう、駄目だ。

「——吉川さん」

不意に横から鋭く、小さく囁く声がして、コンロの脇に何かがことりと置かれた。

「え……？」

目を動かしてみると、早見の携帯が置かれている。

その画面に、何かほわほわとした毛玉のようなものが動いていて——すいおんだ。

「あ」と思わず、声が出た。画面のすいおんはまだ本当に小さく、ちょうど拾ってきた頃に見える。片手に乗っかる、おにぎりサイズだ。

画面の端に不器用に猫じゃらしが動くのが見え、黒目をまん丸にしたすいおんがそれを追っていた。もこもこと背中を動かしヒゲをぴくぴくさせては両手でぴょこん、と飛びつこうとして失敗し、ぽてんと転ぶ。

「かわい……」

勝手に言葉がこぼれて、自分の唇がほころぶのが判った。

「——僕その録画、千回は見ました」

隣からの声にはっとして見ると、早見は体と目線は正面に向けたまま、顔半分だけこちらに向けていた。カップルは楽しげに話しつつ、龍王さん手作りらしい商品説明のチラシを見ながら、置かれたサンプルの茶葉の香りをかいでいる。

「そもそも録画し過ぎてすぐ容量いっぱいになるので、携帯には厳選したものだけ残して後はハードディスクに移して、でもそっちもしょっちゅう見てます。吉川さん、もし良かったら今度ＤＶＤにでもブルーレイにでも焼きます」

「え、ほんとですか、ぜひ！」

思わず声が高くなってしまって、お客さん達がきょとんとした顔でこっちを見た。慌てて茶器に向き直って、はっと気がつく——震えが、止まっている。

……ああ。

鎖骨の真下の少し左、ちょうど心臓のある辺りから、熱い水のようなものがじわじわと染み出して皮膚の内側に広がっていくのを感じる。

どうしよう。

すっかり落ち着いた手で茶葉を茶壺に移してお茶をつくり始めると、先刻までが嘘のように、何かに操られているかのように自動的に手が動いた。流れるような手つきをまるで他人のものみたいに眺めながら、頭の中はその一言でいっぱいだ。

どうしよう。どうしよう、絵里ちゃん。

空洞の脳内に響く叫びに、「何が？」とやさしく尋ねる絵里ちゃんの声がする。

何が。

——判らない。

できあがったお茶を、一気に茶海に注いだ。一杯分だけ聞香杯に移すと、すぐに中身をもう一度茶海に戻して杯を早見に手渡す。

「ありがとうございます」

早見は丁寧に頭を下げて、高価な宝石でももらうかのようにうやうやしく杯を受け取った。

「こちらでお茶の香り、確かめてみてください。鉄観音です」

早見がさしだす杯を手にとり、二人は歓声をあげる。その声につられてか、ぱらぱらと人が集まり始めた。最初にいた女の子達もいつの間にか戻ってきている。

机の下の段ボールに、大きなビニール袋に入れられて置かれた紙コップをひとつかみ取ってお盆に並べ、ひとつひとつに少しずつお茶を注ぐ。

「……できました」

肺の息と一緒に言葉を吐き出すと、早見がもう一度「ありがとうございます」としっかりと頭を下げ、お盆を手に取った。

「こちら、鉄観音の一煎目です。熱いのでお気をつけて」

紙コップは見る間になくなり、お茶を手にしたお客さん達は香りをかいだり、少しずつ冷まして口に含んだりしながら、「いい香り」「わあ、美味しい！」と嬉しそうにさんざめいている。

それを放心して眺めていると、早見が少し背中を傾け、こちらの顔を覗き込んだ。手には小さいカップが、手のひらの中に隠されるように握り込まれている。

「すみません、ひとつかすめました。……とても、美味しかった。香りが素晴らしい。伯父の淹れるお茶と、同じ味です」

早見は黒い瞳にいたずらっぽい輝きを浮かべて、ゆっくりと、一文字一文字をはっきりと発音した。

大きな手のひらにくるまれて、少しかたちの歪んだ白い紙コップ。

すうっ、と自然に、片頬を涙がつたった。

「……、え」

早見が殴られたように頭をのけぞらせる。

「――すみません、緊張しすぎたみたいです。二煎目淹れます」

反射的に機械音声のようにくっきり答えて、ぐい、と涙を拳で拭い、さっとコンロに向き直って二煎目の準備を始めると、早見はそれ以上何かを尋ねてこようとはしなかった。

順調に二つのお茶を淹れ続け、試飲の数がかさむごとに茶葉の売れ行きもあがって、ようやく地に足が着いたような感覚になってきた。

「あれ、早見くん？　龍王さんは？」

龍井茶の試飲をつくっていると、大きな声にそちらを見て、はっと息を呑む。――杉本、さんだ。

その隣には、あの日レストランの店先で見かけた女性もいた。

「いや、それが……」

早見が困り顔で、二人にことの次第を説明している。

「あ、そうなん？　そらえらいこっちゃ……そんでそちらのお嬢さんが、ピンチヒッターと」

杉本さんはブースの横、つまり自分の正面側にまわりこんで、しげしげと覗き込んできた。

「あー、なんか……ああ、そう、試食会の時に、いはったお嬢さん」

仕方なく「はい」とうなずくと、早見が「吉川さんです」と代わりに告げた。それから「吉川さん、こちら自分がバイトでお世話になってる杉本さんと村井《むらい》さんです」と相手を紹介してくる。何となく顔を見づらくて目を伏せたまま挨拶をすると、村井さんは並んだお茶の箱を眺めて小躍りする様子を見せた。

「いいなぁ、どれも気になる、迷うなぁ。美味しいの買《こ》うてきて、て旦那が。早見くん、どれがお勧め？」

「そういう聞かれ方をしたら、どれもお勧めですけど……旦那さんの好きな銘柄は、どれなんですか？　と言うか、今日はご一緒に来られるんじゃ？」

早見と村井さんの会話に、思わずまともに彼女を見た。「うーん」と悩みながら顎に左手を当てて考えている、その薬指に細い金の指輪が光っている。

「旦那、急に休日出勤入って。もう、直前まで行きたないー、て地団駄《じだんだ》踏んでたわ。明日は今日次第やって、あかんかも判らんから、もう今日とにかく飲んで、美味しい思《おも》たら全部買うてきて、って。お財布二馬力なったから、今日は買うよー」

ふふふ、と何故か得意げに笑いながら、腰に手を当てて仁王立ちする。

「今淹れてるそのお茶、何ですか？　もう飲めますか？」

ちょうど紙コップに注ぎ分けているところを指さされ、何も悪いことなどしていないのに思わずぱっと目をそらしてしまった。

「これ、龍井茶です。中国の緑茶です」

横から早見が助け舟を出すように答えて、カップを二つ取り二人に手渡す。

「へえ、緑茶。中国のお茶って全部烏龍茶やと思ってた。あ、あとプーアル茶」

「紅茶かってあるよ。それから、そうあれ、ジャスミンティーかって中国茶や」

「えっ、そうなんですか！　知らんかった……うわっ、何これ、美味しい」

「……ほんまやな」

注意深くお茶をすする杉本さんがそう呟いて、ほっと足の力が抜けた。

「うん……上手に入ったはる。龍王さんのと、遜色ない味や」

綺麗に飲み干して、杉本さんはにっかりと笑いかけてくる。顔の皺が一面に深くなって、見ているこちらが安心できるような笑顔だった。

「……ありがとうございます」

その笑顔につられて、深々と頭を下げた。試飲が始まったのを見て、他のお客さんも集まってくる。

「うわぁ、これ、いいねえ。日本の緑茶とはまた違う……あんまり渋ないのね。いいなあこれ、買うわ」

「ありがとうございます。あ、こっちのお茶も、試飲用意できますよ」

村井さんの言葉にすかさず早見が龍井茶の箱を手渡し、鉄観音の箱を指さす。

「あ、そうなん？　じゃ、ぜひお願いしますー」

ひょい、と首を伸ばして声をかけられ、「判りました」とうなずいた。鉄瓶の中のお湯がだいぶ少なくなっていたので、水を足してコンロのスイッチを最大に上げる。お茶の準備をしながら、二人をちらりと盗み見た。早見は村井さんのお茶の質問に答えながらも、他のお客さんに試飲を渡したり茶葉を売ったりしている。

村井さん、結婚してるのか……しかもあの話しぶりでは、特に不仲とか離れて暮らしているとか、そういう風にも見受けられない。

なら、この間のことは別段、気にかけるようなことではなかったのか。かなりコミュニケーション力が高い人に見えるし、ある程度親しい間柄での、自然なふるまいに過ぎなかったのだろう。

そう思いつつも、お湯が沸くまでは手持ち無沙汰で、つい目だけで追ってしまう。

……やっぱり、笑顔が多い。

彼女と話す早見は、今まで見たどの時よりも、顔がちゃんと笑っているように思えた。今朝からの接客の間も、礼儀正しくはあるが笑顔は少なかったのに。

ぐっ、と胃の辺りから胸元がむかむかしてきた。ごくり、と生唾を呑んで何とか押し戻す。

結婚しているのだから、と思って、次の瞬間、いや、と思う。関係を迫ったりすれば責められもするだろうが、「ただ好きでいる」のを止めることなど、誰にもできないのだ。

たとえ自分がどれ程、絵里ちゃんのことを想い続けていてほしいと願っても。

自分や絵里ちゃん、いや、世界中のすべての人が、何をどう考えようとも……早見がこの先、誰かを想うであろうことを、止めることなど、できないのだ。

たとえ互いがどういう状況であろうとも、誰かが誰かを「ただ好きになる」ことは、誰にも止められないのだ。

——どきん、と胸が鳴り、片手に持ったままだった茶則が落ちて、かちん、と机に跳ね返って地面に落ちる。

「……あ」

うろたえて動けずにいると、早見が素早くかがんで足元のそれを拾った。

「洗ってきます」

短く言って、こちらが何か言う暇もなくさっと去っていく。

ああ、とどことなくみじめな気持ちで見送ると、杉本さんと村井さんが顔を見合わせ、それからこちらに向かって笑いかけてきた。

「早見くん、見違えたなあ。別人や」

「ほんまに。よう頑張ったはるわ」

その言葉についきょとんとしてしまうと、二人はもう一度顔を見合わせて笑った。

「最初に来た頃、お店に立たせたけどもう全然あかん、て龍王さん嘆いたはって。しゃっちょこばってもう口もきけんし愛想もないし、言うて」

杉本さんの言葉に、思わずぱちり、と目をまばたいてしまう。

「仕事はちゃんとする子やから手伝いには有り難いけど、こと接客だけは任せられんなぁ、ていっつも言うてはったんよ。それがどうよ、すっかり見違えたわ」

「いやあ、言うても今日はもう、ギア別のとこ入れて頑張ったはるん違います？　だってほんとはお客さんの彼女がこんな、めちゃくちゃ美味しいお茶淹れてくれてはんのに、自分がろくに接客もできん、じゃなんぼなんでも情けないでしょう。そら頑張りますわ」

何故だかひどく嬉しそうな村井さんに、返す言葉もなかった。そうなのか……普通に接客できるんだな、と思っていたけれど、あれは通常運転ではなく、頑張っていたのか。

……自分が、手伝いにやってきたから？

ふっと浮かんだ言葉を、小さく頭を振って打ち消す。

「そやなあ。いやでもほんま、良かったわ。龍王さんもひと安心やな」

杉本さんがまた顔の全面に笑みを浮かべてうなずいていると、戻ってきた早見は茶則を渡して、またお店に立った。

続いて淹れた鉄観音の味も有り難いことに好評で、結局彼女は、並んだ茶葉の殆どを買っていった。「まだまだ買うよー」と笑顔で手を振り、杉本さんと去っていく。

村井さんが豪快に買っていったのが呼び水になったのか、その後急にお客さんが増え、試飲も商品もばんばんさばけていった。おかげでそれからはお互い会話をする余裕もなく、自分も早見も、それぞれの仕事に熱中する。

お昼を一時間半程過ぎて、龍王さんがようやく戻ってきた。石段を一気に駆け上がってきたのか、息を切らして顔に汗をかいている。

「いやあ、やっと旦那さんが来てくれて……もう本当、僕しかいないのにこのまま産まれちゃったらどうしよう、てドキドキしましたよ」

「え、それで、産まれたんですか？」

思わず聞くと、龍王さんは笑って「いやいや」と手を振った。龍王さんも初めて知ったそうだが、個人差はあるものの、破水から出産までは何時間も、時によっては丸一日以上かかったりすることもあるのだそうだ。

「そうなんですか……知らなかった、大変なんですね」

「うん。女のひとは、本当にすごいねえ。自分のお腹の中で命を育てて、あんな大変な思いをして産むなんて、覚悟が違うよね」

しみじみとした龍王さんの話しぶりに、複雑な思いがした。絵里ちゃんから奪われてしまった、その機会を思って。

もしも、だ。もしも早見が、ただ単純に別れを告げただけだったら……絵里ちゃんはきっと、嘆き悲しみはしたとしても必ずそれから立ち直って、ひとりで子供を産んだだろう。そうしたら今頃、叔父さんと自分は全力でその子をかわいがって、絵里ちゃんのサポートをつとめる毎日を送っていたかもしれない。

そう考えると、胸の間がツキツキと痛んで、目の奥が熱くなった。自分達三人に訪れることのなかった、この先二度と訪れることのない、けれどもほんのわずかな違いで得られたかもしれない、大きな喜びと幸福な時間を想って。

「それにしても吉川さんには、ほんとにいつもいつも、お世話になりっ放しでどうお礼したらいいのか……あ、そうそう、とりあえずまずはお昼、食べてきてくださいよ。ずっと立ちっ放しで、お疲れでしょうしお腹もすいたでしょう。キシくん、僕が財布出すから、何でも吉川さんにご馳走してあげて」

「判りました」

もの思いにふけってしばしぼんやりした隙に、龍王さんがいつものごとくパパっと話を進めてしまってはっと我に返った。しかもこちらが何も反応しない内に、勝手に早見も承諾してしまっている。

「いえ、結構です」

急いで首を振ると、二人とも「何を言っているんだ」という顔でこちらを見た。

「あの、そんなにお腹もすいてませんし。でも疲れたのは確かなので、今日はもう帰ります」

「でも……」

早見が言いながら、ぐるっと境内に目をめぐらせた。確かにまだ見ていないお店がたくさんあって、そういう意味では未練はある。だが、この上二人きりでご飯だなんて、とても自分の神経が耐えられる気がしなかった。

「そんな、吉川さん。それじゃ僕の気が済まないよ」

「大丈夫です。いつも美味しいお茶をいただいてますし、すいおんもかわいがらせてもらってるし、そのお返しです」

「いや、それじゃやっぱり、お礼をしなくちゃいけないのは僕の方で……」

「帰ります。この後もたくさんお客さん来るといいですね。それじゃ失礼します」

龍王さんには申し訳なかったけれど本格的な言い合いになったら勝てる気がしないので、言葉の途中でぶった切るように言うと、頭を下げてさっさと歩き出した。

「あ、吉川さん」と後ろから龍王さんの声がしたけれど、構わずそのまま大股に歩き続けた。振り返ったら負けだ、と自分に言い聞かせ、石段をどんどん降りていく。

「――吉川さん」

けれど背後からの声に、石段の半ばで勝手に足が止まった。

「吉川さん、すみません」

それなのに振り返ることはできなくて、金属の手すりに手をかけたまま、ただじっと立ち尽くす。

早見は自分を追い越して下へ行き、くるりとこちらに向き直った。

「今日は本当に、ありがとうございました。――これ、伯父からです」

そう言って差し出してきたものを見ると、お茶の箱だった。

「……えっ」

銘柄を見て、思わず目をむく。今日売っていた中で一番高い茶葉、台湾の特級梨山《りさん》茶《ちゃ》、五十グラムで五千円ちょっとする。『龍王』のメニューの中にもあるけれど、普段頼んでいるものの二倍強の値段で、勿論一度も頼んだことはない。

「いえっ、いえ、いただけません、こんな高価な」

「お礼ではありません」

「えっ？」

思いもしない言葉に驚いて見直すと、早見はごく真面目な顔でうなずいた。

「アルバイト代です。働いていただいたのですから、対価をお渡しするのは当然じゃないですか？」

「え、はい、まあ……でもそれにしたって、高すぎます。せいぜい三時間ぐらいしか働いてないのに」

「うちの時給は高いんです」

どこまで本気なのか、相変わらず真面目な顔と声で早見はそう続ける。

「あれだけ売上げに貢献してくださったんですから、これくらいの報酬は当然です。——どうか、受け取ってください。このまま持ち帰ったら、伯父に叱られます」

少し困ったように眉を寄せる姿に、困惑はつきないものの仕方なしに受け取った。

確かにこれ以上断るのなら、早見ではなく龍王さんと話をするべきだろう。

「……良かった」

早見の口元に一瞬、ほわりとした微笑みがひらめいた。

「それ、本当に美味しいんですよ。ちょっと他のものとは世界が違います」

「飲まれたことあるんですか？」

手の中の箱を指さして言われた言葉に、また目をむいてしまった。

「ええ。伯父のところに世話になり始めた時、お店の手伝いを頼まれて。お店で売ってるお茶の味は全部知っとかなきゃいけない、と言われて飲ませてもらいました」

その説明に、杉本さん達の会話を思い出してどきんとした。手伝いはできても、接客の方はまるでダメだったと。

「本当に……何て言えばいいのか、香りがもう、段違いで。何も知らずに飲んだら、烏龍茶だとは思わないと思います」

「だから、接客がお上手なんですね」

早見の説明を無視して、勝手に口から言葉が先に出た。

「え、えっ？」

「今日……隣で拝見していて、とても接客がお上手だと思いました。龍王さんを、お手伝いしていたからなんですね」

一体どうしてこんなことを言っているのか、自分でもよく判らないまま言葉を続けると、早見の瞳がぱっと大きくなって、それからごくうっすらと頰に赤みがさした。

「……いや、いえ、あの……本当に、そう見えました？」

探るように聞かれて、大きくうなずいてみせる。

「そうなんですか……自分ではちょっと、よく判らなくて」

苦笑いのようなものを一瞬口元によぎらせて、早見は軽く頭をかいた。

「伯父には一度も、接客で褒められたことはなくて……それどころか、ちょっとお客さんの前には立たせられないなあ、て言われたくらいで。だから今日は、もう午前中の売上げは壊滅的だろう、と覚悟してたんですけど……吉川さんが、来てくださったので」

また胸が大きく鳴って、首元を風が吹き抜けた。

髪が首筋をさら、とかすめて、ああ、ずいぶん長くなったなあ、と全然関係ないことを思う。髪を切ったのは、一年とちょっと前だ。

そうか、自分が『龍王』を初めて訪れてから、早見に初めて会ってから……もう一年が、経ったのか。

「もう、何て言うのか、体が宙に浮いてるみたいだったのが……急に地面に、足が着いたような感じがして。ぐっと足を踏みしめて、立てた気がして……それから後は、無我夢中でした。だから自分では、ちゃんとやれていたのか、よく判らなかったな」

ほんのりと照れ笑いを浮かべて、早見は肩をすくめた。

「でも、そうだとしたら、きっと吉川さんのおかげです。ありがとうございました」

それから急にきちんと姿勢を正して腰からまっすぐ、頭を下げてくる。

「いえ、別に……」

どう答えていいのか判らず言葉を濁していると、早見はもう一度小さく頭を下げて、「それじゃ、また」と短く言って石段を上がっていった。

思わず振り返ると、石段の一番上で早見も振り返って大きく手を振ってくる。

眩しすぎて見ることができずに、顔をそむけて石段を降りた。

どうしてだろう。

ぐんぐんと石段を降りながら、何とも言えず口惜しい思いがよぎる。

どうして、あの人は……絵里ちゃんをただ、別れを告げるだけで解放してくれなかったのだろう。どうして絵里ちゃんのこころと体から、未来への希望をすべてむしり取るような、非道《ひど》い仕打ちをしたのだろう。

ただ普通に別れてくれれば良かった、そうすれば……自分はここまで、あの人を憎まずに、済んだのに。

そうすれば……もしもどこかでばったり出会って、言葉を交わして、相手を知って……赦《ゆる》すことも受け入れることも、できただろうに。

受け入れて、ごく普通に会話をして、すいおんや龍王さんの話をして……笑って、歩いて、いろいろなものを見て、そして。

——どうしよう。絵里ちゃん……どう、しよう。

空っぽな頭の中から、また「何が？」と絵里ちゃんの優しい声が響く。

答えようとして息を吸って、そのまま喉が詰まった。

それに答えてしまったら、あの日からのすべてを、自らの手でぶち壊してしまう気がして。


数日後、早見が店にいなそうな時間帯を狙って『龍王』に行った。やっぱりあんなに高いお茶をもらうことはできなくて、返そうと思い持っていったのだ。

すると龍王さんは、意外なことを言った。

「大丈夫。それもうお代は、ちゃんともらってますから」

一瞬「えっ？」と驚いて、早見が「バイト代」だと言っていたことを思い出した。

が、次の龍王さんの言葉に更に驚く。

「キシくんから。あの時、ぱっとそのお茶ひっつかんで、『これ買います』て言ってそのまま吉川さん追っかけて走ってっちゃった」

何故かひどく楽しそうな顔をして、龍王さんはそう話した。

「え……」

意外なことを言われて、口が小さく開いた。伯父からだから、受け取ってくれないと叱られるから、と半ば強引に手渡されたことを思い出す。

「……あの、じゃますます、これいただけないです。お返ししますから、どうかそのお金、早見さんにお返しください」

カウンターの奥の一段高くなったところにお茶の箱を置くと、龍王さんは困ったように曖昧な笑みを浮かべた。

「それは……僕からは、もうちょっと。キシくんがお金払って買ったものですからね、その後それをどうしようがキシくんの自由でしょう。キシくんが返品するならともかく、吉川さんから僕に返してもらう訳にはいかないなあ」

龍王さんの言い分は確かにその通りで、置いた箱を手元に戻した。つまりは自分が早見に返すべきなのだ。

けれど何故だか、それは気が乗らなかった。

お茶を飲んでいると、すいおんが出てきていつものように膝に乗る。上の空のまま反射的に背中をなでると、それでもすいおんはぐるぐると喉を鳴らしてくれた。

顔を見たくないから、会話をしたくないから……多分、そういうことじゃない。

もしも返せば、嘘をついてまでこれを手渡そうとしたその真意を、きっと早見は、説明しようとするだろう。

多分自分は、聞きたくないのだ。

何故ってそんなことはもう、すべて伝わってしまっているから。

放っておけずにどうしようもなく駆けつけた、どちらもひどく緊張しながらも互いに助け合うようにして乗り越えた、主人の不在をカバーして充分な成果を出した、このお茶は、そういう……「共同成果」に対する、早見からの「礼」ではなく「対価」なのだ。

それを改めて相手の口から、懇々《こんこん》と語られるのを聞きたくなかった。あの真剣な、まっすぐで黒い瞳といぶし銀のような声でそんな言葉を聞かされるのに、どうにも耐えられる気がしなかった。

もしそれを聞いてしまったら、その上で改めてお茶を受け取ったら、自分もその

「共同成果」を認めてしまうことになる。二人で成しとげた、二人だから……切り抜けられたの、だと。

そんなのは到底、認めることはできない。

「……にっ」

無意識の内になでている手に力が入っていたのか、すいおんが急に小さく抗議のような声をあげた。軽く爪を立ててからぴょんと膝から飛び降り、とことこと店の奥に歩き去っていってしまう。

「あれ、お腹すいたかな？　今朝ご飯、あまり食べなかったから……ちょっと、見てきますね」

龍王さんはのんびりとした声音で言ってすいっとカウンターを出ていく。

薄手のスカート生地の上から立てられた爪の、ひりっとかすかな痛みを感じながら、深くため息をついてその背を見送った。

第八章　決壊

　七月が始まって少しして、龍王さんから祇園祭の誘いを受けた。前祭の巡行当日、御池通には有料の観覧席が出るのだが、そのチケットが手に入ったのだという。

　チケットの出所は杉本さんで、お客さんからの貰い物だそうだ。四枚あったので、杉本さん・村井さん夫妻・早見の四人で行こうと思ったら、村井さん夫妻は「新町通《しんまちどおり》で見る方が好きだから」と辞退されたのだとか。そこで早見が龍王さんを誘って、あと一枚に、龍王さんが「先日のお礼に」と白羽の矢を立ててくれたのだ。

　言われた瞬間は悩んだけれど、見たい、という気持ちがどうしても優った。一昨年の巡行は前祭も後祭《あとまつり》も、絵里ちゃんの急な仕事で行けなかったのだ。その時は「どうせ毎年やるんだし、来年に」と思っていたのにあんなことになって、一人で見に行く気にはなれずに去年も巡行は見ていない。偶然、巡行当日の講義が休講になったのも気持ちを後押しした。

思い切って誘いを受けると、龍王さんは実に嬉しそうに笑った。

そうは言っても前日の夜は緊張してあまり眠れなかった。食欲も全くわかず、仕方なく何も食べずに家を出る。

当日の朝はそこそこ晴れていた上、ものすごく蒸し暑かった。チケットは事前にもらっていたので、座席を探すとそこには既に三人が座っていた。端から杉本さんと龍王さん、その隣が自分の席番号、それから早見。

自分と杉本さんの席が逆でいいのに、と思いながらも、本人を目の前にして「代わってくれ」とも言いにくく、日傘をたたんで二人の間に腰をおろした。山鉾がやってくる頃合いにはまだ一時間以上あって、席は七割くらいしか埋まっていない。

「冷たい飲み物、持ってきましたからね。必要だったらすぐ言ってください」

龍王さんが足元に置いたクーラーボックスを指さしてそう言う。確かに、上からの日差しも暑ければ下からのアスファルトの放射の熱も凄くて既に汗だくだ。できるなら巡行が来るまでは日傘をさしたかったけれど、パイプ椅子がみっちり並んだ狭い空間で開くこともできそうにない。

横で杉本さんと龍王さんが楽しそうに話しているのを耳だけで聞いている内に、だんだん意識が朦朧として眠たくなってきた。

「――吉川さん、大丈夫ですか?」

隣で小さく声がして、その瞬間に自分がこくり、と眠りかかっていたのに気がつく。

はっと顔を上げると、横から早見がわずかに眉をひそめてこちらを見ている。

「あ……あ、はい。ちょっと、寝不足で」

急いで答えた言葉に、早見の眉根がますます寄った。

「鉾が来るまではまだ結構時間がありますから、水分を多めにとって、少し寝られては? 近くなったら起こしますよ」

「いえ、大丈夫です」

少しきつめに言ったせいか、早見は黙った。けれど確かにこのままではまた眠ってしまうかも、と思いちらっと隣の龍王さんを見ると、何の話題か、すっかり杉本さんと二人で盛り上がっている。

もう少し本格的に喉が渇いてきたら飲み物をもらおう、と決めて、また改めて目の前の御池通を眺めた。八車線もある広い道の向かい側の歩道には、凄まじい数の見物客が見える。が、南側であるおかげでビルと並木の影が落ちていて、涼しさとしてはもしかしたら向こうの方が上かも、と少し羨ましくなった。

――がくり、と肩が崩れかかって、初めて我に返る。

「吉川さん」

本当にすぐ傍で、鋭く深刻な響きの声がした。

「吉川さん、大丈夫？」

逆の側から、龍王さんの声が遠くぼんやりと聞こえる。

右の肩に、何かが乗せられている。

体は斜めになっていて、左側の何かに寄りかかっているのを感じる。起こそうとしたけれど、奇妙にだるくてうまく動かせない。

不意に額にひんやりと冷たいものが当てられて、ゆるゆるになっていた意識がはっきりしてきた。

「吉川さん」

また、顔のすぐ近くで真剣な声がする。

ゆっくりと目だけを動かすと、本当に十センチちょっとくらいの距離に相手の顔があった。

「吉川さん、判りますか？　返事、できますか」

その唇が動いてそう呼びかけられて、のろのろとうなずきながら「はい」と声を出す。いつの間にか喉がかさかさで、風邪の時みたいに腫れている。

「病院、行きましょう。熱中症だと思います」

続けて言われて、急いで首を横に振った。病院は困る、こんなとろけた頭でもそれだけは判る。

「大丈夫……大丈夫、です。ちょっと眠たくなっただけで」

答え続けていると意識がどんどんはっきりとして視界も明るくなってきて、自分の置かれている状況が把握できるようになってきた。傾いた体は早見に完全に寄りかかっていて、右の肩に背中にまわった相手の右手が置かれ、左手がよく冷えたペットボトルを額に当ててきている。

——すうっ、と急に頭が冷えてぐいっと身を引くと、いきなり体を起こしたせいか、またくらりと頭が揺れた。

「吉川さん、これ飲んで」

それをひきとめるように右手がもう一度肩を支えたと思うとすっと離れ、額に当てていたペットボトルを開けて手渡してくる。もはや断る気力もなく受け取って口に含むと、冷たくて味の薄い液体が口に入ってきた。わずかな酸味に、うっすらとした甘味を感じる。

「どんな味ですか」

まるで状況にそぐわないことを聞かれて感じたままに答えると、早見は顔をぐっとしかめた。

「ゆっくりでいいので、少しずつ飲んでください。……杉本さん」

早見は中腰になって杉本さんの方へ体を伸ばすと、何か話して、立ち上がった。

「吉川さん、立てそうですか？」

何故そんなことを聞かれたのか判らないまま、小さくうなずく。意識はもう殆どしっかりと戻ってきていて、体だけがだるくほてっていたけれど、動けない、ということはない。

「じゃあ、移動しましょう。涼しいところに行って休んだ方がいいです」

早見はそう言いながら、有無を言わさず鞄を勝手に手にとり、肩に掛けた。ペットボトルも奪っていき、キャップを閉めて返してくる。受け取ると、片手を伸ばしてこちらの腕をつかんで立ち上がらせてきた。振り払いたかったけれど狭い席の間でそれもできない。

「吉川さん、ほんとに大丈夫？　病院行った方がいいと思うけど」

龍王さんが心配げに見上げてきたので、「大丈夫です」とまた小さく首を振った。

「早見くん、もし手が必要やったらすぐ連絡してな」

杉本さんの言葉にうなずいて、早見は先に立って座っている人達の間を縫って歩き出した。仕方なくついていくと、まだ足元がおぼつかない様子を見て手をさしのべてくる。

どうしていいか判らず、けれど混み合った狭い中をこのままだと他の人の膝の上に倒れこんでしまいそうで、どうしようもなくその手を取った。

自分の指がしっかりと相手の手に握り込まれるのが見えて、暑さからではないめまいが襲ってくる。

座席の間を抜けて歩道に出ると、早見はすぐに手を離した。

「日傘、さしてください。直射日光はよくない」

そう言って鞄を差し出してきたので、中の傘を取り出してさした。早見は鞄を返そうとはせず、また自分の肩に掛けてしまう。

「歩きながら、少しずつでいいので全部飲んでください。……開けましょうか？」

手に持ったままのペットボトルを指さされ、急いで首を振って自分で開けた。ひと口飲むと、また、薄い甘味が舌に残る。

「すぐそこですから。途中、歩けなくなったら言ってください」

そう言って早見が向かったのは、先日偵察した杉本さんの事務所だった。二階への階段を一段一段、ゆっくりとのぼらされて中へと入る。

扉を入った中は、明るめのグレーの絨毯の敷かれた天井の高いオフィスだった。早見が壁のスイッチを触ると、天井のシーリングファンがゆっくりとまわり出し、エアコンが音を立てて動き出す。

「こちらへ」

パソコンや模型の置かれた白いデスクの横を通って、奥の応接室に通された。木のローテーブルに、薄茶色の革張りの背の分厚いソファがある。

「横になってください。……吉川さん、今朝は何食べてきました？」

ソファの隅に鞄を置いてそう尋ねてくるので、ごまかす気力もなく「何も」と首を振った。早見はむっとした顔になって唇をひきしめる。

「そりゃ倒れもしますよ……何か嫌いなものとか、アレルギーとかありますか？」

更に尋ねられまた首を横に振ると、早見はうなずいて「寝ててくださいよ」ともう一度念を押し、応接室を出ていった。仕方なく帽子を脱いでソファに座り、上半身だけを横にする。

早見はすぐに戻ってきて、「靴脱いで、完全に横になってください」と言いながら、丸めたタオルの塊をいくつも差し出してきた。

「脇の下にはさんでください。もうひとつはおでこの上にのせて」

受け取ると、ビニール袋に入った氷をタオルでくるんであるのが判った。横になって両脇にはさむやいなや、急激に体がひんやりとして楽になっていくのがはっきり感じられて驚く。

「これ、飲んで甘いと思ったらもう一本飲んでください。何か食べるもの、買ってきます」

早見はそう言って、先刻渡してきたのと同じペットボトルを一度開けて閉め、テーブルの上に置いた。テレビでCMを見たことのある、いわゆる経口補水液だ。

「いえ、ここで少し休ませてもらえるんでしたら、もう大丈夫です。早見さん、巡行見に行ってください」

ペットボトル一本分の水分をとったのと体が冷えてきたことで、やっと正常に頭がまわってきた。あの席にもう一度戻れる気はさすがにしなくて、でもせっかくのチケットを無駄にさせるのはいくらこの相手でも申し訳がなさすぎる。

「大丈夫です。伯父が好きなんで、去年も巡行、生で見てるんです。有料席は初めてですけど、どこで見たって、本体が変わる訳じゃない」

「そりゃそうですけど、でも」

「これ、僕の番号です。いない間にもし体調悪くなったら、すぐかけてください。あまりしんどいようでしたら、直接救急車呼んだ方がいいと思いますけど」

早見はこちらの言うことに全く耳を貸さずに、小さくたたまれたメモ用紙をテーブルの上に置いてさっさと出ていってしまう。

……ああ、やらかしてしまった。

メモには手を触れずに、ため息をついて天井を見上げた。大きな窓には幅の広い木製のブラインドがかかっていて、部屋の中は薄暗く、しいんと静まり返っている。

少し頭を動かすと額にのせたタオルがずれて、手で位置を修正した。

その指が視界に入って、そこに先刻の、自分の手をくるみ込むようにして握った早見の手が、その感触が、いっぺんに思い出される。

かっと頭に血がのぼって、額の氷の冷たさが逆に冴えた。頬だけが燃えるように熱くて、額の氷をそこに押し当てるとすうっと熱が吸い込まれていく。

本当に……何をやっているのか、自分は。

情けない思いが全身にひたひたと広がって、体がずっしり重くなるのを感じた。目を開けているのさえ疲れてきて、ゆっくりとまぶたを下ろす。

——のったりと意識がのぼってきて、ゆるゆると目を開いた。

どうやら眠ってしまっていたらしい。

目だけを動かすと、ローテーブルの向かいに早見が座っているのが見えた。テーブルの上にノートパソコンを置いて、イヤホンを繋いで画面を見ている。

その姿にちょっとした違和感を覚えて、まじまじと見て気がついた。もともと相手はTシャツの上に薄手のパーカーをはおっていたのに、今は着ていない。

同時にそれが自分の体にかけられていることに気づいて、あっ、と身じろぎした。

「……あ、起きましたか。よく眠ってたので、起こしませんでした」

早見がぱっとこちらに目を向け、耳のイヤホンを外す。

「調子はどうですか？　起きられそうなら、それ飲んで、少し食べましょう」

「……はい」

のろのろと起き上がると、体にかかっていたパーカーをたたんで脇に置く。先刻置かれたままのペットボトルを手にとってぐっと飲むと、甘味があまり感じられなくなっていて、逆に塩気を感じた。

早見はすっと立ち上がって部屋を出ていき、少しして戻ってくる。

「これ、レトルトですけど、鮭粥《さけがゆ》です。こっちはトマトのポタージュ。それから……」

　早見はお粥やポタージュの皿を置き、更にコンビニ袋から次々と、バナナやサラダ、チーズやソーセージ、カットフルーツやゼリーやヨーグルトを取り出して並べていく。

「早見さん、こんなに食べられません」

　焦って早口に言うと、早見はどこかほっとした表情を浮かべてかすかに声をあげて笑った。

「はい。食べられそうなものを食べられるだけ食べてください。残ったら自分が食べます」

「……すみません。あ、お金」

　はっと気がついてそう言うと、早見は「いいえ」と頭を振った。

「自分も食べるつもりなので、いくら請求したらいいのか判りませんし。吉川さん、今度『龍王』でお会いすることがあったら、お茶をおごってください」

「でも」

「伯父は、普段の食事とかおやつなんかは、緑茶やコーヒーの方が多くて。久々に伯父の対お客さんモードの中国茶が飲みたいと思ってたんです」

どこか龍王さんを思わせる、明るい、けれど譲る気のない口調で言われて、仕方なく「判りました」とうなずくと、早見は真面目な顔でうなずき返した。直後に急にはっとした表情を浮かべて、テーブルの奥に置かれたままだったノートパソコンをくるりとこちらに向けてくる。イヤホンを引き抜くと、甲高いお囃子がいきなり部屋中に響いた。

「……あ、これ」

思わず唇から声がもれた。そこに映っているのは、巡行のテレビの生中継番組だ。

「残り四十分くらいで中継終わっちゃいますが……これで、気分だけでも」

にこり、と微笑みかけてくる早見に、目を合わせられなくて顔を伏せる。

「……すみません、本当に……ご迷惑を、おかけしました」

うつむいたまま硬い声で言うと、早見はテーブルの向こう側の椅子を引いてソファと斜めになる位置に置き、すとんと腰をおろした。

「大ごとにならなくて良かった。……熱中症は、怖いですから」

噛みしめるような口調に目を上げると、早見の方もこちらとは目を合わせようとせずにパソコンの画面を見つめている。

「吉川さん、もしまた暑い中、長時間外出されるような予定があったら、必ず前日しっかり、睡眠をとってください。朝食も大事です。朝の体は、水分も塩分も不足していますから」

「……はい」

言うことをきかない子供をさとす親のような厳しい口調で言われて、少し身を小さくしてうなずいた。さすがにこの件については全面的に自分が悪く、恐縮する以外にない。

「じゃ、ほら、食べてください。無理はしなくていいですから、食べられる分だけ」

「はい」

もう一度うなずくと、コンビニのスプーンを取り出してお粥から食べ始めた。うっすらとした塩分が舌の端までしみわたるようで、つくづく美味しい。

食べ始めると急にお腹が空いているのが自覚されて、思っていたよりあれこれと手が伸びた。早見は自分もバナナやヨーグルトを食べたりしながら、やはりよく食べる子供を嬉しそうに見る親のような目をして、こちらと画面とを交互に見ている。

その目線が何だかたまらなく気恥ずかしくて、ひたすら画面の方を注視していた。

やはり全部を食べるのは無理で、それでも二人合わせてテーブルの上の七割程の食べ物を平らげるのとほぼ同時に、番組が終わった。

早見が立ち上がってぱたんとノートパソコンを閉じると、先刻まで鼓膜をきりきりと震わせていたお囃子が消え、急に部屋中がしいんとする。

早見はそのまま、テーブルの上のゴミを片づけ始めた。手伝おうとすると、押しとどめるように手のひらを向けて首を振り、黙々と一人で作業を続ける。応接室の隣は給湯室のようで、おそらくそこに冷蔵庫があるのか、ゴミと一緒に手つかずの食品をそちらに運んで手ぶらで戻ってきた。

「具合が良くなって本当に良かった。もう少し休んでいかれてもいいですし、もし帰られるのなら家まで送ります」

するとあっさりそんなことを言われて、心底焦って首を振った。

「いえ、大丈夫です。もう帰りますけど、一人で帰れます」

早口に断ると、早見は鼻から大きく息を吐いて少しだけ顔をしかめる。

「それは承知できません。帰りにまた倒れたりしたら」

「本当に大丈夫です。寝たし食べたし、もうすっかり良くなりました」

相手の強い口調にかぶせるようにこちらも断固として主張すると、早見の眉がふっと一瞬、どこか悲しそうに寄った。

「……何かあったら、どうするんです」

一段落ちた声のトーンに、心臓がぐっと苦しくなる。

「そんなに簡単に、安心はしないでください。人間は……人の体は、案外、もろいです」

ぎゅうっと上から胸が圧迫されるような感覚が体を襲った。その下で、心臓が体内から逃げだそうとするかのようにばくばくと跳ね回っている。

「どうしても、一人で帰られるのなら……タクシーを呼びますから、それで帰ってください。徒歩とかバスとか電車なら、一人は許可できません」

医者の宣告のごとく言われて、どうしようもなく無言でうなずいた。早見は厳粛な顔つきのままうなずき返して応接室を出ていき、オフィスの方で電話をかけ始める。

その声を聞きながら、跳ね回る心臓を服の上からぐっと押さえてなだめた。

もろくあっさりと壊れてしまった、絵里ちゃんの子供と絵里ちゃんの命。

手のひらの下に速い鼓動を感じながら、知りたい、と思う。

何故あんなにも、むごいことができたのか。自分がやったことを、今はどう思っているのか。

……もしか、して……本当に早見自身は、絵里ちゃんの死には無関係なのか。あるいは何かのボタンのかけ違いで、絵里ちゃんが思い込み過ぎてしまったのか。

そう考えた瞬間、「もういいの」と呟いた絵里ちゃんの青ざめた頬が脳裏をよぎって、はっと首を振った。そんな考えは、絵里ちゃんに対しての裏切りだ。

でも。

きつくきつく心臓を押さえると、息が浅く、速くなった。

だけど、でも、絵里ちゃん……もう判らなく、なってしまった。

こんなにかき乱されて、もう何が何だか、判らなくなってしまった。

どうしよう、と、もう何度目か判らない叫びが脳内に響いた。

「吉川さん？」

頭の後ろから声がして、足音が一気に近づいた。

「どうしました？　やっぱり具合が」

「大丈夫です」

上の方から近づいてくる声をはじき返すように強く言うと、相手の動きがぴたりと止まる。

「本当に……大丈夫、です」

両の手で自分の腕を抱きしめてうつむいたままもう一度言うと、早見は無言で離れていった。移動していく足元だけを見ていると、テーブルの端に置かれたメモを取り上げ、一度オフィスに消えてまたすぐに戻ってくる。

「これ、お渡ししておきます。自分の番号と伯父の番号、あと『龍王』の番号を書いてます。家に着いたら、どれでもいいので、必ずかけてきてください。お店、誰もいなければ留守電になるので、必ず伝言を入れてください」

答える前に、早見はソファの隅に置いたままだった鞄の中に勝手にメモを押し込んだ。ほぼ同時にオフィスの方で電話が鳴って、早見は大股で部屋を出ていく。

「……はい、すぐ行きます」

早見はすぐに戻ってきて、「タクシー、下に着いたそうです」と鞄を手に取った。

「吉川さん、立てますか？」

「……はい」

顔を上げずに答えて、すくっと立ち上がる。

「じゃ、降りましょう」

先を歩く早見についていくと、相手は階段の少し先を降りながら、一段ごとにちらちらと目を向けてきた。ふらついていないか、踏み外したりしないか、全神経をこちらに集中させているのが一目で判り、また、どうにもならない、苛立ちや焦りに似た奇妙な何かに胸をかきむしられる思いがする。

ビルの前には既にタクシーが止まっていて、ぱっと後部扉が開いた。乗り込むと、早見は座席に鞄を置き、「じゃ、気をつけて。電話、必ずお願いします」と念を押して扉を閉めた。

運転手さんに行き先を告げると、車が動き出す。

窓越しに小さく頭を下げて、その瞬間に、お礼を言っていない、と気づいた。

はっと体をひねって窓ガラスに手を当てた自分を、早見は不思議そうな顔で見る。

何も告げられないまま、その姿がどんどん後ろへと遠ざかった。

――遠く、ならないで。

胸の底から切り裂くように、何かが噴き上がってこぼれ落ちていく。

どうしよう。絵里ちゃん、どうしよう。

わたしは、……わたし、は。

わたしは、もう……あのひとを手にかけることが、できない。

早見の携帯は勿論、龍王さんの番号にもかける気になれずに、帰宅してすぐ、念を入れて非通知設定で『龍王』の電話を鳴らした。このタイミングならまだ二人とも帰宅していないだろう、と思ったのだ。予想通り電話は留守電となって、無事に帰ったこと、それからお詫びとお礼の言葉を入れて電話を切る。

伝言とは言え、お礼を言った。だからいい。

無理やり自分に言い聞かせて、それ以上は考えないことにした。どうせ次に『龍王』で会ったら、お茶をおごることになっているのだ。それで充分じゃないか。

けれど早見に会うことはないまま、七月は終わりに近づき夏の休暇が始まった。

叔父さんは三重の支社長に就任する為、九月に行われる昇進試験の猛勉強をしながらも両親の介護に通っているそうで、ぱっと見は明るく見えたけれど、ちらちらと顔に疲れが覗いている。

お盆は去年と同じく、三重の実家で執り行われることになった。三重の現支社長が面接のリハーサルをしてくれるそうで、その後も試験に向けて最後の追い込みをかけたい、と叔父さんが言うので、自分は法事が済んだらそのまま京都に戻ることにした。法事当日の十六日は京都で五山の送り火がある日で、お盆で現世に戻ってきた魂を浄土に送り返す行事なのだそうだ。去年実家で見たニュースで、山に燃える火にそっと手を合わせる人達の映像に、自分も一度はそうやって絵里ちゃんを弔《とむら》いたい、と思っていた。

法事の前日、十五日の夜のことだった。

他の皆はとうに寝てしまっていて、けれど何となく寝つけず、一階のダイニングのテーブルでノートパソコンを使って映画や動画を見ていた。日付が変わって少しした頃にようやく眠気が襲ってきたので、パソコンを閉じる。

布団は一階の客間に用意してもらっていて、そこに行く前に途中の仏間を覗いた。暗い部屋の中で盆提灯《ぼんちょうちん》だけが光って、淡い桃色や青の光を放ちながらくるくるとまわっている。

綺麗だな、と思いながら近づいた。軽く手を合わせて、絵里ちゃんにおやすみを言おうと思ったのだ。

あれから絵里ちゃんのことを思うと、疲れ目で痙攣《けいれん》するまぶたみたいに、こころが勝手にぴくぴくと震える。どちらにも進めなくなって立ち往生している、それをこともあろうに、当の絵里ちゃんに「助けてほしい」などとすがりたい気持ちを頭のどこかに抱いている。

りん棒を手にとり、おりんをちぃん、と鳴らしたところで、仏壇に違和感があるのに気がついた。

正式な名称はよく判らないけど、仏壇の扉を開いた中の部分の一番下、金色の板が貼られているところが、少し開いている。そっと触ってみると、かたりと揺れた。外れかかっているのか、とよく見ると、ごくごく小さな引き手があって、収納になっていることが判った。閉め直そうとしたけれど、内側に何かがひっかかっていてきっちり閉まらない。思い切って横に大きく開いてみると、中に白い封筒が見えた。きちんと入れ直そう、と取り出してみて、全身が凍る。

『お父さん』

封筒の表面にたった一言、見慣れた几帳面な黒い文字。

同じように『紗夜ちゃん』と書かれた封筒を、今も大事に、京都の家の机にしまっている。

これは……絵里ちゃんが、叔父さんに、あてた。

そっと指先で表面をなでると、便箋たった一枚だった自分あてのそれよりも、はるかにぶ厚い感触がした。裏を返すと、勿論封は破られていて、すぐにもぺらりと開くことができる。

戻さなきゃ、と咄嗟に思って、指にぴりりと痺れを感じた。

絵里ちゃんがあんなことをした、その理由について、叔父さんはずいぶん曖昧なことしか言わなかった。会社やよそでの人間関係に悩んでいたようだ、程度の。

けれど普通は、家族ならもっと真剣に「何が原因だったか」をつきとめようとするものじゃないだろうか。自分が、そうであったように。

叔父さんがそうしなかった——もしくは、自分が知らないところでそうしていたのかもしれないけれど——のは、もしか、したら……本当の理由を、知っていたからでは？　知っていて、それを自分に告げられなかっただけなのでは？

もしそうだとしたら、叔父さんはそれを、絵里ちゃんの遺書で知ったのでは？

かさっ、と指から音がして、自分の手がかすかに震えていることに気がついた。

……読みたい。

封筒を手に持ったまま、戻すことも開くこともできずにただ立ちつくしていると、呼吸がどんどん速くなっていくのが判る。

ここに、絵里ちゃんの真実が……あの男の真実が、書かれているのかもしれない。

肩の辺りからどんどん熱があがってきて、頬がぽうっと熱くなっていくのが自分で判る。白い封筒の上の『お父さん』という文字が揺らいで、そこに絵里ちゃんと、あの男の黒い瞳が交互によぎる。

駄目だ、いや、でも……だけど、駄目。

すっ、と息を吸い込んで、封筒を元に戻そうと引き手に指をかけた瞬間、二階からすとん、すとんとゆっくり誰かが降りてくる足音がした。

はっとして引き戸を閉めると、封筒をパソコンと自分の脇の間にはさんで隠す。

「……あれ、紗夜ちゃん？　まだ起きてたん？」

おっとりとした絵里ちゃんの祖母の声がして、ほうっと息を吐いた。廊下に出ると、階段を降りた脇のトイレに入っていこうとするのが見える。

「うん、でも、もう寝ます……おトイレ、手伝う？」

「ううん、ありがとう。大丈夫」

にっこりと笑う姿に、ちくんと胸が痛むのを感じながら「おやすみ」と言って客間に入った。

持ってきて、しまった……どうしよう、これ。

そう思いながらも、もう戻しにはいけない、と頭のどこかで悟っていた。この後に戻すチャンスがあっても、自分はもう、これを読まずにいることはできない。

けれど、今日はまだ、やめておこう。

封筒をそうっと、ボストンバッグの一番下に入れる。

今読んだら、叔父さんに聞かずにいられないような内容があるかもしれない。だけど明日は法事で、次の日には支社長さんのところに行く叔父さんに、余計な心痛をかけたくなかった。京都に帰って一人で読んで、その後ゆっくり考えよう。

そう決めて布団にもぐり込んだけれど、その日は外がうっすら明るくなってくるまでまんじりともできなかった。気もそぞろなまま法事は済んで、駅まで送ってもらい快速で名古屋まで出て、新幹線で京都に移動する。

家が近づいてくるのを感じると、どんどん気持ちが浮き足立ってくる。地下鉄への地下道や、駅から家への道もつい小走りになってしまった。バッグの底に入っているもののことを思うと、焦りや不安や恐怖が複雑に混じり合ってどろりと揺れる。

家の中はじめじめと蒸し暑かったけれど、エアコンをつけるのも忘れて真っ先にバッグを開いて封筒を引っ張り出した。

ローテーブルの前に両膝立ちの姿勢のままで読み始める。

便箋はざっくり十枚はあって、その大半がいわゆる「事後処理について」だった。まずはお詫びから始まって、そこからはひたすら、遺品となる物の処理、親戚や友人への手配、ご近所への配慮、叔父さんの生活についての注意など、震えもにじみもない見慣れた綺麗な文字で本当に事細かに記されていた。

思えば、絵里ちゃんが職場あてに遺していた封筒の中身もそういうものだった、と四十九日に来てくれた上司の方が話していた。職場のパソコン内にも細かな引き継ぎ書が遺されていて、突然の不在でも困ることが殆どなかった、普段から本当に気遣いのできる人だったけれど何もこんなところまで、と涙されていたのが印象的だった。

絵里ちゃんらしい、と読みながら懐かしさを覚える。きっちりと几帳面な文章にまざまざと口調や顔つきが甦って、ああ、逢いたい、とつくづく思う。

文章の中には自分の名前も頻繁に登場した。中でも「紗夜ちゃんを養子にもらってほしい」という願いは何度も繰り返されていて、その都度やりきれない思いがする。

その内に便箋は残すところ一枚となって、拍子抜けのような、焦りのような気持ちがよぎった。このまま終わってしまうのだろうか。

けれど最後の一枚の、わずかに震えた最初の一文に目の動きが止まった。

——お父さんには少しだけ、本当のことを書きます。

お父さんには少しだけ、本当のことを書きます。

思えばお母さん達が亡くなった時は、本当に辛かった。

それでも紗夜ちゃんやお父さんを守らなきゃ、と思ってどうにか踏ん張ることができました。

わたしはつい最近、とても大きなものを失いました。

わたしがこの先、一生をかけて守っていく筈のものでした。

そうしたらもう、空っぽになってしまったのです。

こころの醜《みにく》いわたしは、いっときは全力をかけて復讐をしようとも思いました。そうすればこの胸の空っぽさがどうにかなるのではないかと思ったのです。

ですが、それもかないませんでした。

もう何にも、できることがありません。

毎日毎日、とてもふしぎです。

あんなに輝いていた筈の日々が、確かにそこにいた筈の自分が、まるで全部、知らない人の知らない人生のようです。あんな時間が自分にあっただなんて、全部何かの間違いじゃないか、そう思えてなりません。体から全部の空気が抜けてしまって、自分でもこれをどうやって地面にとどめておけばいいのか、もう判らないのです。

眠ると夢を見ます。

それがとても、つらいです。

知らない人の知らない人生を、毎晩毎晩、夢に見るのです。

思い出はすべて捨てました。それなのに、眠ると鮮やかに出てきます。

もう何日も眠れていません。

夢を見ないで、ゆっくり眠りたい。

お父さん。

ごめんなさい。


――気がつくと、手の中の便箋がぐしゃぐしゃになってぷるぷると震えていた。

はっと手を離すと、ぽとりと足元に落ちる。けれど手の震えは止まらなかった。

ぐしゃぐしゃになった便箋の上に、ぽとぽとと雫が垂れる。

それが自分の涙だと気づくのに、しばらくかかった。

「あっ……」

いけない、汚してしまう、と焦って便箋を取り上げた。テーブルの端のティッシュを取って水分を吸い取り、皺の寄った紙をパン生地のように手のひらの根元でごしごしと伸ばす。それでも細かく寄ってしまった皺は取れなくて、どうしよう、叔父さんに悪いことをしちゃった、と子供のように悲しくなった。

叔父さん。

その呼び名が頭に浮かんだことで、はっと頭が晴れてくる。

大きく深呼吸してから、もう一度最後の便箋を開いた。

一生をかけて守っていく存在、それはきっと、お腹の中の子供だ。

全力をかけて復讐しようと思った相手……それは勿論、早見だ。他の誰でもない、間違いようがない、あの男だ。

これまで推測した通り、早見は絵里ちゃんに実家や職場に告発されて仕事や居場所を失って、それ以上の報復を恐れて逃げたのだろう。けれど、早見が仕事を辞め大阪の家も引き払って実家にも帰らなかった為に行方が判らなくなってしまい、最後まで復讐がかなわなかったのに違いない。

いつの間にか全身にじっとりと汗をかいていて、頭が熱をもってぽうっとのぼせてきた。

ごめん。絵里ちゃん、ごめんなさい。

汗と涙が目の中で混じってつうんと痛む。

せっかくあの男を見つけたのに、やるべきことをやらずにいた。もしかしたら絵里ちゃんの思い違いなんじゃ、なんて疑ってしまいさえした。あれこれとぐじぐじと理由をつけて言い訳をして、自分のなすべきことから目をそむけていた。いろんなことに目をくらまされて、楽な方へ楽な方へと流されようとしていた。

自分なんて、もう捨てたのに。自分の考えや自分の気持ちなんてこの世に必要ない。この先の自分のすべては絵里ちゃんの為にある、そう誓ったのに。

ティッシュをむしるように手にとって、涙と鼻水を一緒に拭う。

絵里ちゃん、この手は、この命は全部、あなたの為にある。

立ち上がって冷蔵庫に行くと、扉を開いてスポーツドリンクのペットボトルを取り出して一気に飲んだ。あの祇園祭の巡行の日から、常に何本かは入れておくようにしているのだ。

ちくりと胸に痛みが走るのを、冷たく甘い液体で飲みくだす。

何になるんだ？　多少まともなことをしたって、それが一体、何になる？

あんなことをしておいて、反省して多少性根を入れ替えたところで、失われたものはひとつだって戻りはしない。絵里ちゃんの怒りは、悲しみは、辛さは、そして自分や叔父さんのそれも、何ひとつだって贖《あがな》われない。

あの男の、命をもって以外は。

ぶるんと頭を振ると、お風呂場に向かって熱いシャワーと冷たいシャワーを交互に浴びた。

白い浴槽を見ると、あの日のことを思い出す。あれからずっとここで暮らしているけど、バスタブにつかったことは一度もない。

お風呂から出て時計を見ると、夜の七時直前だった。送り火の点火は八時なので、急いで身支度を整える。何を着ようか、と思い、絵里ちゃんに買ってもらった、最初に『龍王』に行った時に着て以来、ずっとしまったままだった白詰草柄のワンピースに袖を通した。

送り火に手を合わせて、浄土へ帰っていく絵里ちゃんに誓おう。

必ずこの手で、あの男から人生を奪い取る、と。


夜の出町柳《でまちやなぎ》には、恐ろしい程の人がいた。

そもそも地下鉄の今出川《いまでがわ》駅からもう大量の人がいて、多くの人が出町橋へと向かっていった。有名な鴨川デルタにかかる橋だが、落ちるんじゃないか、と思うくらいに人がいて、何人もの警官が大声をあげてその流れをさばいている。あまりの人混みに、橋を渡るのはやめて河川敷《かせんしき》に降りることにした。

歩道には若い男女のグループもたくさんいて、楽しそうに会話しているのにどうにも据わりの悪い気持ちがする。お祭りか何かと勘違いしているんじゃないか。

その気持ちは河川敷にたどりついても続いた。手にお酒の缶を持って会話している人達や、フラッシュを光らせて自分達を撮影する人もいる。それと同じ空間にいるのがどうにもいたたまれなくて、少し北へと上がることにした。どんどん進むと河川敷がだいぶ広くなっていき、人もかなり減って空間に余裕が出てくる。

携帯の時刻はもうすぐ八時だ。立ち止まって適当な方角を見たが、夜空と山との見分けが全くつかない。

けれど数分もしない内に、ちらちら、と夜空に光が走って、わあ、と周囲から声が上がった。暗めの光がちかちかと、確かに文字のかたちに広がっていくのが判る。ひとつひとつの光がどんどん明るくなってきて、見る間にくっきりと「大」の文字が闇の中に浮かび上がった。

肌を覆っていた蒸し暑さがすうっと消えて、頭のてっぺんから抜けていく。

知らず、両手を合わせていた。

ゆらゆらと揺らめく炎の光が、胸に力を与えてくれる気がする。

絵里ちゃん、今そこにいますか、見守ってくれていますか……どうか安心して帰ってね、必ず誓いは果たすから。

目を閉じて祈ってふっと開くと、少し離れてシートを敷いて座っている老夫婦が数珠を持ち何かを呟きながら、じいっと手を合わせている姿が目に入った。誰のことを祈っているのか、仲間を見つけたような気分になって勝手に親近感を覚える。

しばらくすると、またあちらこちらから声が上がった。八時を五分過ぎて、今度は妙法の点火が始まったらしい。

自分のいる位置からは、茂った木や橋が邪魔して一部分しか見えなかった。橋の上に上がるか、あるいは橋をくぐって更に北に行けばもっとよく見えるかもしれない、と思い橋台に近づく。

すると橋のすぐ下に、一人で立っている人の影が目についた。

その位置だと橋台で妙法が全然見えないだろうに、もったいない、と思った瞬間、相手の正体に気がついて地面から棒で串刺しにされたように足が止まった。

――早見。

早見は太い橋台のすぐ傍に立って、東南、つまり大文字山《だいもんじやま》の方角を向いてじっと手を合わせて立っている。こちらに気づいている様子はない。

息もできないまま、まばたきもせず相手を見つめた。

顔をわずかに伏せて、ひたすらに手を合わせるその姿。

……何に、祈っている？

誰に対して、祈っているのだ？

足のつま先から血がじわじわと逆流して、大きな波となってざん、と額の裏に打ち寄せるのを感じる。

悼《いた》んで、いる。

絵里ちゃんを……そしておそらくは、絵里ちゃんの、自分の、子供を。

——貴様にそんな、資格があるとでも!?

煮えたぎった脳の中で、自分でも思いもよらない程の激しい罵声が響いた。

特に子供は、お前が手にかけたと言っても過言ではないのに。絵里ちゃんだって、子供が生きていれば情無しの男なんかあっさり忘れてきっと幸せに生きられた、なのに子供を奪われ、復讐の手立ても途絶えて死を選んだ、つまりは絵里ちゃんもお前が殺したのとおんなじだ。その同じ手を、よくも追悼の行事である送り火に合わせたりできたものだ！

顔がぱんぱんに膨らんで喉がきゅうっとなって、やっと自分が息を完全に止めていたことに気がつき、ひゅっ、と吸い込む。

酸素が入って脳がクリアになるのと同時に、後悔と苛立ちの念が一気に胸を満たした。ああ、どうして刃物を持ち歩かなかったろう。そうしたらこのまま、腹をひと刺しにしてやれるのに。

そう考えた瞬間に、ぱっ、と手が動いてショルダーバッグの中を探った。

覚えのある位置に覚えのある感触が触れ、一気に引っ張り出す。小学生の頃に絵里ちゃんがお揃いで買ってくれた、パステルグリーンのケースのミニソーイングセットだ。蓋を開くと、持ち手が同じ色の樹脂の、全長が六センチ程度のごくごく小さな裁縫バサミを右手に握り込む。

刃先はほんの一センチもない。けれどその確かな硬さが、ぐっと背中を押した。

大股でぐいぐいと歩いていくと、目を閉じて合掌している姿がますますはっきりと見えてくる。

そのしずかな表情に、ガチガチに固まった金属のようなこころの表面に、さっと一瞬、さざ波が走るのを感じた。けれどそれすら、腹立たしさに油を注ぐ。

そんな風に、何の罪も無い人のような顔をして。心底悔いていれば神も仏も死人も赦してくれる、そう思っているなら大間違いだ。

ざかざかとした足音が近づくのに気がついたのか、距離が二メートルを切ったところで相手がふっと顔を上げ目を開き、そのままぱっと、眉を大きく上げる。

「えっ……」

開いた唇が何かを言う前にその懐に入り込み、左手でぐっと胸板をつかんで全力で突き飛ばした。

「——ひとごろし！」

喉が裂けるくらいに声を張り上げると、早見の目が更に大きく見開かれる。

自分が押したくらいではろくに相手の体は揺らがず、ほんの半歩、後ろへよろめいた程度だった。その非力さに、ますます頭がかっとなる。

「この、ひとごろし！」

もう一度叫ぶと、ハサミを握り込んだ右手に左手を添え、ひと息にどん、と白いTシャツの上から、相手の腹部右下を突き込んだ。

——固い。

「つっ……」

頭の上でかすかに息を詰める音がする。

手に受けた感触はあまりにも固くて、自分は何か間違えたかと一瞬混乱した。もしかしてズボンのベルトか何かに、当ててしまったのじゃないか。

焦って顔を上げると、早見はわずかに眉根に皺を寄せ左手を刺した筈の場所に当てて、凍りついた表情でこちらを見つめている。

――駄目だ、失敗した、もう後がない。

再び一瞬で頭に血がのぼって、手を思い切り後ろに引くと、もう一度ぐっ、と突き出す。

けれど同時に、相手の左手が反射的にぱっと跳ね上がって、ハサミを握った両の手ごと下から摑まれた。

全身の力を込めて突き出した筈の両手が片手一本で完全に止められて、ぴくりとも動かなくなる。

その絶望的な力の差に、はあっ、と息が口から甲高い音を立ててもれた。

すると何故なのか、早見は熱いものを摑んでしまった時のようにぱっと指を開く。

じいん、と強く摑まれた指に痛みと痺れと熱さが走った。

その感覚に、むらむらっ、と目の奥が熱くなる。

「――あんたが、殺した癖に！」

声を吐き出すと、相手の体がわずかに身じろぐ。

「よくも……よくも手なんか合わせて、あんたが手にかけた相手に、よくも……あんたにそんな資格があると思ってるの！」

ハサミを握ったままの手でつかみかかって、服をひねりあげぐいぐいと胸板を揺さぶると、早見の体は先刻とは打って変わって弱々しくゆらゆらと揺れた。

「返してよ、返して、あんたのせいで……あんたが殺したのに、どうして」

かなうなら今この場で八つ裂きにしてやりたい、とまで怒りが沸騰しているのに、声が勝手に震えて、それにつられるように一瞬でぶわりと涙が噴き上げた。目の間と鼻の根元がつうんとなって、ぽたぽた、と雫が自分の手の上に落ちる。

「……よし、かわさ……」

「あんたが殺したんだ！」

かさかさにかすれた声が耳に届く前に、全力を振り絞ってもう一度ハサミを思い切り相手の腹に突き立てた。早見は今度は防御することなくそれを受ける。

感触は先刻と同じでひどく固かったけれど、早見は大きくふらついて、どん、と橋台に背中をつけた。

「あんたが……あんたのせいで、子供も、絵里ちゃんも死んだんだ！　あんたが死ねば良かったのに、この、ひとごろし！」

涙と一緒に叫びを飛ばした次の瞬間、夜闇の中でもはっきりと、Ｔシャツの白地に黒っぽいシミが浮かんでいるのが目に飛び込んだ。

さっ、と額の熱が冷え、手からハサミが落ちる。

それを見届けもせずに、その場から駆け出した。

「――吉川さん！」

背中から声がしたけれど、振り返らずに走り続ける。

まわりの人がじろじろ見てくるのを無視してひと息に河川敷を駆け上り、車の列が途切れているのをいいことに車道を渡って走った。

早見は、追いかけてこなかった。


電車やバスに乗る気にはなれず、通りかかったタクシーを拾って飛び込んだ。

行き先を告げて座り直すと、膝がかくかく、と小さく震えているのが初めて判る。手で押さえようとしたけれど、指も震えて、関節が固くなって手を開くことも閉じることもできなかった。

頭の中がぐしゃぐしゃだ。

言ってやった、ついにあいつを糾弾《きゅうだん》してやった。ずっと言いたかった、ずっとぶつけたかった、それがついにかなった。そういう爽快感は確かにあった。

それなのに。

目的を果たすことができなかった。結局は失敗した。

失敗。

――ずうん、と目の奥にあの黒いシミが大きく広がっていく。

呼吸が速く浅くなって、膝の震えがますます細かくなる。

かちかちにこわばった指の節に、思い切りハサミを突き込んだ瞬間の固さがまざまざと甦る。

二度目に突き刺した後に、大きくふらついた体。

鼻の奥がぎゅっと詰まって鈍い痛みが走る。

……どうしよう。

頭の中心にぽつんと浮かんだ言葉に、自分で混乱する。

確かに失敗した、しかもすべてをバラしてしまって、この後はもう近づくことすらできないだろう。警察に通報されて、捕まってしまう可能性も高い。復讐もできず、今後の仕事に悪影響が必至となれば、叔父さんに合わせる顔がない。その痛烈な重みと苦みは確かに強い。

けれど同時に「やってやった」ことに間違いはないのだ。素知らぬ顔で生きている、それを心底憎く思っている人間がいることをはっきり突きつけてやった。罪が無かったことになんてできないのだと、そう思い知らせてやれた。

それなのにその爽快感は、ごぼごぼと広がる黒いシミに飲み込まれていく。

そのシミはタールのようにどろりと自分を外側から包み込んで、目も鼻も喉も塞いで体温を奪っていった。必死で平泳ぎのように手を動かしてどうにか顔を出し呼吸をしても、すぐにまたごぼり、と全身を覆ってしまう。

体の芯が冷えていくのに、額や脇にねっとりと汗がにじみ出す。

どうしよう。

黒いシミはみるみる広がって、白いTシャツの全面を染めていく。

高く跳ね上がった眉と大きく見開かれた黒い瞳。

目の端から、自分でも理由のよく判らない涙がじわりとにじんだ。

「――お客さん、ちょっ、車の中で吐かんといてよ。もう着きましたから、吐くなら早《は》よ降りて」

運転席からそう声が聞こえてきて、はっと顔を上げた。窓の外は、アパートのすぐ近くのコンビニの前だ。

急いで無言でお金を払って、逃げるように車を降りた。小走りにアパートに入りエレベーターで五階に上がって、部屋の前の廊下に誰の姿もないことにほっとする。

部屋の中はむしむしと暑くて、急いでエアコンのスイッチを入れた。冷蔵庫から麦茶を出してコップに入れてごくごくと飲みくだすと、勢いが強すぎて飲み終わる直前に思い切りむせる。

ごほごほっ、と激しくシンクに向かって咳き込んでいると、急にぐうっと吐き気がこみあげてきてトイレに駆け込んだ。

今飲んだばかりの麦茶を全部吐いてしまって、ぜえぜえと息をつきながら生理的に浮かんできた涙を手の甲で拭うと、ひどく心細くなってきた。

リビングに戻ると、ぬるい空気とエアコンからの冷風とが入り混じっているのを肌で感じる。その中を泳ぐようによろよろと進むと、ぺたん、とローテーブルの前に腰から座り込んだ。

しいん、と静まり返った部屋の中に、フル回転しているエアコンの音だけがする。

腕や足がゆっくりと冷気に包まれていくのを感じながら、テーブルの上に置いた自分の手の指を見た。

……ハサミを、落としてきてしまった。絵里ちゃんにもらったものだったのに。

ずん、とこころが沈み込むのと同時に、また理由の判らない涙がにじむ。

きっと警察が来る。捕まって、大学も退学だろう。

でもそんなのはどうだっていい。叔父さんに対してだけは本当に申し訳ないことをしたと思うけれど、自分自身の身柄がこの後どうなるかなんて興味がない。だって最初から、そのつもりで始めたのだから。

それなのにこの、胸の一番底でぐるぐると渦巻く黒い嵐は何だろう。

視界の中で、中指と薬指の先がぴくりと動く。

あの、ハサミ。

今まで何度も、数え切れない回数使ってきた。ボタン付けとか、純粋に裁縫道具としては勿論、それ以外にも、お菓子の袋が固いとか買ったばかりの服をすぐ着たくてタグを切ったりとか、いろんなところで重宝していた。

だけど今まで一度も、使った後に洗ったことなんかない。そんな必要はなかったからだ。

また、黒いシミが目の奥に広がる。

長年洗わずに使ってきたハサミで、服の上から刺してしまった。

ぶるっ、と突然に、肩から上半身が大きく震えた。いつの間にか、部屋はすっかり冷え切っている。温度を上げようとリモコンを手に取ったものの、指に全く力が入らず、するりと抜け落ちた。

ごとん、と硬い音を立ててテーブルにバウンドして床に落ちたリモコンを見ていると、不意に体が動いた。立ち上がって奥の寝室からノートパソコンを持ってきて、ローテーブルに置く。

電源を入れビデオ通話のアプリを開いた。叔父さんの名前を押すと、スリーコールで通話が繋がって画面にぱっと顔が映る。つい昼に別れたばかりなのに、ひどく懐かしい。

『あ、紗夜ちゃん。着いたって連絡ないから、そろそろかけようか、って……どうしたの』

明るく話し出した声が、一瞬で気遣うような響きに変わる。

「叔父さん……」

『紗夜ちゃん？　紗夜ちゃん、大丈夫？　何があった？』

「どうしよう……どうしよう、叔父さん……こわい」

口にした瞬間に、どっと涙があふれて手が細かく震え出す。

そうだ……そうだ、怖いんだ、ずっと、怖かった……あの刹那、全力で刃先を突き込んだその瞬間、固くて固くて、それなのに真っ黒いシミがどんどん広がって……たまらなく、怖い。

『紗夜ちゃん？　一体どうしたの？』

「殺して……しまったかも、しれない」

『え、ええっ!?』

叔父さんの声が高く跳ね上がる。

『紗夜ちゃん、それ一体何の話……』

「絵里ちゃんの仇を……とりたかったの」

息急《いきせ》き切った叔父さんの声が、ぴたりと止まった。


それから何度も何度も、涙で詰まりながらも、何時間もかけて全部を吐き出した。

「あの日」から今日まで、自分が何をしてきたかを。

自分の説明に叔父さんは大混乱した様子で、いくつもいくつも、質問を重ねてきた。その中で、どうやら叔父さんは絵里ちゃんの妊娠と流産を全く知らなかったことが判った。

やがて、今日の送り火の下で起きた出来事まで、話がさしかかった。

つっかえつっかえ話しながら、また体が震えてくる。

「どうしよう……」

ついそう呟くと、頬を涙で濡らした叔父さんが小さく首を振った。

『大丈夫、紗夜ちゃん、叔父さんからも口添えする。勿論、何がしかのことにはなるだろうけど……それくらいの傷で、そんなに大きな罪になったりはしないから』

こちらをなだめて安心させてくれるような声音を聞きながら、違う、と頭の中に声が響く。

罪を問われるのが怖いのじゃない。

「でも……小さな傷でも、黴菌《ばいきん》が入ったら……破傷風《はしょうふう》にかかったり、するかも」

ためらいながら言うと、叔父さんはかすかに笑った。

『大丈夫、それはそうだけど、傷に土がついたり錆《さ》び釘《くぎ》を踏んだりとかしない限り、そんなことになる可能性はほぼないよ。だから、安心しなさい。紗夜ちゃんが殺人犯になるようなことは、絶対にないから』

力強くかけられた声に、また、違う、と思った。

自分が殺人犯になるのが怖い訳じゃない。

そう考えた瞬間に、答えが降ってきた。

——あのひとが……死ぬのが、怖いのだ。

ひくん、と喉がひきつる。

あのひとが、死んで、いなくなってしまうのが、怖いのだ。

八つ裂きにしてこの世から消し去りたい、たった今この瞬間だって、そう本気で思っているのに。

おさまっていた涙が、すうっと片頬をつたった。

『紗夜ちゃん』

「ごめんなさい……ごめんなさい、叔父さん」

何とかそれだけ言うと、また喉の奥からぐうっと熱い塊がこみあげてきて涙になってあふれる。泣き声がもれそうになって、たまらず両の手で顔を覆った。

『紗夜ちゃん。いいんだよ、謝ることなんて何にもない。大丈夫』

叔父さんがひどくやさしい声で、何度も何度も、繰り返し「大丈夫だよ」となだめてくれる。

それがどうしようもなく申し訳なくて、ひたすらに泣いた。

復讐がなしとげられなかった。大事な娘の死の真実を、知っていたのにずっと隠していた。罪を犯して、今後のことにも大きな迷惑をかけてしまう。それ等すべてに謝りたい。

それと同時に、「あのひとがいなくなるのが怖い」とはっきり思っている自分が、灼けつく程に申し訳がたたないと感じた。絵里ちゃんを、子供を殺した男にそんなことを考えている、そんな自分がこうして叔父さんと相対しているなんて、決して許されない大罪だと。こんな風に慰めてもらう資格なんてない、それどころか罵られてしかるべきなのに。

『明日、そっちに行くから』

すると突然、そんなことを言われて「えっ？」と声が出た。

思わず顔を上げると、叔父さんは真っ赤な目を細めて大きくうなずいてみせる。

『明日、叔父さんが「龍王」に行って傷の様子を聞いてくる。絵里のことも含めて、他にもちゃんと確認したいことがたくさんあるし。それから、紗夜ちゃんのところに行くよ』

「でも」

試験のリハーサルは、と言う前に、叔父さんは首を横に振った。

『大事なひとり娘、そんな状態で放っとけないからね』

言葉を失って見つめていると、叔父さんはわずかに微笑み、それからきゅっと口元をひきしめる。

『だから紗夜ちゃんは、それまで絶対、何にもしないでどこにも行かずに、家で待っていて。変なことは考えないで、おかしなことは絶対にしないで。叔父さんが行くまで、ちゃんと無事で、待ってるんだよ』

「叔父さん……」

その声音の底に漂う悲痛さに、きゅうっと心臓がひきつれた。「あの日」の叔父さんの痛みが、苦しみが、自分のそれに重なってまざまざと甦る。

『いいね、紗夜ちゃん』

強く念を押す声に、もうそれ以上言い返すことができずに「はい」とうなずくと、叔父さんは今度ははっきりと微笑んで大きくうなずいてみせた。

深夜にやっと眠りにつくことができて、目を覚ますともう十時をまわっていた。洗面所の鏡を見て、すっかり腫れ上がったまぶたと顔にため息をつく。頭もずきずきと痛んで、氷で顔を冷やしながらスポーツドリンクで頭痛薬を飲んだ。

ソファに座って息をつくと、いつの間にかまたうたた寝してしまっていた。はっと目を覚まし、その覚醒の理由が、携帯のコールであることに気がつく。時刻は十二時過ぎだ。

「はい、もしもし」

画面には『叔父さん』の文字が出ていて、耳元から『ああ、紗夜ちゃん、良かった』とほっとした声が聞こえる。

「ごめん、ちょっと寝ちゃってた」

『ああ、そっか。ごめんね起こして。紗夜ちゃん、ちょっと出てこれるかな……叔父さん、今まだ「龍王」にいるんだよ』

くっ、と喉の奥から変な音が出た。

『まず最初に言っとく、彼は無事だから。どこも何ともないよ』

吸い込みかけた息が途中で止まる。

『龍王さんに聞いたけど、包丁で指先切ったくらいの小さな怪我だって。名前なんて言ったっけ、あの、貼ると傷のとこが膨らむパッド、家にあったああいうのを貼ってそれでOKな程度の傷で、病院に行くようなもんじゃないし、勿論警察に行く気なんか二人とも全然ない、だから安心してほしい、そう伝えてくれ、て言われたよ』

叔父さんが言葉を切った瞬間、息が戻ってきて大きく肺がふくらんだ。

小さな、傷……どこも、何ともない。

それを聞いて口惜しい思いと安堵の思いが同時に胸を満たした。ああ、もっと全力で深く深く刺してやれば良かった。ああ、無事だったんだ、良かった。

『龍王さんが話したいことがあるから、どうしても来てほしい、って。外には臨時休業の札が出てるけど、中に来て。……早見は、ここにはいないから』

叔父さんの口からその名を聞いて、どきりと心臓が跳ねる。「判った」と短く返事をして電話を切り身支度を整え家を出て、急いで『龍王』へと向かった。

バスの窓からの眺めがどんどん店に近づいていくにつれ、だんだん気持ちが怖気づいてくるのがはっきり判る。

いるのは叔父さんと龍王さんだけなんだから、と自分を叱咤して、ふっと「ああ、龍王さんにも知られてしまった」と今更ながらに気がついた。ずっと嘘をついてきたこと。大事な甥を、殺す為に近づいたこと。今でもたぎる程、早見を憎く思っていること。ますます足が重たくなるのを感じながら、それでも一歩一歩、ゆるゆるとゴールは近づいてくる。もう何も考えずに足を動かすしかない。

店の引き戸には、龍王さんの文字で「本日臨時休業」と書かれた紙が貼られていた。すう、と大きく息を吸って、戸に手をかけ、思い切って引く。

目をぎゅっとつぶって中に入って後ろ手に戸を閉め、ゆっくりと目を開く。

「……え」

そこには叔父さんの姿はなく、カウンターの中に龍王さんだけが立っていた。

「いらっしゃい、どうぞ」

龍王さんはどこか疲れたような、今までに見たことのない笑みを浮かべて、すっとカウンターを示す。

「あの、叔父は……」

その場から動けずにおずおずと聞くと、小さく首を振った。

「今は、二階で待っていただいてます。……叔父様と話して、まずは僕の口から、吉川さん……池内《いけうち》さんに、全部を話すのが、一番、いろんなことを判ってもらえるだろう、て結論になって」

池内、という本名を呼ばれて、ぎくんと背中が固くなる。ずっとその名で生きてきたのに、龍王さんにそう呼ばれるとまるで他人の名前みたいだ。

「だから……どうぞ、とりあえず座って」

もう一度うながされて、小さくうなずきショルダーバッグを隣の席に置いてカウンターの前の椅子に座った。龍王さんは手元の急須にお湯を入れ、湯のみに注いで目の前に置いてくれる。かすかに、ほうじ茶の香りが鼻をよぎった。

「まずは……僕から、こころから……謝ります。僕の、甥が……早見貴志人が、あなたの従姉さんにした、非道な仕打ちについて」

腰から九十度以上背中を曲げて深々と頭を下げる姿に、胸が張り裂ける思いがする。その背を叩いて「そうだ、あなたの甥が絵里ちゃんを殺したのだ」と怒鳴りたい気持ちと、その背をなでて「龍王さんは何にも悪くない、むしろ騙していてごめんなさい、あなたの甥に怪我をさせてごめんなさい」と謝りたい気持ちとが同時に荒れ狂った。

「……それから、もうひとつ」

押し寄せる相反する思いに何も言えずにいると、龍王さんは一度頭を上げて、もう一回深々と下げる。

「ずっと……ずっと、吉川、池内さん、あなたを……騙していた、ことを」

そして龍王さんは、ゆっくりと語り始めた。

第九章　すれ違いの嘘

龍野旺司の最初の就職先は、新聞社の記者だった。

それを何年か続ける内に、彼は自分が、その日限りの事件や記事を書きたいのではなく、何かひとつのことを長期間取材して文章にまとめる、いわゆるルポライター的な仕事がしたいのだと判ってきた。そこで思い切って職場を辞め、フリーのライターとして各地を転々と取材してまわる人生を始めた。

そんな中、北関東のとある田舎で、町おこしについての文章を書くことになった。

彼はそこで、小学三年生の少年に出逢う。

少年は地元の柔道教室に通っていて、なかなかの実力だと太鼓判を押されていた。

彼が少年と知り合ったのは、逗留先に選んだ旅館で働いていたのが少年の母親だったからだ。少年の家庭は母ひとり子ひとりで、家もすぐ近所にあって学校帰りに旅館によく顔を出し、夕飯もそこでとっていくことがしばしばあった。

明るくて母親思いで、ひたむきに柔道に取り組む少年のことを、彼はすぐに好きになった。彼自身は家族というものにとんと縁がなく、両親や母親の違う妹とはほぼ断絶しており、恋人がいたことはあったが結婚などは頭にも浮かばなかった。けれど少年とその母親と一緒にいると、まるで自分がその家族の一員になったような錯覚を覚えて、こそばゆい心地よさを感じた。

記事が書きあがってその土地を離れてからも、彼はしばしば、その旅館を訪れた。その度大きく成長していく少年を、彼はまぶしい思いで見つめていた。

だが彼自身の仕事は正直あまり、ふるわなかった。長年の経験もあってある一定のラインは確かにこなせる、けれどそれ以上、世間に残り人のこころをぴたりと捉えて誰かの指針となるような、そんな文章は自分には書けない。そう悟った頃に、仕事で行った台湾で出会ったのが中国茶だった。

自分でも驚く程にのめりこみ、しがない貯金をはたいて借金もして京都に店を開いた後、彼は少年に連絡をとった。何年も台湾や香港にいて、すっかり音信が途絶えていたのに詫びを入れたかったのだ。すると少年は、今はもう自分も母も、あの土地には住んでいないのだと答えた。少年は東京に、母親は新潟にいるという。

少年が「会いに来てくれるのなら自分も母のところに顔を出す」と言うので、彼は新潟で少年と母親に再会した。そこは母親の姉の嫁ぎ先で、結婚相手はもう亡くなって子供も独立しており、姉と母親、二人で暮らしているのだそうだ。

だが少年は——もはや二十歳を越えて「少年」とは呼べないが、彼にとってはいつまでも「少年」だ——かつての姿とは、全く様子が変わっていた。

いきいきと光る瞳は暗く沈み、頬は削いだように痩せ、唇は陰鬱《いんうつ》に固く閉じられて、若さの輝きをすべて捨てた、そういう顔つきになっていた。

そして少年の母親の変わりようにも、彼は絶句した。愛想がよくてよく笑う、細かなところに気がついて、執筆でひと息いれたいところを絶妙に見計らってお茶やお菓子を運んでくれた。息子をいとおしんで、その話題になるとくすぐったそうに微笑んだ。内心で「こんな女性と家庭を持つのはどんな気持ちだろう」と何度も思ったことがある、その姿が無残に変貌していた。髪はかきむしって抜いてしまうから、と短く切られ、顔色は悪く、もはや少年の顔さえ認識できない始末で、ぶつぶつと独り言を言い、突然泣き出し、げっそりと痩せていた。

一体二人に何があったのか、尋ねると少年はぽつぽつと話し出した。

中学、高校と進んでも、少年は勿論、柔道を続けていた。県や関東の大会に出たりもして、そこそこの順位を取っていたそうだ。

だが高三の初めに、市内の別の高校との練習試合の際に、対戦相手が試合の後に倒れて救急搬送されたがそのまま死亡する、という事故が起きた。

少年にとって最大の不運は、その対戦相手がいわゆる地元の名士で議員を輩出しているような旧家の息子であり、父親が息子を溺愛していたことだった。

その日から少年と母親は、忌《い》むべき存在として地域中から後ろ指を指された。学校に通えなくなる程の誹謗中傷が全方位から浴びせられ、推薦で決まる筈の進学の話もふいになった。少年は地元で建築を学べる私立大学か専門学校を考えていたが、どちらにも相手の父親の手がまわされたらしく、受け入れてはもらえなかった。最後まで頑張ってくれていた旅館の女将《おかみ》と主人からも、ある日申し訳なさそうに解雇を告げられた。

毎日毎日、いたずら電話や壁に落書きをされるようなことが続き、母親はすっかり精神を病んでしまってアパートからも退去をよぎなくされた。母は自身の姉の家に世話になることになり、少年はわずかな貯金を持って東京に出た。進学の為にアルバイトを始めたが、相手の父親が探偵を雇って行方を調べては中傷の電話や手紙を送るので、どこの職場もすぐに解雇されてしまい、日雇いや短期の現場仕事でどうにかお金を貯めて高校卒業から二年後に大学に入学したのだという。

　彼は少年の話を聞いた後、その事故を調べ始めた。だが事情を知る者の口は固く、少年自身からも、事故を掘り返している人間がいることが父親に知られるとまたひどい目にあうからやめてほしい、と頼まれた。

　それでもかつての取材力を駆使して可能な限り秘密裏に調べあげたところ、まず相手の高校の柔道部の顧問が相当なスパルタであったことが判った。対戦相手は太りやすい体質を顧問に厳しく咎《とが》められていて、食事の制限は勿論、当日は朝から水分もろくにとっていなかったそうで、どうやら熱中症も併発していた様子だった。また、柔道の実力はそれ程でもなく、少年の対戦相手になるには相当無理があったらしいが、顧問が無理に少年と戦うよう命じたのだそうだ。

　少年は相手と試合をするのはそれが初めてだったが、どうも体調が悪そうだ、とは感じていたという。普段と同じように組手をして投げ技をかけただけだったのに、相手の体が思いもよらず大きくふらつき、受け身も全くとらずに頭を激しく打って急性硬膜下血腫を起こしたのだと聞いた。

　そんな理由なら少年よりもむしろ顧問を責めるべきでは、と彼は思ったが、調査を進めて、顧問が父親の先輩であることを知った。父親自身も柔道の経験者で、顧問とは中学から大学まで同じ柔道部に属しており、絶対的な上下関係があったのだ。顧問にぶつけられない憎しみまでもが、すべて少年と母親に向けられたのだろう。

それにしたってその父親のやり口はあんまりだ、そこまでされたら刑事でも民事でも訴えられる、何なら昔のコネを使ってどこかの雑誌で記事にしてもらっても、彼はそう言ったが少年は沈んだ顔で首を振った。

父親が憎んでいるのはあくまで少年ひとりだ。だから二人が地元を出て別々に暮らすようになってからは、母親の方には何もしてこようとしなかった。だが、母の調子がひどくなった時期に新潟でしばらく一緒に暮らしていた頃、度々いたずら電話がかかるようになった。やむなく少年が新潟を離れると、母達への嫌がらせはぴたりと止まった。

自分はいい。確かに自分が相手を殺した、だから自分はどんな目にあっても我慢する。けれど母親やその姉の身に被害が及ぶのは耐えられない、そう少年は言い切って、彼は警察や弁護士に話をもっていくのを諦めた。

その後も父親の嫌がらせは執拗に続き、少年が通う大学にも噂はまかれていた。だが孤立はしていたものの、学業にも生活態度にも問題のない学生を退学にするようなことはさすがにできず、無事に卒業できた、と聞いた時にはほっとした。だが就職活動はやはり思わしくなく、何とか見つけた仕事先も次々首になってしまった。

彼が案じる中、卒業から半年程を経て、少年から千葉の小さな建築事務所に就職できた、という知らせが届いた。所長はかなりの高齢の老人で、少年の過去や父親の嫌がらせのことも知った上で雇ってくれたのだという。

勿論、そこでも電話やビラやネットでの嫌がらせは続いた。けれど所長はそれに屈することなく、少年の雇用や住処を守り続けてくれた。母親の方もいい精神科医に出会えてずいぶん復調していると聞き、彼はこころから安堵したものだった。

だから、それから数年が経った去年の二月初旬、定休日に一日外にでかけて、夜中に帰ってきた店の前に少年が立っていたことに彼は度肝を抜かれた。

どこにも行き場がなくなった、身のまわりの品を詰めたボストンバッグひとつを持って、少年は呟いた。

聞くと、年明けに事務所の所長が、肺炎を起こして亡くなったのだという。

そうなって初めて、少年は父親からの嫌がらせが、事務所にかかる電話やネットでの中傷など、少年自身の目に入るところ以外にも多岐にわたっていたことを知った。

自分達もひどい目にあったがオヤジが言うから我慢していた、だがもう無理だ、出ていってくれ、と所長の息子から最後の給料を渡されたのだそうだ。

心身共にぼろぼろになっていた少年を招き入れ、彼はひと晩、家に泊めた。そして、ひとまずうちで一緒に暮らそう、と提案した。

次の日、少年は店を手伝う、と言った。今まで居場所が見つかってしまっていたのは、自分の名で部屋を借り住民票を置き普通に給料をもらって年金も払って、そんな風に暮らしていたからだ。多分相手は、法に抵触するような方法すら使ってそういう情報を得ていたのだと思う、だがその手の行政的な手続きを一切していない場所まで見つけられるとは思えない、と。

確かにそうだ、と彼は少年の申し出を受け入れた。まずは味を知ってから、とひと通りお茶を飲ませて手順を教えているところに、近所の常連の男性が現れた。

「龍王さん、バイトさん雇ったん？　どこの子？」と尋ねる男性に、彼は一瞬、躊躇した。少年と目を合わせ、ごくり、と息を呑み何も思いつかないまま口を開くと、ある名前がぱっと飛び出した。

「いやあ、甥っ子なんです。うちでちょっと、面倒みることになって。――キシくん、早見、貴志人といいます」

何故咄嗟にそんな名前を出してしまったのか、それは実のところ、彼には見当がついていた。つい最近、その名を耳にしたからだ。

早見貴志人は、彼の妹の息子だった。彼自身の母親は彼が小さい頃に亡くなっていて、父とその再婚相手の間に生まれたのが妹だった。

亡くなった母親にそっくりだった彼を継母はうとみ、突き放した。父親は継母を溺愛しており、その為同様に彼をうとんじた。彼と妹とはほぼ交流を禁じられた状態で育ち、まともに会話を交わしたことすら殆どなかった。

高校卒業後に彼は家を出て、奨学金で大学に進学した。その後一度も、実家には帰っていない。とは言え、就職先や住所などの連絡だけは一応していた。どちらかに万一のことがあった時、連絡がつかないのもまずかろうと思ったのだ。

妹の結婚を、彼は「そんな訳だから祝い金を送れ」という継母からの連絡で知った。式に呼ばれてすらいなかったが、後になって別の親戚から、自分が結婚式当日にはインフルエンザで欠席したことになっていたと聞かされた。勿論結婚相手の顔も知らなかったが、祝い金を送った後に結婚写真が一枚、送られてきた。それ以外のお返しは何ひとつない。

それから数年後、「子供が生まれたから祝い金を送れ」という継母からの連絡があった。その時も素直に金を送ると、裏に名前が記された赤子の写真が一枚、届いたきりだった。

彼はそのまま継母と妹の連絡先を手帳から消し、引っ越して電話番号も変えた。それから今日まで、どちらとも連絡をとったことはない。

それでも念の為、父にだけは新しい連絡先を教えた。それは家を出て以来一度も、父からの接触はなかったからだ。おそらく父の意識に自分という息子は存在しないのだろう、そう彼は思っていた。京都に店を立ち上げた際、父の名あてに開店葉書を送ったけれど、その時も何の音沙汰もなかった。

だが店に少年がやってくるほんの数日前、父から初めての連絡があったのだ。

妹の子供が――早見貴志人が、亡くなった、と。


「……くも膜下出血だったそうです。二日無断欠勤が続いたので、職場の人が家に訪ねていったところ、部屋で亡くなっていたと」

目の前で一方的に、ラジオの朗読のように語られる話をただ呆然と聞いていると、龍王さんはぐっと自分の湯のみのお茶を飲み干した。

「亡くなった後に判ったことですが、どうももともと、脳の血管に奇形があったらしいんです。それでくも膜下出血に至って倒れたんですが、その際に洗面台の角で強く頭を打ち、そのまま」

一度言葉を切って、龍王さんは小さく首を振る。

「父から話を聞いた時には、もう葬式も初七日も終わってました。とりあえずお香典は送りましたが、母親からも妹からも、なしのつぶてでした」

ふう、と大きく息をついて、龍王さんは二つに折ったコピー用紙らしきものをカウンターの奥の一段高いところに置いた。

「叔父様とお話しした後、父に電話して貴志人の写真をメールで送ってもらいました。大学の卒業式のものだそうです」

そう言って紙を開こうとする動きに、勝手にぱっと顔が横を向いた。

龍王さんははっと手を止め、折ったままの紙を横に押しやると、置かれていた場所に目を落とし、汚れてもいないそこをふきんで何度かこする。

きゅうっ、とかすかな音を立てるふきんの動きを、言葉もなく目で追った。ざっくりと織られた麻のふきんは、染みのひとつなく柔らかく白い。

「……こんなことになるなんて、思っていなかったんです」

じっとふきんを見つめていると、頭の上で、絞り出すような龍王さんの声がした。

「貴志人は……本物の、早見貴志人は、僕にとって、記号でしかない存在でした。今の顔も、その写真で初めて見ました。亡くなった、そう言われても、知らない国の知らない芸能人が亡くなった、と聞くのと同じくらいの、感覚しかなかった」

ふきんの動きは止まって、けれどその上に置かれた龍王さんの節の立った指が、ぴくり、とひきつる。

「だから……ぱっと思いつきで口にしてしまいましたが、我ながらこれは、上手いアイデアだと思いました。甥っ子なら、一緒に暮らしていても不自然ではないし。当人がここへ来たことなど一度もないし、亡くなったのなら今後もそんな可能性はゼロです。とても……都合のいい、名前だと、そう思いました」

語尾がかすかに震えて、その指の上にぽたり、と雫が落ちた。

雫は更に落ちて、手の甲から流れて音もなくふきんに吸い込まれていく。

「どこかで誰かを、そんな風に……こころを削られる程、追いつめて、傷つけていただなんて……僕もあの子も、考えもしませんでした」

龍王さんはふきんから手を外すと、また深々と頭を下げた。

「あの子はここを出て、新潟の母親のところに行きました。吉川、池内さんに、合わせる顔がないと言って……本当に……本当に、申し訳、ありません」

鼻からゆっくりと、長く息を吸い込んで吐く。

二回繰り返してから、ふっと目の前に置かれたままで手つかずの湯のみが目に入った。

衝動的に、手を伸ばしてそれをぐっと握る。

腕の筋肉が痙攣して、自分がその中身を、下げたままの龍王さんの頭に浴びせようとしているのが判った。けれど同時に何かがぐっとその腕を押しとどめ、がたり、と湯のみが傾いて中身がこぼれる。

「……あっ、いけない」

龍王さんがぱっと目を上げて、慌ててこぼれたお茶を拭いてくれた。白かったふきんが、一瞬で茶色く染まる。

「大丈夫、熱くなかった？　服にかからなかったかな、汚れてない？」

ぱたぱたと湯のみを持ち上げ辺りを拭いて、カウンターの向こうから覗き込もうとする龍王さんのせわしない動き、汚れたふきん、そしていつもと同じ、心底こちらを気遣うやさしい声に、ぐうっ、と喉の奥から奇妙な音がして、いっぺんに涙が噴き出した。

「……よし、かわさん」

頭の中がぎゅうっと熱いもので詰まっていて、たった今聞いたことがよく考えられない。

けれども自分から、すべてが失われてしまったことだけは判った。

何もかも、全部、空振りになってしまった。

何にも、届かなかった。

自分が一年をかけてつくりあげた大きく重たく硬く醜いバットは、ぶん、と空《くう》を切ってその重さで振った自分も巻き込んで真っ二つに折れた。

絵里ちゃんの無念を晴らすなんて、最初っから不可能だったのだ。

顔に強く押しつけた両の手が熱い。

あの夜のあの固い感触が、手の内側をじんじんと熱している。

じゃああれは一体、何だったの？　あそこまでして全身でぶつかった、それが全部、何の意味もなかったの？

どうしたらいいの。

この体いっぱいに詰まった残骸を、この先自分は、どうしたらいいのか。

これを失ってしまったら、もう自分にはあの固さしか残らない。他には何ひとつ残らない、空っぽだ。

——そうしたらもう、空っぽになってしまったのです。

絵里ちゃんが叔父さんに遺した手紙の一文が頭をよぎった。

そうか……そうか、判った、絵里ちゃん、そうなのか……だってもう、これ以上何にもない。この先はもう何にもなくて、自分に残るのはたったひとつ、あの「固さ」だけだ。だったら……だったら、そう、「もういい」じゃないか。

喉がひくひくと動くのを感じながら、少しずつ息を吸って、ゆっくり吐く。

「これを……返しておいてほしい、と、あの子から」

すると頭の上でためらいがちな声がして、カウンターの高いところにことりと何かが置かれた。

顔を上げずに目だけ動かし、それを見る。

「――――」

頭の頂点の皮膚から、ざあっと血の気が引くのが判った。

ジッパー付きの透明なビニール袋に入れられた、パステルグリーンのハサミ。

銀色の刃先が、ビニールの内側でぎらりと光った。

頭で考えるより早く体が動く。

「……えっ、あ、吉川さん……！」

後ろから飛んでくる声を無視して、店を飛び出した。

狭い路地を抜け、道路に出てぐんぐんと歩く。

陽はかあっと照りつけていて、濃く短い影がアスファルトに落ちている。

足を繰り出すごとに、それが左右に揺れるのをじっと見ながら大股に歩いた。

右、左、右、左、と号令のようにとなえる言葉だけで脳内をいっぱいにして、方向すら定めずにただひたすら足を動かし続ける。

「――紗夜ちゃん、待って！」

すると突然、背後から声が聞こえて、かちん、と体全部が固まった。

「紗夜ちゃん……！」

声はどんどん近づいてきて、自分の正面にまわり込んで止まる。

「……叔父、さん」

両膝に手をついて背を曲げ、はあはあと息を切らしながら叔父さんが目の前に立っていた。肩に、店に置いてきたままだったバッグをかけている。

「良かった……追いつけた、良かった」

荒い息の合間に、地面にぽたぽた、と雫が落ち、一瞬で乾く。

顔をあげた叔父さんの頬には、幾筋も涙がつたっている。

「何か……何か、あったら、どうしようかと……良かった……」

それを見ていると、胸がいっぱいに詰まった。

――ずるい。

絶望的に、思う。

絵里ちゃん、ずるい……自分だけ先にいってしまって、叔父さんのこんな姿を目の当たりにしたら……同じことが、できない。

もう何ひとつ、未練なんて残っていないのに。

「紗夜ちゃん、帰ろう……もう『龍王』には戻らなくていいから、帰ろう」

叔父さんは涙をごしごしと拭って、タクシーを拾って家に連れ帰ってくれた。

そこで聞かされたのは、意外な話だった。叔父さんは昔、早見に会ったことがあるのだそうだ。そして早見の死についても、既に知っていたのだと。

まだ自分が高校の頃のこと、出張で大阪に来ていた叔父さんは、帰りに絵里ちゃんの顔を見る為に京都に立ち寄った。その際、予定の時間よりだいぶ早く着いてしまって駅まわりをぶらぶらしていたところ、改札前で別れ際の挨拶をしている二人に出くわしたのだという。軽い挨拶をして、名刺を交換した。

結局一昨年の年末に二人は別れてしまった訳だが、絵里ちゃんはそれを叔父さんには話さなかった。けれども、今まで何度か失恋した時の彼女を身近で見ていた叔父さんは、「別れたのかも」と勘づいてはいた。落ち込みがひどい様子で心配もしたが、相手が本当に娘の好みの容姿だったから、失恋の痛みもより激しかったのか、くらいにしか考えてはいなかった。まさか妊娠や流産をしているとは思いもしなかったそうだ。

そして「あの日」がやってきて、遺された手紙を読んだ叔父さんは深く深く後悔した。もっと話を聞いていれば、すぐにでも自分が駆けつけていれば。

が、そう思いつつも、やはり不思議な思いはしたそうだ。確かに中学や高校の時より具体的に結婚を考えるこの年齢での失恋はきつい、とは言えそこまで、と。

けれど娘をこんな行動にまで走らせた相手への復讐心は強く、代わりに無念を晴らしたいという気持ちもあり、興信所に頼んで早見の居場所を調べ——上司の娘との縁談の為に絵里ちゃんがふられたこと、早見が急死したこと、を知ったのだそうだ。

「ああ、それでか……って、合点がいってね。絵里が書いてた、復讐がかなわなかった、っていうのは、相手が死んだからなんだ。それで……ただ失恋しただけじゃなく、それで……復讐は勿論、復縁も……会えることすら、もう二度とないんだ、てことに、あの子は……絶望、しちゃったんだなあ、て思ったんだ」

妊娠とか流産とか、そんなろくでもない目にあわされていたなんて知らなかった、親なのに、と口の奥で叔父さんは小さく呟いた。そんな男、死んでなかったら殺してやるのに、と。

「本当に……ごめん。手紙を読んだ時には自分が復讐しよう、と思ってたから見せなかったんだ。早見が死んだことを知った後も……こんなことを知らせたところで今更何にもならない、空虚な気持ちにさせるだけだ、と思って見せなかった。間違ってたね……ちゃんと読んでもらって話をしておけば、紗夜ちゃんにこんなに長いこと、辛い思いをさせずに済んだのに」

心底辛そうな声に、小さく首を横に振った。

「絵里ちゃんの子供のこと……ずっと、黙ってて、ほんとにごめんなさい」

すると叔父さんも、「いいんだよ」と首を横に振る。

「それも全部、叔父さんがなあなあにしたせいだ。……何にも、知らないで、無責任なことを言ったけど……でももう一度、言うよ。紗夜ちゃんは……自分の人生を、生きなきゃ。自分のやりたいことをやって、幸せにならなくちゃ。もういいんだよ、絵里の代わりに、生きなくても」

自分の人生を、生きなきゃ。自分のやりたいことをやって、幸せにならなくちゃ。

それは絵里ちゃんの部屋に住みたい、と頼んだ時に叔父さんが言った言葉。

今はそれに、新しい一言がついていた。

絵里ちゃんの代わりに、生きなくてもいい。

不意にきゅうっと、喉が絞られた。

自分の全部、体も命も魂も、すべて絵里ちゃんがつくってくれた。だから全部を、絵里ちゃんに返そう、そう思ってこの一年ちょっとを生きてきた。今の自分は自分のものじゃない、絵里ちゃんの為の存在で、やることをやったら、もう消えても構わないもの。

それが突然、すべて戻ってきた。

だけど、それが……何に、なるのか。

あの膨大な憎しみが、自分の生きる糧だったのに。

何もかも空っぽになってしまった。誰かを傷つけた手しか、残らなかった。それなのに……絵里ちゃんと同じ場所にも、いけない。


次の日の朝、叔父さんは心配しながらも帰っていった。

それからの日々は、まるで抜け殻のようだった。

夜は目が冴えて、何時になっても眠れなかった。横になる気にもなれずにベッドの上にぼうっと座っていると、だんだんカーテンの外が明るくなった。そうしている間に座ったまんまうとうと、と少しだけ眠れて、気づくと時間はお昼近くになっていた。固形物を嚙むことがしんどくて、飲むヨーグルトやゼリーばかりを口に入れた。指は奇妙にこわばって痙攣することが増え、しょっちゅう物を落としていた。

それからふと気がつくと、部屋の中の物をいくつも、ゴミ袋の中に放っていた。

それは服だったり本だったり食器だったり様々だったけれど、どれもこれもが、自分がこの部屋に持ち込んだものだった。無意識に摑んでいても、絵里ちゃんの持ち物はひとつだって間違って捨てることはなかった。

摑んでもすぐに落としてしまうので作業に時間はかかったけれど、さすがに何日もすると捨てられる物が殆どなくなった。いくら自分が買ったものだと言っても、トイレットペーパーや歯ブラシのような日用品まで捨てるのはさすがに難しい。

だけどどうしても何かを捨てたくて、無意味にあちこちをあさった。しまいには冷蔵庫の中の調味料まで始末した。

更に食品棚を開けて、乾麵やレトルトのパックを何度も落としながらも次々と袋に放り込む。

——はたと、手が止まった。

奥に押し込まれた、未開封のままの特級梨山茶の箱。

その箱を手渡してきたごつごつとした指が、いまだ手に残るあの固さが、ぐるりと脳裏をよぎる。

箱に手を伸ばせない自分に、一瞬、ぶわりと胸の産毛が逆立った。

——だめ、だめだ。考えたらだめ。

網の上にのせたせんべいの生地が一気に膨らむように湧き上がってくるものを、ぎゅうっと抑え込んで平たく平たく押しつぶす。

もう、考えるのは嫌なのだ。

あの日、完全に行き場を失った自分の憎しみを、指に残る感触を、もうこれ以上手元に持っていたくないのだ。どれだけ考えたってどうにもならないものについて考えるのは、もう一秒だって嫌なのだ。どうせ結論は「もういい」以外に何にもないのだから。

だから「何故それを捨てられないのか」なんてことは考えなくてもいいのだ。

ばたん、と乱暴に棚を閉めると、ゴミ袋の持ち手をきゅうっと結んだ。

脳の中に何か意味のある言葉が浮かんでくるのが嫌で、テレビをつけてボリュームを上げる。時刻はちょうど昼間のニュースタイムで、女性のキャスターが明るい声で何かを話していた。

『……はい、こちらは新潟放送局でーす。今日は新潟駅前に来ていまして……』

はっ、と顔が勝手に動いて、画面を見た。

昭和感のある駅の玄関口で、若い女性がにこやかに何か話している。画面の端には「LIVE」の文字。

まばたきもせずに見つめていると、画面の端を、見覚えのある背の高い姿がよぎった。

思わず画面に飛びついたけれど、その姿は一瞬でカメラの外に消えてしまう。

がたがた、とテレビを揺すって、駄目だ、と身を翻した。

テーブルの端に置いていた財布をひっつかんで――指は一切震えなかった――玄関から飛び出す。

エレベーターを待つのがもどかしくて、階段を五階分一気に駆け下りた。

そのまま、全速力で走る。

心臓が破裂しそうになって、めまいがして目の前が暗くなった瞬間、クラクションの音にはっと我に返った。

「どこ走っとんねや、まわり見ろや！」

車の窓を開け、中年の男性が怒鳴り声を上げて走り去っていく。

肩で息をしながら辺りを見まわすと、広い車道のど真ん中に自分が立っているのに初めて気がついた。速度を落として横を走り抜けていく車に頭を下げながら、どうにか道を来た方に戻る。

汗がぽたぽた、と額からも背中からもしたたっていく。

何を……やって、いるんだろう、自分は。

ふっと、右手に握りしめたままの財布を見た。

ゆっくりと、ひどく小さい歩幅で家に向かって歩き出す。

アパートに着いて、今度はさすがにエレベーターに乗って部屋まで戻る。鍵すらかけていなかった扉を開くと、つけっ放しだったエアコンで急に体が冷えた。

同じくつけっ放しだったテレビは、天気予報が始まっている。

その前にすとんと座ってふと見ると、レコーダーが動いていた。

そういえば……殆どテレビを見ないので放ったらかしにしていたが、確か絵里ちゃんは「美術系の番組を見逃したくないから」と、全番組録画設定にしていた筈だ。

テレビ台の引き出しを開けて説明書を取り出し、先刻のニュース番組が録画されているのを確認して再生してみる。

もうすっかり落ち着いた筈の心臓が、また割れそうにふくらんだ。

『……はい、こちらは新潟放送局でーす』

ごくり、と息を呑んで、画面の片隅を睨み——けれどもそこを通りすがったのは、ただ背丈が同じくらいなだけの、全くの別人だった。

ふうっ、と口から勢いよく息が吐き出されて、呼吸を止めていたことに気づく。

そりゃ……そうか。それはそうだ。そんな偶然、ある訳がない。

そう思いながらも何度も画面を戻して、背の高いシルエットだけを見つめた。

この場所に、行こうと思ったのだ。

この駅前に。

今、この場所に全速力で走っていけば、あの男が捕まえられると、そう真剣に思ったのだ。

捕まえて……今度こそ。

細かく指が震えてくるのが自分で判る。

今度こそ。

もう一度立ち上がると、今度はちゃんとテレビもエアコンも消し、家の鍵もかけて道に出てタクシーに飛び乗り、『龍王』の住所を告げた。

何も考えずに砂利道を歩き、がらり、とひと息に扉を開けると、中から飛んできた「いらっしゃいませ」という声が途中で止まった。

顔を上げずに、店の中に足を踏み入れる。

「……龍王さん、お代は今度な」

カウンターから聞き覚えのある声がしてわずかに目を上げると、杉本さんが小さく頭を下げて店を出ていった。

完全には目線を上げないままぐるりと店内を見ると、他には誰もお客がいない。

「こんにちは、いらっしゃい」

龍王さんの声がして、すたすた、と自分の隣を通り過ぎると、店の外に一度出てすぐに戻ってきて、かちゃり、と扉に鍵をかけた。

「お茶、淹れますから、どうぞ座って……」

「教えてください」

聞き慣れたやさしい声を、鉈《なた》を振り下ろすようにぶった切る。

「あの、男は……早見を名乗っていたあの男は、今、どこにいるんですか」

モルタルの床の波模様だけを見て、拳を握ったまま尋ねる。顔を見たら、くじけてしまう気がして。

「吉川さん」

「まだ新潟ですか。それとも別のどこかですか。教えてください。住んでいるところ。どこにいるのか、そしたら」

石つぶてのように吐き出した言葉が、急に止まってしまう。

「そしたら……」

そうしたら……今度こそ。

今度こそ……この、手で。

あの固い固い壁を突き破って、今度こそ。

目頭が急に熱くふくらんで、足元がずぶずぶと沈んでいく心地がした。

もう……関係が、ないのに。

まるっきりの別人だった。自分にも絵里ちゃんにも、何ひとつ関わりのない、ただの他人だった。それなのに自分が傷を負わせてしまった。

判ってる。判ってる、それなのに、でも。

ぽたぽた、と涙が落ちて、床の波模様に吸い込まれていく。

「どうぞ、座って」

声と共にすっと目の前に差し出された手を、反射的に払った。

「どうして……！」

涙が詰まってかすれかかった声を、それでも全力で張り上げる。

「どうして、あんな……だって、それじゃ……それじゃあ一体、どこに行けばいいんですか！」

指や手が細かく震えているのを感じながら、一歩踏み出した。

「今更、そんな……だったらこれは、どうしたらいいんですか。ずっと……ずっと憎んできた、殺してやりたい、八つ裂きにしたい、苦しめて苦しめて、でも足りないけど、どうやったって絵里ちゃんの痛みには届かないけど、でもあいつが心底悔いるまで苦しめたい、これを、どうしたら……どこにやったら……いいん、ですか」

あの話を聞いた時から完全に切られていた自分の中の何かがかちりと繋がって、勢いよくひねった蛇口のように口からどぼどぼと言葉がほとばしった。言っても言っても、止まらなかった。

「ずっと持ってきたのに、大事に大事に育ててきたのに、いつか全部を、あの男にぶちまけてやるんだ、痛めつけて、罵って、苦しめて、自分が何をやったのか、絵里ちゃんがどれだけ苦しんだか、骨の髄まで染み込ませて、それから……ねえ龍王さん、これを一体どうしたらいいんですか、嘘でしょう、もうどこにもぶつけられない、これは、どこへ……どうしたら、いいんですか！」

龍王さんが大きく息を吸い込む音が聞こえる。

「――わたしは正しく、憎みたかった！」

肺の息を全部吐き切って叫ぶと、ああ、とこころの中で誰かがうなずいた。

そうだ、憎みたかった。最初に抱いた憎しみをずっと、きちんと、持ち続けていたかった。それがぐらつくのが、たまらなく辛くて怖かった。自分のよって立つところが、根本からすべて崩れ去るのが恐ろしくてたまらなかった。

「あの、ひとを……全然違う人を、こんな風に憎みたくなかった！　あんな風に、傷つけたくなんかなかった！」

一挙手一投足、一言一言、全部に苛立って、憎々しくて、許せなくて……親切にされると、嫌な感じがした。笑顔を向けられると、心底いらっとした。昔のことを悔いているような、辛そうな様子をみると、どの面を下げて、とむかっ腹が立った。

あの、膨大な憎しみを……今更違うと言われても、どこにどうしたらいいのか判らない。

「違ってた、せいで、絵里ちゃんのことまで……疑って、そんな自分が嫌で嫌で、違ってなければこんなこと、ひとつだって考えなくて良かった筈なのに、ただまっすぐに憎むだけで良かったのに、本当は全部あいつに、あの男、早見にぶつけたかったのに……死んでたっていい、死んでたって憎んでいられる、死んでたって何度だって殺してやる、それなのに……別人だった、なんて」

――にい、と小さく声がして、はっと息が止まった。

長く下がったのれんの奥から、すとと、と小走りに出てくる三毛の姿。

「……すい、おん……」

しっぽをぴんと立てて走り寄ってきて、体を絡ませるようにくるくると足の間を何周も歩く。

足首にしなやかに当たるやわらかい毛と、体温のぬくもり。

ぐるぐるぐる、と機嫌よく喉を鳴らす音に、かくん、と足から力が抜けた。

しゃがみ込んだ自分の手に、すいおんは嬉しそうに何度も頭をこすりつけ、乗せてほしい、といわんばかりに膝に前足をかけてくる。両脇に手を入れて持ち上げ、体と膝の間にぐいと押し込むと、またぐるぐると喉が鳴って、振動が直接体に伝わってくる。

その、確かな重みとあたたかさ。

すると龍王さんから鼻をすする音がして、我に返った。

目の前の床の上、龍王さんの履いた薄茶のスエードの靴の手前に、ぽたぽたといくつも雫が落ちていく。

「ごめん……ごめんね、本当に……申し訳ない、ことをしました」

浅く息をしながら濡れては乾く床をじいっと見つめていると、すいおんが小さく声をあげて身をよじり、膝から降りる。数歩歩いて龍王さんの足首に頭をこすりつけ、きちんと座って、不思議そうに小首を傾げて龍王さんを見上げた。

そのまなざしに、自分もゆっくりと目線を上げ、初めて相手の顔を見る。

龍王さんは眼鏡を外して、片手で何度も顔を拭っている。

ほんの一週間くらい前に見たばかりなのに、顔つきは少し痩せていて、白髪も少し増えたように思える。

……ああ。

その姿に、どうにもたまらない思いがした。苦しんでいる、それがはっきりと伝わって。

自分が苦しんでいるように、目の前のこのひとも苦しんでいる。

深く息を吸い、立ち上がって軽くスカートについた毛を払った。全力で言葉を吐き出したせいなのか今は奇妙にこころが落ち着いていて、水泳の授業の後みたいな気だるい脱力感が体を満たしている。

「僕の浅はかさで、吉川、池内、さんを、こんなに苦しめてしまって……本当に、ごめんなさい」

龍王さんの涙声に、自分でも思いもよらず、ふっと唇に苦笑がよぎった。

「……吉川で、いいです」

「えっ？」

「吉川は、母の旧姓なんです。父は健在ですけど、正直、自分では自分を『母の娘』であっても、『父の娘』だと思ったことは、ありません。だから『吉川』のままで構いません」

いきなり言われたことが咄嗟に理解できなかったのか、龍王さんは不可解なものを見る顔をして小首を傾げた。その小さく縮めた肩に、ふうっと胸に苦さが浮かぶ。

判ってる、そう、そうなんだ……自分も同じ、自分だって偽名を名乗って、この二人を騙してた。

　そもそも絵里ちゃんと早見のことなんて、本当はこの二人には何の関係もない。つきあって別れて不幸が起きて、自分が許せず復讐を企てて、でもそんなこと、二人には知る由もなかった。誰かを苦しめようとか傷つけようとか、そんな意図は全くなかった、そんなことは判っていたのだ。

　けれどこの一年と数ヵ月、あのひとを「早見」として憎み続けた自分には、それをすんなりと「だからしょうがない、忘れよう」と受け入れることができなかった。

「別人だったんだ、良かった」で片づけたりはできなかった。あんな嘘をつかれなければ、自分が絵里ちゃんを疑ったりしなくても済んだのに、と、自分の愚かさや弱さが原因であることもなすりつけて恨めしく思った。

「僕は……嬉しかった、んですよね」

　龍王さんがぽつりと呟いて、はっとその顔を見た。

「あの子のことを、あの場でぱっと『甥っ子』だと言ってしまって、でもその時すごく……嬉しく、思えたんです。本物の……本当の甥である早見貴志人本人については、別に何の思い入れもないんですが、あの子を『甥』だと呼べて……身内として、仲の良い伯父と甥として一緒に暮らせるのが、本当に本当に嬉しかった。ああ、こういうのを『家族』っていうんだな、って……人生で初めて、判ったんです」

胸がざくり、と裂ける感触がして、とつとつと語る龍王さんを凝視した。

「だけど、間違ってたな、って……存在しない、架空の名前をつくれば良かった。関係性としては子供でも甥でも何でもいいんですが、実在の人間の名前を、騙《かた》るべきじゃあなかった。どの名前にだってその人の人生が寄り添っていて、その人の人生はまた別の人の人生と絡まっていて……それをもぎとるような真似を、してはいけなかった。あの子もそう、言っていました」

あの子、と言われてまた胸がぐうっと苦しくなる。もうこの場所に、龍王さんの隣にいない、自分がそうさせてしまったその存在に。

「自分達が安易にそんなことをしたせいで、吉川さんに長いこと辛い思いをさせてしまいました。僕もキシくんも、本当に……こころから、申し訳なく思っています」

「キシくんって……」

自分を「吉川」と呼んでしまうように、普段呼んでいるからついそう言ってしまうのか、と思っていると、龍王さんは「ああ」と口元に複雑な笑みを浮かべた。

「これ、偶然なんですけど……あの子、名字がキシノ、て言うんです。キシノセイヤ、それが……あの子の、本名です」

龍王さんはレジの横のショップカードとペンを取って、そこに「岸野晴矢」と文字を書いて目の前に置いた。

初めて目にする四つの文字を、じっと見つめる。これが……あのひとの。

「それもあって……普段、キシくん、と呼ぶことに、僕もあの子も、何の違和感も抵抗もなく馴染んでしまいました。あの子は子供の頃から僕のことをおじちゃん、と呼んでいたので、それもそのままで……今思えば、良くなかったなと」

名前の文字の上に、うっすらとあの、岩のような横顔が浮かぶ。

岸野晴矢――早見、貴志人。

全くの、別の人。

「……龍王さん」

カードを見つめたまま、ぱっと口から言葉が出た。

「あの、この前の……写真、印刷したって、あれ……見せて、もらえますか」

龍王さんは「えっ?」と小さく声を上げ、次の瞬間、「ああ」と何度も小さくうなずきながら奥へと引っ込んだ。その背中をすいおんがとことこと追っていく。

少しして龍王さんだけが戻ってきた。片手に紙を持ったまま、もう片方の手でカウンターの椅子を勧めてくる。

座った目の前に紙が置かれた。一度深く息を吸って、思い切って開く。

印刷された写真は、大学の門の前で撮られたものだった。スーツ姿に花束を持った男性の隣に、中年の、小柄で小太りの着物姿の母親らしき女性が寄り添っている。

初めて見る「早見貴志人」の姿を、穴の開く程じっと見つめた。

「そっ、か……」と口から無意識に、呟きがこぼれる。

すらっと痩せていてなで肩で、顔は色白で細面、目は切れ長で少し垂れていて……ああ、そうか、うん、判る……これは絵里ちゃんの、ど真ん中の好みだ。バイト先や学校にこの人が来たら、間違いなく急いで絵里ちゃんに教えただろう。それくらい、どんぴしゃだ。

「はは……」

涙と一緒に、口からぽろっと笑いがもれる。

龍王さんは不安そうな顔で、こちらを凝視している。

片手で頰の涙を拭いながら、写真の顔をつくづくと見つめた。

そうだよなあ、うん、おかしいと思ったんだ……だって「早見」はもう全然、絵里ちゃんのタイプじゃない。あんなごつごつした固そうな人、絵里ちゃんがどう考えたって、彼氏に選ぶ訳がないんだ。

もっと、絵里ちゃんを……絵里ちゃんをずっと見てきた自分の感覚を、信じれば良かった。つきつめて考えたら、おかしい、これは絶対に違う、て確信できたのに。そうしたら……もっとずっと早い内に、「早見」や龍王さんを、問いつめることができただろうに。そうすれば、ちゃんと自分の本当を打ち明けてさえいれば、きっと二人も、自分達の「本当」を明かしてくれていただろうに。

判ってる、後知恵なんて何にもならない、それでも……もしそうしていれば、それでも。

大きくため息をつくと、その勢いで指に力が入り紙の端がくしゃ、と歪んで、スーツ姿の下半身にシワが寄る。

その眺めに、衝動的にぐしゃりと紙を両手でつぶした。

「龍王さん」

呼ぶと、まるで教師にさされた子供のように「はいっ」と龍王さんが背筋を伸ばす。それも何だか可笑しくて、また口元に笑みが浮かぶのを感じた。

「あれ、ありますか……あの、こないだの、ハサミ」

そのおかげでずいぶんすんなりとその言葉が出る。

龍王さんは意表をつかれた様子でわずかにのけぞってから無言でうなずいて、一度奥に行くとすぐに戻ってきた。

カウンターの上に、先日と同じ、ビニール袋に入ったハサミが置かれる。

大きく深呼吸して、その姿をじっと見た。柔らかいパステルグリーン、絵里ちゃんが好きな色だ。

手を伸ばしてジッパーを開けハサミを取り出して、よれた紙を隣に置く。

「龍王さん、これ……切って、燃やして、いいですか」

龍王さんは目をぱちぱちさせて、ぐしゃぐしゃの紙とこちらの顔とを交互に見る。

「駄目なら……」

「あ、いえ。いいえ……うん。いいと思います。燃やし、ちゃいましょう。うん」

何度もうなずきながら、龍王さんはかがんでカウンターの下からガラス製のボウルを取り出した。

「マッチ取ってきます」

そう言って龍王さんが奥へ向かった間に、持ち手に指を入れてざきざきと紙を切った。指がひきつって、何度も何度もハサミも紙も取り落としながらも、切った紙がボウルの中にたまっていく。

途中で龍王さんが戻ってきてマッチをカウンターに置いた。何度もハサミや紙を落とす自分を、何か言いたげに唇を少し開いて気がかりそうな目で見つめながらも、何にも言わずに、全部を細かく切り終えるまでただじっと見守ってくれた。

やがて全部が紙吹雪のようになったそれを、手にすくって可能な限り力を込めておにぎりのようにぐいぐいと握り固める。何度か繰り返してがさがさとした球になった紙を、ぽい、とボウルの中に放り込んだ。

しゅっ、とマッチをすってボウルに投げ入れると、火はすぐに紙に移って、みるみるぼわっと丸みを帯びた炎のかたちになった。それ程大きくもない火なのに、頬の辺りに強い熱気を感じる。

紙の球はあっさりと燃え尽きて、ぺらっとした薄灰色の灰になり火は消える。

いつの間にか浅くなっていた息を一気に吐き出すと、かさり、と灰が崩れた。

「……一瞬、ですね」

龍王さんは小さく言って、ボウルを手に取った。蛇口の水で少し手を濡らして灰の上にふりかけると、隅のゴミ箱の蓋を開いて中身を捨てる。それからシンクでボウルを丁寧に洗って、ふきんで水跡ひとつなくぴかぴかに拭き上げた。

「じゃあ、精進落としといきましょう。いいお茶を淹れます」

龍王さんはがらりと声の調子を変えて、背後の棚からお茶の缶を取った。

「龍王さん、それ……」

前に「早見」にもらった、お店で一番高い特級梨山茶だ。

「おごりです。奮発します。吉川さん、おうちにあるの、まだ飲んで……開けても、ないでしょう」

ズバリ図星をつかれて、絶句した。

「お手本みせますからね。おうちでもちゃんと飲んでください。本当に……美味しいんですから」

龍王さんはいつものように美しい所作でお茶を淹れ、お茶うけのお菓子も並べてくれた。小さく切った数種類のドライフルーツに、別皿に瑞々《みずみず》しく濡れた笹の葉に包まれた、濃い琥珀色をした、わらび餅に似た見た目のお菓子。

「レンコンのでんぷんでできたお餅です。冷たくてとろんとして、お茶によく合う、夏向きのいいお菓子ですよ」

そう言いながら龍王さんは竹かごに入った笹の包みを見せてくれる。綺麗、と思わず呟くと、ふっと微笑んで「杉本さんからいただきました」と言った。

その名を聞いて、ついひと月前の、あの事務所での時間を思い出し、そこから一気に記憶が引きずり出された。

すいおんの避妊手術の前に、「誰か大事なひとを突然失ったことがあるのか」と尋ねた時の、全身を覆ったただならない緊張とかなしみの気配。巡行の日に自分が倒れた時の的確な処置と、「人の体は案外もろい」という呟き。

亡くなった人を浄土へ送る送り火の炎に、両の手を合わせてじっと祈る姿。

ふとこぼれ落ちそうになる笑みを、すっと引っ込めて閉じ込める頑なな黒い瞳。

自分の中の「早見」におさまりきらなかったあのひとの姿が、次々と脳裏に浮かんでは消える。

ずっと……抱えていたんだ、自分がそうであったように……絵里ちゃんへの思いを、早見貴志人への憎しみを、バレないように、誰にもつきとめられないように、今にもあふれ出しそうなものを全部ぐいぐいと体の奥に押し込んでふつふつと育て続けていた、きっと、あのひとも……自分の真実を、誰にも知られないように、ずっとあの大きな体の底に飼っていたのだ。

それなのに。

「ごめんなさい」

思考よりも早く、口から言葉が出た。

「傷を……刺して、しまって、本当にごめんなさい」

何か物理的な力で胸が正面から押されているみたいに息苦しく感じながらも、ようようそれだけ言って、深く頭を下げる。

「……いいんですよ」

龍王さんは深い湖のような笑みを浮かべて、首を振った。

「ほんとにね、傷そのものは、小さいものでした。ハサミも小さかったし……何と言っても、あの子ね、腹筋がすごいんですよ。お腹なんかね、ほんとにカッチンカチンなんですから」

かすかに声をあげて笑う龍王さんに、いたたまれない思いがする。傷は、小さかったろう、確かに。

でも……物理的な、傷だけではなかった、きっと。

最後に見た、凍りついた表情が目の裏をよぎる。

――ひとごろし！

喉が裂ける程に張り上げた自分の声が耳の奥で甦った。

ああ……自分は、あのひとに……なんて言葉を、浴びせたのか。

何故あのひとがあの叫びに反論しなかったのか、何故こんな体格の全然違う小娘にされるがままになっていたのか、何故三度目の攻撃に全く防御しなかったのか、今ならそのすべてが判る。あの時は単に、絵里ちゃんや子供のことを思いもよらない相手に突然指摘されて、驚愕《きょうがく》しているのだと思っていた。だけど、そうじゃなかった。

自分があの夜、投げかけた言葉に、初めて深い悔恨の念が胸をえぐった。

「……岸野、さんは……今、どうされているんですか」

初めて口にしたその名は、食べ物に混じった小石のように口の中にひっかかる。

龍王さんは唇から笑みを消し、声を落として答えた。

「今はまだ、新潟に……母親の家ではなく、近くのホテルにいるそうです。その後のことは、改めて考える、と……ずっと、逃げるだけだった自分を……もういい加減、どうにかしなきゃいけない時が来たんだと思う、と」

ずきり、と心臓が痛んで肩が重くなる。

「いろんなことが初めて判った、そう言ってました」

けれど、低く語る龍王さんの言葉にはっと顔が上がった。

「吉川さんがつけた傷、そのものはほんとにかすり傷で……だけどどれだけ、それをつけるまでにどれだけ、吉川さんが深く長く苦しんだか、それがつくづく判った、謝らなくちゃいけない、って」

言葉もなく、話し続ける龍王さんを見つめる。謝らなくてはいけないのは、自分なのに。

「でも、今はまだできない、と……ひとごろしである自分を隠して、嘘の名前を名乗って、嘘の人生をかぶって……この一年ずっと、吉川さんのことを深く苦しめていた、捨てた過去の自分自身を整理して、どうにか立て直して、ちゃんと整えてからでないと一歩も進めないから、一度すべてにきちんとけじめをつけないと、『岸野晴矢』のこれからの人生を進むことができないから、そう話してました」

——自分の人生を、生きなきゃ。

叔父さんの言葉が、不意に耳元に甦った。

——もういいんだよ、絵里の代わりに、生きなくても。

こくり、と喉が鳴って、目頭が熱くなる。

先日言われた時とは違う思いが、胸をじんわりと満たした。

絵里ちゃんがつくってくれた、絵里ちゃんの為にあると思っていた、自分の全部。

代わりに……ならなくても、いい。

わたし、は……わたしとして、生きてもいい。

指の先まで、急に血が通ってきて体温がじわりと上がる。

それは一見、充実しているかに見えて、実際はひどく恐ろしかった。突然、方角も何も判らない大海原に浮き輪ひとつで放り出されて、さあ好きに進め、と言われているのと同じ気がした。不安で怖くて、目がくらみそうだ。

わたしはわたしとして、生きていかなければならない。

わたしとして、あのひとにきちんと、謝らなければならない。わたしが傷をつけた、こころにも体にも大きな傷をつけてしまったあのひとに、他の誰かのふりをしたままではない、わたし自身として、わたしの言葉で、きちんとけじめをつけなければならない。

自分がずっと、絵里ちゃん、という大きくて温かくてすっぽりとした傘に守られて生きてきたのだ、と改めて思う。絵里ちゃんがいなくなってからも自分はその傘をずっと手放せず、大きく開いて目の前にかざして、直接世界を見ないようにして生きてきた。

もう……あの傘を使うことは、できないのだ。

ずぼん、と胸に大穴が空いたみたいで、目の奥から涙がこみあげる。

龍王さんは何も言わずに、目の前にティッシュの箱を差し出してくれた。涙を拭って鼻をかんでいると、奥へ引っ込み、すぐにすいおんを抱いて戻ってくる。

すいおんはぱっと体をよじって龍王さんの手から逃れ、あっという間に膝の上に乗ってきた。すっかり大人のサイズになった体が温かくずっしりと重い。

絵里ちゃん。

その背をなでながら、胸の中で名を呼ぶ。

さびしいよ、絵里ちゃん……ずっと隣に、いてほしかった。こうやって並んでこのカウンターに座って、お茶を飲んで、すいおんをなでたかった。

どこにもいってほしくなんかなかったんだよ、絵里ちゃん。

胸の中をひょうひょうと風が吹き抜けていく感覚を味わいながら、茶杯を手にとり、指の震えが落ち着くのを待って、背を曲げてなるべく低い位置で口元に運ぶ。

瞬間ぱっと頭の中の諸々が吹き飛んで思わず声が出た。香ばしいのに清涼感のある香りと味が、口の中いっぱいに漂っている。

「……美味しい」

龍王さんは「でしょう」と何度も大きくうなずく。

うなずき返して添えられた黒文字でお餅を切って口に運ぶ。青い笹の香りと共に、まろみのある甘さがとろんと舌に乗った。すかさずお茶を飲むと、すっきりと口の中が爽やかになって更に食べたくなる。

知らない味の、知らない美味しさ。

絵里ちゃんがいない世界で、自分が知っていく新しい味。

「……龍王さん」

相手は小さく首を傾げてこちらを見る。

「わたし……わたし、また、このお店に……通っても、いいでしょうか」

目を見返すことができずに視線を落としたまま尋ねた言葉に、龍王さんは一瞬、大きく体をのけぞらせる。

「勿論です！」

それからぱっと相好を崩して、明るい声で大きくうなずいてくれた。

第十章　光の方へ

『龍王』を訪れてから数日が経った頃、一通の手紙が叔父さん経由で届いた。人生で初めて見る程の、とてもぶ厚い手紙だった。

読み終えた後に初めて、その間、指が一度も震えなかったのに気がついた。

繰り返し繰り返し、何度も読んだ。

朝起きては読み、夜は枕元に置いて寝つくまで読んだ。眠りについた後も、何度も深夜に突然ふっと目が覚め、起きて手元の明かりをつけて読み返した。その内に指の震えは全く出なくなり、物を落とすこともなくなった。

毎日読み返す内に紙がすりきれそうになってきて、封筒に戻すのは諦めた。そこでクリアファイルに封筒と開いた便箋を入れ、いつでも読めるようにコピーを取って持ち歩いた。

夏休みが終わる直前に、叔父さんの養子に入った。

父親の了承を得る為、二人で会いに行くと「妻が子供に会わせたくないと言っているから」と、家ではなく外で会うよう求められた。そして待ち合わせた喫茶店で養子の話を切り出すと、開口一番、「なら残りの学費や生活費は、もう払わなくていいってことか」と嬉しそうにのたまわれた。

テーブルの下で叔父さんの拳が固く握られたのが判ったが、わたしはその手にそっと自分の指を重ねてそれを止めた。この人に何をどう言われようが、もう自分にはそよ風程の影響もなかったのだ。

そんなことより、これで名実共に叔父さんが「お父さん」となり、絵里ちゃんの妹になれるのが本当に嬉しかった。新しい名字は「月村《つきむら》」だ。

お父さんは無事に昇進試験に合格し、年末に家を引き払って三重に引っ越してきた。家はとりあえず、転勤の為に二年限定で借りたい、という家族に貸すことにしたそうだ。

距離が近くなって、お父さんはちょくちょく、車で京都にやってくるようになった。その度『龍王』に立ち寄っては、龍王さんとお茶談義に花を咲かせている。

わたしは龍王さんから、きちんとお茶を習い始めた。もっと上手くなって、まだ開封もできないままのあのもらったお茶を、美味しく淹れて飲みたかったのだ。

龍王さんはひどく喜んで、台湾や中国から本場の茶器のカタログを取り寄せていろいろと見せてくるので、それはちょっと困った。素敵だな、欲しいな、と思う品は、やはり大抵、高いのだ。それでも気に入ったものを少しずつ買い揃えるのは、とても楽しかった。

わたしは大学のカウンセラーさんに相談しつつ、たくさん逡巡した挙句、史跡めぐりのサークルに戻ることにした。勇気を出して同期の三人に声をかけたところ、彼女達が先輩に上手く根回ししてくれて無事に復帰ができた。やめていた間に入部した後輩達とは、最初は少しぎくしゃくもしたけれど今ではすっかり仲良しだ。

年が明けてからしばらくして、『龍王』は前よりずっと、お客さんの多い店になった。誰かがSNSにあげたすいおんの写真が広まり、「看板猫のいる店」としてネットで記事になったりもして、すいおん目当ての客が一時期どっと増えたのだ。

とは言えすいおんは気まぐれで、そもそも店に出てこなかったり、すいっと人の手を避けることも多かった。なでられるのは嫌いではないが抱っこはあまり好きではないらしく、相変わらず他の人の膝の上には乗ろうとしなかったので、一度押しかけた客はすぐに減った。それでも以前よりは格段にお客さんの数が増え、今ではお客が自分しかいない、ということは殆どない。「幸運を呼ぶ猫だ」と龍王さんは得意げに笑っていた。

わたしは三回生から四回生になり、真剣に就職活動に取り組み始めた。第一希望は博物館か美術館の学芸員だけれど、これは正直難しい道なのは自分でもよく判ってい
た。それでも、絵里ちゃんの遺したたくさんの美術本を読み、サークルで訪れた神社仏閣で優れた美術品を見る内に、自分もこういうものに関わる仕事がしたい、と強く思い始めたのだ。それは決して、「絵里ちゃんの代わりとして」ではなく、「絵里ちゃんのおかげで気づけた世界」だった。

それと同時に、部屋に遺された絵里ちゃんの私物を、少しずつ整理し始めた。就職先が内定して行き先がはっきりするのが先ではあるが、この部屋を引き払うことに決めたのだ。将来のお給料額なんてまだ見当もつかないが、自分で家賃を払うには、ここは少しばかり高いし広すぎた。だんだんと物を減らしていくと、その広さがますます目につく。

自分の希望の就職先のハードルの高さから、地域を限定して探すのは悪手だとは判っている。とは言えやはり離れがたくて、可能な限り京都から通える範囲内で見つけたい、と何とか探し続ける日々だ。

六月になり、またあの吉田山での大茶会がやってきて、今度は本当にちゃんとアルバイトとして働いた。驚いたことに去年のことを覚えてくれている人もたくさんいて、「去年ここで飲んで、好きになりました」と言ってくれる人までいた。

杉本さんは勿論、村井さんは今度はご夫婦でやってきて、また大量のお茶を買っていった。それから萱島さんご夫婦が、あの時の赤ちゃんを連れてやってきた。よたよた、と、手をさしのべずにはいられないような足取りで歩く赤ちゃんは、えも言われぬ程かわいかった。

仕事の合間を縫って他のお茶屋さんをまわる内、たくさんの人と仲良くなった。その中のひとりから茶道の先生を紹介されて、そこから何人か、私立の美術館関係の方に橋渡ししてもらうことができ、面接の予定がいくつか決まった。思いもよらない収穫だ。

もうすぐ夏がやってくる。

わたしは相変わらず、何かにつけ、手紙を引っ張り出して読んでいた。

実のところ、もうほぼ中身は暗記してしまっているのだけれど、書かれた文字を眺めているのが好きだった。大きさの揃った、かっちりとした文字を見ていると、気持ちがすうっと体の底の方に落ちていって、しずかで落ち着いた心持ちになれた。

読むでもなくただ文字を眺めていると、それがあのひとの声で聞こえてくる。内容も、その文字のかたちもすっかり頭に入ってしまった今は、実際に目にしていなくても、手紙の言葉を不意に耳元で語りかけられている気がすることがある。

街を歩いていて信号待ちで立ち止まる。バスに乗って、梅雨の晴れ間にぴかりと光る空とその下を流れる鴨川を眺める。京都駅の大階段を一番上まで上って、波のように広がる段を見下ろす。面接先に向かう為、地下鉄の階段を急いで駆け下りる。いい就職先と縁が結ばれますように、と安井金比羅宮《やすいこんぴらぐう》に行って両手を合わせる。『龍王』から程近いパン屋さんで、大好きなカヌレをおやつに買い込む。

そんな、なんてことのない折々にふっと、あのひとの声が耳を横切る。

その度に、背中にそっと、あの大きな手が当てられている、そんな気がする。すぐ隣にあの岩のような体が立っていて、自分が歩き出すのと同時に一歩を踏み出し並んで歩く、確かにそんな気配を感じる。

そうやって毎日をすごしながら、眠る前にはいつも、胸の内で呼びかける。

絵里ちゃん。

絵里ちゃん、わたしね……あのひとに逢えたら、言いたいことが、あるんだ。

詫びなくちゃいけないとかお礼をしなくちゃいけないとか、そういうもっともなことも勿論たくさん、あるのだけれど……ほんとに言いたいことは、もしかしたらもっと短くて、もっとどうってことない言葉なのかもしれない、とも思う。

きっと絵里ちゃんは、笑うな。

たくさんたくさん、嬉しそうに笑って、それからきっと、「紗夜ちゃんがやりたいことを、やりたいように、やればいいのよ」と言うだろう。

わたし自身の人生を、わたし自身がやりたいように。


七月が始まると、街のそこかしこで祇園囃子の音が鳴り出す。

その音に重なるように、前よりもっと頻繁に、耳元にあのひとの声を感じる。

それがどんどん近づいてくる、そんな不思議な確信がある。

街を歩いていると、いつか本当にふっとあのひとが隣に立って、わたしの背中にすっと手を当てて歩き出す、その日は遠からずやってくる、そんな気がしてならない。

前略
吉川さん（龍王さんから「吉川さん」で構わないと聞いたのでこのまま書きます）。
本来なら、直接お会いしてお詫びをしなければならないと判っています。けれどどうしてもそれができずに、こうしてお手紙にする非礼をお許しください。
自分の正体は、龍王さんからすべて聞かれたと思います。本当に本当に驚かれたことでしょう。申し訳ありません。

すべてのことが行き詰まって、龍王さんのところにたどり着いた時の自分には、もうまともな思考力というものが一切、ありませんでした。

湿ってカビの生えかけたおがくずのようなものが、ぎゅうぎゅうに圧縮されてつま先から頭までみっちりと詰まっている、ヒトというよりゴミ袋に似た存在でした。

あの日から、あの高三の春の試合の日から、一日たりとも、「何故こんなことになってしまったんだろう」と考えない日はありません。

一体どこまで戻ればあれを避けることができたのだろう、何故自分だったのだろう、何故相手があの父親の息子だったのだろう、そんな、どれだけ考えても答えなどない、徒労に過ぎないことをいつまでもいつまでも繰り返し考えます。

あの時の感触、道着をつかんだ手触りや、驚く程あっけなく抵抗なく投げ飛ばされた相手の体、その時のぽかんと開かれた瞳、向こうの学校の顧問の怒鳴り声、近づいてきた救急車のサイレンの音がすぐ外でぴたりと止まって急に辺りが静まり返った瞬間、そういうことを、何度も何度も思い出します。

実は相手の父親に直接会ったのは、その直後の一度だけです。病院の待合いで、大声で罵られ胸ぐらをつかまれました。うちの顧問の先生が止めてくれましたが。その時の血走った目や、顔中にだらだらと流れている汗、怒号と一緒に顔にかかる唾、そういうものばかりをよく覚えています。

正直に言って、理不尽だと思ったことは何度もあります。今になってさえ、そう思うことをゼロにはできません。特に母が心身共にすっかり弱ってしまった時は、「あの父親を刺して、自分も」と血迷ったことすらありました。

けれども、あの瞬間の、投げた時のあの、やけにふわりと軽く相手の体が浮いた感触、あれを思い出すと、どうしてもどうしてもできませんでした。この手がひとりのいのちを奪った、という確かな実感が、やり返すことを自分にとどめていました。

千葉の事務所の先生が、自分を守ってくれたのも助けになりました。だからそれが失われた時、本当に呆然としました。もうこの世でどこにも自分が行ける場所がない、そう思い、携帯のすべての連絡先を消して海にでも入ろうと思ったその時、龍王さんの番号を見てはっと我に返りました。

ものごころついた頃から母と二人きりの家族だった自分にとって、最初の「父親」は、母の勤め先の旅館のご主人でした。本当によくなついていました。

その次に現れた龍王さんは、自分にとって「気の合うおじちゃん」でした。まさに、父親程に干渉したりはしてこない、けれど自分の趣味や遊びにとことんつきあってくれる、「おじちゃん」と呼ぶにぴったりの存在でした。

けれど事故のせいで旅館のご主人とは絶縁するしかありませんでした。

その時の自分の携帯に残っていた連絡先は、母と伯母、千葉の事務所関係の人達、それから龍王さんしかなかったんです。

それに、龍王さんのところならあの父親にも探し出せないのではないか、と思いました。事故があった時には龍王さんは台湾にいて、その後、地元に来たことはありません。直接会ったのは、龍王さんがお店を開いた後に新潟のホテルで再会した一度だけです。

それでも念の為携帯は解約し、住んでいたアパートも引き払い、けれど住民票はそのまま残して、すがるように『龍王』に向かいました。事前に連絡したら訪問を拒否されるかも、と疑心暗鬼が先走って、何の連絡もせずに向かいました。

それでも内心で期待していた通り、龍王さんは自分のことをあたたかく迎えてくれました。

こうして甘えてしまうことで、龍王さんにも迷惑がかかってしまうかもしれない、それは判っていたのです。それなのに、そのあたたかさに逆らうことができませんでした。


お店の常連さんに「甥っ子だ」と紹介された時は、驚愕しました。

そして同時に、天にものぼるような気持ちになりました。

空から新しい人生が降ってきて自分に与えられた、そんな感じがしたのです。

自分の背中に、どんどんくっついてずるずるとひきずるしかなくて、その度にガラガラと音を立てるたくさんのガラクタ、そういうものから、一瞬、切り離された感覚を味わいました。

ごめんなさい、自分は、龍王さんに「キシくん」と呼ばれるのが、とても好きでした。

その度に昔の自分が消え去って、「キシくん」という、全く違う人間としてそこにいられることがたまらなくすがすがしく、幸福でした。龍王さんが本当の「伯父ちゃん」になったみたいで、それも嬉しかったのです。

毎日毎日、少しずつ、頭の中が晴れやかになって、恐怖や不安や焦りや怯え、そういうものから自分が解放されていくのが判りました。それでも記憶から完全に離れることはできなくて眠る前には必ず考えてはいましたが、夜中に何度も叫んで目を覚ますようなことは、だんだん少なくなっていきました。

そんな時に、吉川さん、あなたがすいおんと一緒に『龍王』にやってきました。すいおんを初めてこの手に乗せた時には、本当に本当に緊張しました。驚く程小さくて、軽くて、力を入れたら片手でも首を折れそうで、全身びっしょり濡れてぷるぷる震えて、神様は一体どうやってこんな小さい物体の中に「いのち」を入れたのだろう、とパニックを起こしそうになりました。

病院でみてもらって体を洗って乾かしたら、ふわふわの毛玉のような生き物が出てきてまた驚きました。ミルクを与えたら、先刻まであんなに弱々しかったのに、ぐいぐいと全身で吸いついてきたのにもびっくりしました。

同時に、すごい、と思いました。こんな小さな体で、生きることに全力でしがみついている、あの流れる水の中から精一杯声を張り上げて自分自身を救った、その生命力の強さに感動しました。そして、その声に気づいてくださった吉川さんにも本当にこころから有り難く思いました。

正直、最初は「飼えもしないのに拾ってどうする」と少し憤慨もしたのです。それは多分これまで、自分の境遇に同情して近寄ってきた人達が、あの父親からの攻撃を受けた途端にくるりと手のひら返しをして去っていった、それがとても精神的に応えた経験の影響だったと自分では思います。「あんな風に去っていくのなら最初から親切になどしてくれない方が良かった」とどうしても思ってしまった、そんな状況にすいおんのことを当てはめて、自分勝手な苛立ちを覚えてしまいました。本当にすみません。改めて、すいおんを見つけてくださってありがとうございます。

一日一日、新しい姿を見せてくれるすいおんに、自分は夢中になりました。自分がこんなにも何かにこころを傾けることができるのだと、生まれて初めて知りました。

まだ丸いままの耳やぽやぽやした頭の毛、手や膝に乗せるとカイロみたいに体温が高く、どくどく、と少し速めの心音が皮膚を通してはっきり伝わる、そんな「いのち」の感触がはっきり自分の手の内にあって、それが全力で頼ってくる、守らなければならないものだ、という強い自覚は、自分の中の何かを大きく変えました。

すいおんを拾ったあの日、吉川さんは龍王さんが紹介した自分のことを、穴があく程じいっと見つめてきましたね。

今思えば、あれは従姉さんの仇を見る目だった訳ですが、自分はあの時「正体がバレた」と思って大変狼狽しました。

あの事故が起きた後、地元では本当に騒ぎになりました。勿論、自分の名前は公にはされませんでしたが、県内の高校柔道関係者の間では試合相手が誰だったか、なんてことは全員に知られていました。その上、誰かが（父親だけでなく、多分他にも何人もいたと思います）面白半分に自分の名前をネットに流しました。大会などで地元の新聞やローカルのニュースなどで顔が出ていた為に、時には本当に思いもよらない、ただ道を歩いていたりバスに乗っていたりするところを見つけられ指をさされて、「あの子だ」と囁かれることも一度や二度ならずありました。

だからあの時、吉川さんが自分の正体に気づいた、と最初は思いました。

それから、もしかしたらあの父親が自分と龍王さんの関係を調べあげ、同居しているのは本当に龍王さんの甥なのか調べる為に人を潜り込ませたのかもしれない、とも思いました。東京でバイト生活している時に、何度かそんな風に調査員が近づいてくることがあったのです。

自分のそんな疑惑を、龍王さんはまさか、と笑いながらも心配してくれました。
「彼女は地元も違うしスポーツにも全然興味がない様子だったから気づいた筈がない、もしも調査員ならもっと地味に、目立たないように近づいてくるんじゃないか」と。

そして今すぐ出ていく、と言う自分を「せめて二ヵ月は待ってほしい」となだめてきました。もし本当にあの件がらみのようだったら、知り合いの台湾在住の日本人を紹介してあげるからいっそそっちに移ればいい、犯罪者じゃないんだからパスポート取得も出国も可能なんだし、海外に行ってしまえばいくらあの父親だって嫌がらせは無理だ、万一やったとしてもおそらく相手にもされないから、と。

それで自分は、しばらく我慢することにしました。龍王さんの言うことには一理ありましたし、まだ先に逃げられる場所があることで少し気持ちに余裕もできました。

それからしばらく、龍王さんから吉川さんのお店での様子を聞いたり、周囲に何の問題も起きないのをみて、自分の疑いは間違いだったかもしれない、とやっと思えるようになってきました。

だから若い男性が苦手だと聞いて、申し訳ないことをした、と思いました。ぎこちない態度に見えていたのは、そのせいだったのか、と。

そうであるなら、できるだけ距離を開けよう、と考えました。不快な思いをさせる気はなかったし、龍王さんの為にもすいおんの為にも、お店には来てもらいたかったので。

同時に、疑いが解けて改めて思い出すと、あの日、自分の服が汚れることなど全く顧みず、地面に膝をついて、一所懸命、子猫を助けようとしていた姿が、何とも言えず、嬉しいものに感じました。何度も何度も、思い返しては感謝しました。共同ですいおんを助けたことで、仲間意識と言うか、親近感を勝手に抱いたりもしました。

だからあの宵山の日、龍王さんの押しつけにずいぶん困惑したしあまりなれなれしくしてはいけない、と思っていたのに、いつの間にかあれこれと話しかけてしまったのです。

吉川さんと話していると、自分の中で、完全にひからびてしまった部分が、水を含んでほとびていくような心持ちがしました。

けれど、何の意識も気負いもなしに、ぱっとこころのままに笑ってしまった、それに気づくとどきりとしました。そんなことが自分に許される訳がない、と。

すいおんは良かった。あの子は猫で、自分が親です。笑って育てないと、あの子が不幸になる。だからすいおんの前で笑うのは、自分にとって何の後ろめたさもありません。

でも人相手では違う、と思っていました。

自分のせいで、いのちを落とした人がいる。大事な存在を奪われた人もいる。母親や周囲の人達をたくさん傷つけ、苦しめてきた、それを全部後ろにおいて、それを全く知らない誰かと自分が笑い合うことなんて許されない、間違っている、そう思いました。

けれど、従姉さんを急に亡くされた、というお話を聞いて、またしても勝手な仲間意識を抱いてしまいました。突然で暴力的な喪失の痛みを、このひともまた、知っているのだと。

このひとは何かこころに深い屈託を抱いている人だ、というのはその前からも感じていました。ただ、若い男性が苦手だ、という言葉に、年の近い男性に余程嫌な思いをさせられたことがあるのだろう、それがトラウマなのだろう、とばかり思っていました。だからそれだけではない、と判って、また、勝手な親近感を抱きました。

今になって思えば、全部お笑い種《ぐさ》です。吉川さんはただ、自分のことを従姉さんの仇だと思って、復讐心を燃やしていただけでした。

それでも自分は、吉川さんにたくさんのことを感謝しています。居酒屋の前で絡まれていたのに介入した時、吉川さんが一瞬、自分に怯えたのが判りました。あれは本当に、痛恨の極みでした。

あの事故からずっと、自分の肉体というものが自分には重荷でした。人よりも高い背丈、人よりも広い肩幅、人よりも大きな手、人よりも強い腕力。

自分では普通にしていても、そこから発生してしまう「力」というものが他人よりも強くて、それを制御しきれないのが嫌でした。

ただでさえ男性が苦手で、たった今も男性によって嫌な思いをさせられた相手を、自分の「力」が、自分の「男性性」がまたも怯えさせてしまったと思うとつくづく情けなく、この肉体をみじめに思いました。『龍王』で暮らすことで別の人生を得たのと同じように、この肉体も、全部脱ぎ捨てて取り替えてしまえたらいいのに、と。

その苦しさを、あの後に見た金色のほとけの群れが拭ってくれました。

あれは本当に、美しかった。

今思えば、この一年と数ヵ月の間ずっと、内面は完全に行き違っていた自分と吉川さんですが、おそらくあの時だけは、確かに全く同じ思いを抱いていたのではないか、とやはり勝手に思っています。

あんなにも美しく荘厳な景色を初めて見ました。

居並ぶ金色のほとけ達が、こころの中の澱《おり》をすっかりすくって、夜空のずうっと高いところまで持ち去ってくれるようでした。こんな特別なものを自分などが目にすることが許された、それは本当に、自分にとって明らかな救いでした。

それから吉川さん、あなたが自分に、お礼を言ってくださったことも。

ああ、良かったんだ、と思った瞬間、あの寒空に全身から汗がどっと出ました。間違ってなかった。自分がやったことは、間違ってはいなかったんだと。

この肉体が放つ有り余る「力」で、誰かをちゃんと助けることが、本当にできたんだ。自分の手が、力が、ちゃんと間に合った、人の暴力から誰かを助けられた。痛みや苦しみから、遠ざけることができたんだと。

金色のほとけと、吉川さんの言葉は、自分にとって赦しでした。大丈夫だと、そのままでいい、そのままのあなたで生きていていい、そう空から声をかけられている気がしました。

あれからもう一度、自分自身のことをじっくり考えるようになりました。このまま永遠に、こんな日銭程度の仕事を重ねて『龍王』に住み続けることはできない。

それに、自分はやはり、建築の仕事が好きでした。完全にそこに戻るのは今は到底無理だとしても、いつかそんな日がまたやってくるかもしれない、そんな将来に対する希望のようなものを抱けるようになったのも、すべて吉川さんのおかげです。

それで龍王さんに紹介してもらって、杉本さんの事務所で手伝いをすることになりました。

自分の今の状況上、ちゃんと雇われて給料をもらって、ということは無理です。龍王さんと話し合った結果、杉本さんと村井さんには、自分の素性を明かすことにしました。本当に覚悟のいることでしたが、それができたのはやはり吉川さんのおかげだと思います。

有り難いことにお二人は自分のことを受け入れてくださいました。明確な「仕事」としてではなくあくまで「見習い」として、「給料」はもらわず、食事をおごってもらったり日用品や服を差し入れてもらったり、そういうかたちで生活をサポートしてくれました。勿論、建築の為の勉強もたっぷり、させてもらいました。

本当に楽しく明るく、日々が輝いていくのが判りました。最初に『龍王』に来て別人になりすました時も解放された心地がしましたが、それとはまた、種類の違う喜びでした。自分が自分自身の望むことをして日々をすごしている、先の方、明るい方、光の見える方に歩いているのが実感できる、そういう喜びでした。あれ程自分という存在から逃げたかったのに、自分の本質が望むものに近づいていくのがこんなにも充実して楽しい、と気づけたことも僥倖《ぎょうこう》でした。

とは言え、後ろめたさが完全に消えた訳ではありません。きちんとしたけじめをつけずにこんな幸福を得ていい筈がない、そういう思いはずっとこころにありました。

そんな中、吉川さんが見せてくれる姿は、やはり自分にとって救いでした。

自らも心細いのに自分を助けてくれたこと、淹れてくださったお茶が本当に本当に美味しかったこと。はからずも熱中症で体調を崩してしまったところを、今度は手遅れになる前に気づけて、自分の手で助けられたこと。

打ち明けよう、と思いました。自分の「本当」を、吉川さん、あなたに話そう、と。

打ち明けて、その後どうするかは全く思いつきませんでした。とにかくきちんと本当のことを話す、それが何よりも重要だと思っていました。

その決意を、誰よりもまず、自分が未来を奪ってしまった彼に伝えたくて、一人で送り火に行きました。あの辺りなら人が少なくてしずかに手を合わせられる、と杉本さんに聞いて行ったのです。

あの時の自分の衝撃は、言葉にはできません。

巨大で幅の広い剣が、真正面から、ずぶりと胸に刺さったようでした。

長く柔道をやっていたので痛みには強いつもりでしたが、それとは種類の違う感覚がしました。痛い、と言うより、皮膚の内側が一瞬、ぶわっと膨らんだような奇妙な感触でした。

息ができなくなって、耳がきいんとして、まわりが全部、真っ暗になり音も消えました。その中で吉川さんの真っ白い顔と、涙と、指と、声だけが、くっきりと浮かび上がって見えました。自分が倒れずに立っているのが、異常なことに思えました。

ああ、天使が自分を断罪しに来たんだ、と思いました。

すっかり浮かれて調子に乗っていた自分に、天使が人間の姿を借りて罪をつきつける為にやってきたんだ、あんなにも自分のこころを明るく照らしてくれたのはこのひとが本当は天使だからで、けれど自分があまりにも不遜なので見放したんだ、罪を裁きにやってきたんだ、と、そんな妄想めいたことさえ一瞬本気で考えました。

言葉が次々、矢みたいに刺さって、その中で「子供」や知らない名前（今にして思えば従姉さんのお名前）が飛び込んできて、ただでさえ思考が停止していた頭が更に混乱しました。何もかも、もう、訳が判らなくなりました。

落ちていたハサミを拾って、電車に乗ることもできずに、歩いて『龍王』まで帰りました。龍王さんにずいぶん心配されましたが、何をどう説明していいのか全く判らず、傷の手当をしてもらってそのまま眠りにつきました。

その次の日、叔父様がやって来られて、「吉川さん」の真実を知りました。


吉川さん。

あなたに詫びなければいけない、そう思っています。

けれどもどう詫びるのが正しいのか、それを真剣に考えだすと、よく判らなくなるのです。

自分が早見の名を騙ったことで、あなたに巨大な思い違いをさせ、長い間傷つけて苦しめた、それはまさにその通りです。

自分とは全く別の人生を送っていた人間の名を騙り、その人生を奪ってしまったことは、確かに間違いでした。自分にはそんな権利はありませんでした。

けれども、「間違い」ではあっても、それを詫びる、ということが、自分にはどうしても受け入れ難く思えました。

何故なら自分が「早見」を名乗ったことで、あの後の吉川さんとのすべてが自分にもたらされたからです。

もしも全く別の名を名乗っていたら、吉川さんはおそらくすぐに龍王さんから早見の死を聞き出して、あの後『龍王』に通い続けはしなかったでしょう。

それを思うと、胸が苦しい。

自分がやったことで、吉川さんはとことん苦しんだ。それは痛い程判っていて、それでも自分には、もしあの日々が自分に無かったら、と思うと耐え難いのです。吉川さんと出逢えなかった自分、というものがもう想像すらできないのです。

あんなにもあなたを苦しめておきながら、そのきっかけとなった自分の行動を謝罪することができない、そんな自分を自分でそら恐ろしく思います。残酷な人間だと、自分自身をそう思います。

それでも自分は、もし今、あの『龍王』に来た日からやり直せるとして、違う名を名乗って吉川さんが二度とお店に現れないのなら、早見の名を名乗らない道を選ぶことはきっとできない、と思うのです。

どうか誤解しないでほしいのですが、それは決して、吉川さんが抱き続けた苦しみを無視したり軽視したりしている訳ではないのです。あれから吉川さんが話されたことを全部、龍王さんから聞きました。途方もない傷を受けたこと、あんな行為をさせてしまったこと、そのすべてを深く申し訳なく思っています。

だけど時々、思うのです。

自分はずっと、考えてきました。何故あんなことになってしまったのか、何故自分だったのか。どうしたらあれを避けることができたのか。

それ等に答えは、存在しません。この先何十年、何百年考えることができても、その答えが出ることはないのだと、自分はもう実のところ、判っているのです。

あれは本当に、最悪の出来事でした。

けれどもあの事故がなければ、自分は『龍王』に来ることはなく、すいおんにも、吉川さんにも出逢うことはなかった。龍王さんと、本当の身内のように暮らす日々もなかった。

どうかこれも誤解しないでほしいのですが、「だからあれはあれで良かった」などと言う気は全くないのです。それはおそらく、吉川さんならご理解いただけるとやはり勝手に思っています。

たとえその出来事の為にどれ程のものがその後にもたらされようとも、絶対に引き換えにならないもの、それこそ、もしその時点まで戻れるのなら、その後のことがすべて消えてもいいから全力をもって回避する出来事、自分にとってのそれはあの事故で、吉川さんにとってのそれは、きっと従姉さんの件だと思います。

自分にも吉川さんにも、あの喪失は絶対にあってはならなかった。

けれどもあの喪失がなければ、自分は吉川さんに出逢いもしていなかった。

それは決して、言い訳ではありません。「だから良かった」とか「仕方がなかった」などと自分に言い聞かせる為の言葉じゃない。あれは絶対的に、あってはならないことだった。たとえその後に何がもたらされようとも、あの喪失の埋め草には決してならない、そういう出来事でした。

けれども、思うのです。

人生の中で最も重たいものと最も輝いているものが、表裏一体となることが時にあるのではないか、と。

そういうことが、人の人生には起きるのではないかと。それ等はぴたりとはがれることなく一体化していて、どちらかをとってどちらかを捨てるようなことは、誰にも不可能なのではないかと。

それを皮肉だ、と言う人もいるかもしれません。けれども自分には、そうは思えないのです。あの答えのない問いを、ずっと考え続けてきた自分には。

そんな皮相的なレベルの話ではなく、それはただ「そういうもの」だということです。ひきはがすことのできない、あるようにしてある、そういうものなのです。

あの事故は自分にとって、はっきりと異物でした。あの時から自分の肉体とは相容れない、硬い金属のような異質でぼこぼことした物体が、胸の中にずぼりとはまってしまいました。

けれども長い時間の間に、それはだんだん、自分の体と繋がり始めました。血管が伸びて肉で覆われ、細かい隙間に神経がすっかり繋がって、異物のままに、もう自分の体からひきはがせない存在になりました。もしむしりとれば、体から大量の血が流れ、内臓を損なって自分は死ぬでしょう。

自分はこの先一生、これと共存しながら生きていくのです。いや、これはもう、自分自身になってしまったのです。だからこの異物の為に自分にどういうことが起きたとしても、それはすべて、自身が引き受けていかねばならないのです。善きことも悪《あ》しきことも。

本当はこんなものがなければ一番いい、けれどもそれはもう存在しない道なのです。事故が起きた後の自分はすべて、それがベースとなって構築されているのです。だからそうなってしまった自分は、異物を一生胸に棲《す》まわせていく自分は、たとえ何度やり直せても、「早見」を名乗らない、という道を選ぶことができません。この巨大な異物を抱えた人生に、あの日々はなくてはならないものでした。

自分勝手だとは判っています。それについては、誠心誠意謝ります。許されなくても仕方がないです。

けれど吉川さんには伝わるのではないか、と、やはり勝手な、期待をしています。

この一年と数ヵ月、吉川さんを見てきた自分には、そう思えてならないのです。自分と同じく、理不尽に巨大な喪失を胸の中で育てていく人生を選ばされてしまった、あなたになら。


長い手紙になってしまいました。

何日も何日もかけて書きました。

昼間は日雇いのバイトをしていて、夜になるとホテルの部屋でひとりでこれを書いています。

傍らに、クリスマスにいただいたタンブラーを置いて使っています。

思えば高三の春にあの事故があって以来、誰からもクリスマスプレゼントなんてもらったことがありませんでした。本当に本当に嬉しかった。大切に使っています。絶対に割らないように、細心の注意を払っています。

送り火の夜のことについては、本当に本当に、気になさらないでください。むしろ謝るべきは自分の方です。あんなところにまで追い込んでしまったこと、負い目を感じさせてしまったこと、すべてに心底、申し訳なく思います。吉川さんは何にも悪くありません。

と言っても、無理ですよね。それはずっと、答えのない問いに向かい合わされていた自分にはよく判ります。

それでも本当に、あれは小さなかすり傷にすぎなくて、けれど自分に、大きな転換をもたらしてくれたものとなりました。

自分はずっと、対戦相手の父親から「迫害」を受けてきました。あれは間違いなく、そう呼んでいいものだったと思っています。

けれども真正面から向かい合ったのは、まだ何もかもが混乱していた病院での、あの一度だけでした。その後は顔を見ることもなく、ただひたすらに憎まれていました。思えばあの後、直接謝罪する機会も与えられませんでした。

自分がやったことに対する相手の思いを直接この身に受ける、それからずっと逃げていたのだと、あの送り火の夜の後に判りました。誰かから心底憎まれる、というのはこういうことなのだと。それは、やってしまった自分が、正面から受けねばならないことだったのだと。

相手の父親に、会いに行こうと思っています。

あの後に彼が自分にしたことはすべて置いて、まずはきちんと顔を見て、きちんと謝らなければならない、そう思っています。相手が最終的に自分をどうしたいと思っているのか、それもきちんと、確かめないといけないと思います。

それから、地元や東京でお世話になったり迷惑をかけた人達、千葉の事務所の皆さんにも、頭を下げに行こうと思います。

そしてできるなら、しばらくは母の元ですごしたい。母の状態はかなり上向いて仕事もしていましたが、自分が千葉の事務所を追われたことで、また悪くなってしまいました。しばらく付き添って様子をみて、何とか安心して日々をすごせるところまで回復させたいと願っています。

こう決意できたのは、全部、あの日の吉川さんのおかげです。

あの小さな傷が、自分をここまで、前に進めてくれたのです。

だからもう、何にも心配しないでください。

全部やりきって、すべてに片がついたら、京都に、『龍王』に戻りたい。

もう一度杉本さんに頭を下げて、今度はきちんと「岸野晴矢」として雇ってほしい。血が繋がった身内ではないけれど、龍王さんの「家族」として、すいおんも一緒に、ひとつ屋根の下で暮らしたい。

それから、吉川さんに逢いたい。

お茶をおごってもらう、約束をしましたね。

お店の一番良い茶葉を、龍王さんの本気モードで、膝の上にすいおんを抱いてあのカウンターで並んで飲みたい。

いつになるかは、自分にも判りません。

三ヵ月、半年、一年、もっとかもしれない。

それでも必ず、あの場所へ、自分の痛みも傷も喜びも幸福も、すべてが存在するあの場所へ戻ろう、そう決めています。

いつか必ず、逢いに行きます。

逢っていただけなくても行きますし、待っていてくださる必要もありません。別の土地に移られていたって構いません。

ただ自分が、逢いに行くのです。

「岸野晴矢」としてあなたに逢いに行く、その日を胸に、異物を抱えて明日も生きていける、そう思えるのです。

それでは、いつかまた。

草々

岸野　晴矢

あとがき

この本を手に取ってくださった方、お読みになってくださった方、本当にありがとうございます。

本ができるまでにご尽力くださったすべての方にもお礼申し上げます。

第六章に書いた「闇の中で光に照らされた三十三間堂の千体観音像」は、遥か昔、自分が本当に目撃したものです。

紗夜とは違い残念ながらひとりきりでしたが、確か当時は格子窓の外の生垣が無く、窓にぴったり近づいて見ることができて、本当に極楽へ連れていかれる心地でした。あの奇跡に近い体験をいつか物語に取り込みたい、とずっと思い続けていて、こうして実現することができてとても嬉しく思います。

ちなみに『龍王』を想定した場所には、自分が一番好きなお好み焼き屋さん「吉《よし》野《の》」があります。わたしのおすすめは「ホソスジ（またはスジと油カス）ソバ入り&赤の辛いの（お酒）」。今は周囲が大分開けていますが、昔は本当にみっちりと家が立ち並んだ間を抜けていく隠れ家的お店で、その当時のイメージで書いてみました。

執筆中にずっと聴いていたのは、ノーマ・ウィンストンの『Just Sometimes』。失恋の歌なのですが、永久に失ったひとを想う気持ち、失った後の新しい人生の中で過去を振り返り相手を思い出す時のたまらない切なさとさみしさ、美しくも重苦しい旋律、そんなところが紗夜の心情にとても通じるものがあり、エンドレスリピートで流していました。メロディアスなピアノと、低くざらりとした、語りかけるような歌声が素晴らしい一曲です。Spotify や Apple Music などで配信されておりますので、流しつつ読まれますとただでさえ重たい話が更に重たく読めます。ぜひお試しください。

これから書き続ける中、良いものが書けたら、その時はまたどこかでお逢いしましょう。

二〇二二年八月　三年ぶりに送り火が全面点火された京都にて

富良野　馨

本書は書下ろしです。

|著者| 富良野 馨　京都市在住。『少女三景—無言の詩人—』で新書館の第2回ウィングス小説大賞優秀賞を受賞。2016年9月に『雨音は、過去からの手紙』（マイナビ出版ファン文庫）でデビュー。'20年、第1回講談社NOVEL DAYSリデビュー小説賞に応募した『真夜中のすべての光』（講談社タイガ）でリデビューを果たす。

この季節《きせつ》が嘘《うそ》だとしても

富良野《ふらの》 馨《かおる》

2022年10月14日第1刷発行

発行者——鈴木章一
発行所——株式会社 講談社
東京都文京区音羽2-12-21　〒112-8001
電話 出版（03）5395-3510
　　 販売（03）5395-5817
　　 業務（03）5395-3615

Printed in Japan

講談社文庫
定価はカバーに表示してあります

KODANSHA

デザイン—菊地信義
本文データ制作—講談社デジタル製作
印刷———株式会社KPSプロダクツ
製本———株式会社国宝社

ISBN978-4-06-528841-2

講談社文庫刊行の辞

二十一世紀の到来を目睫に望みながら、われわれはいま、人類史上かつて例を見ない巨大な転換期をむかえようとしている。

世界も、日本も、激動の予兆に対する期待とおののきを内に蔵して、未知の時代に歩み入ろうとしている。このときにあたり、創業の人野間清治の「ナショナル・エデュケイター」への志を現代に甦らせようと意図して、われわれはここに古今の文芸作品はいうまでもなく、ひろく人文・社会・自然の諸科学から東西の名著を網羅する、新しい綜合文庫の発刊を決意した。

激動の転換期はまた断絶の時代である。われわれは戦後二十五年間の出版文化のありかたへの深い反省をこめて、この断絶の時代にあえて人間的な持続を求めようとする。いたずらに浮薄な商業主義のあだ花を追い求めることなく、長期にわたって良書に生命をあたえようとつとめるところにしか、今後の出版文化の真の繁栄はあり得ないと信じるからである。

同時にわれわれはこの綜合文庫の刊行を通じて、人文・社会・自然の諸科学が、結局人間の学にほかならないことを立証しようと願っている。かつて知識とは、「汝自身を知る」ことにつきていた。現代社会の瑣末な情報の氾濫のなかから、力強い知識の源泉を掘り起し、技術文明のただなかに、生きた人間の姿を復活させること。それこそわれわれの切なる希求である。

われわれは権威に盲従せず、俗流に媚びることなく、渾然一体となって日本の「草の根」をかたちづくる若く新しい世代の人々に、心をこめてこの新しい綜合文庫をおくり届けたい。それは知識の泉であるとともに感受性のふるさとであり、もっとも有機的に組織され、社会に開かれた万人のための大学をめざしている。大方の支援と協力を衷心より切望してやまない。

一九七一年七月

野間省一

講談社文芸文庫

古井由吉
楽天記
夢と現実、生と死の間に浮遊する静謐で穏やかなうたかたの日々。「天ヲ楽シミテ、命ヲ知ル、故ニ憂ヘズ」虚無の果て、ただ暮らしていくなか到達した楽天の境地。

解説＝町田 康　年譜＝著者、編集部

ふA15
978-4-06-529756-8

古井由吉／佐伯一麦
往復書簡『遠くからの声』『言葉の兆し』
二十世紀末、時代の相について語り合った二人の作家が、東日本大震災後にふたたび歴史、自然、記憶をめぐって言葉を交わす。魔術的とさえいえる書簡のやりとり。

解説＝富岡幸一郎

ふA14
978-4-06-526358-7

講談社文庫　目録

芥川龍之介　藪の中
有吉佐和子　新装版 和宮様御留
阿刀田　高　ナポレオン狂
阿刀田　高　新装版 ブラック・ジョーク大全
安房直子　春の窓〈安房直子ファンタジー〉
相沢忠洋　「岩宿」の発見〈幻の旧石器を求めて〉
赤川次郎　偶像崇拝殺人事件
赤川次郎　人間消失殺人事件
赤川次郎　三姉妹探偵団
赤川次郎　三姉妹探偵団2〈キャンパス篇〉
赤川次郎　三姉妹探偵団3〈珠美・初恋篇〉
赤川次郎　三姉妹探偵団4〈怪奇篇〉
赤川次郎　三姉妹探偵団5〈復讐篇〉
赤川次郎　三姉妹探偵団6〈危機一髪篇〉
赤川次郎　三姉妹探偵団7〈駈け落ち篇〉
赤川次郎　三姉妹探偵団8〈人質篇〉
赤川次郎　三姉妹探偵団9〈青ひげ篇〉
赤川次郎　三姉妹探偵団10〈父恋し篇〉
赤川次郎　死が小径をやってくる〈三姉妹探偵団11〉
赤川次郎　死神のお気に入り〈三姉妹探偵団12〉
赤川次郎　次女と野獣〈三姉妹探偵団13〉
赤川次郎　心地よい悪夢〈三姉妹探偵団14〉
赤川次郎　ふるえて眠れ、三姉妹〈三姉妹探偵団15〉
赤川次郎　三姉妹、呪いの道行〈三姉妹探偵団16〉
赤川次郎　三姉妹、初めてのおつかい〈三姉妹探偵団17〉
赤川次郎　恋の花咲く三姉妹〈三姉妹探偵団18〉
赤川次郎　月もおぼろに三姉妹〈三姉妹探偵団19〉
赤川次郎　三姉妹、ふしぎな旅日記〈三姉妹探偵団20〉
赤川次郎　三姉妹、清く貧しく美しく〈三姉妹探偵団21〉
赤川次郎　三姉妹と忘れじの面影〈三姉妹探偵団22〉
赤川次郎　三姉妹、舞踏会への招待〈三姉妹探偵団23〉
赤川次郎　三人姉妹殺人事件〈三姉妹探偵団24〉
赤川次郎　三姉妹、さびしい入江の歌〈三姉妹探偵団25〉
赤川次郎　三姉妹、恋と罪の峡谷〈三姉妹探偵団26〉
赤川次郎　静かな町の夕暮に
赤川次郎　キネマの天使〈レンズの奥の殺人者〉
新井素子　グリーン・レクイエム〈新装版〉
安能務 訳　封神演義 全三冊
安西水丸　東京美女散歩
綾辻行人　殺人方程式〈切断された死体の問題〉
綾辻行人　鳴風荘事件 殺人方程式Ⅱ
綾辻行人　十角館の殺人〈新装改訂版〉
綾辻行人　水車館の殺人〈新装改訂版〉
綾辻行人　迷路館の殺人〈新装改訂版〉
綾辻行人　人形館の殺人〈新装改訂版〉
綾辻行人　時計館の殺人〈新装改訂版〉
綾辻行人　黒猫館の殺人〈新装改訂版〉
綾辻行人　暗黒館の殺人 全四冊
綾辻行人　びっくり館の殺人
綾辻行人　奇面館の殺人(上)(下)
綾辻行人　どんどん橋、落ちた〈新装改訂版〉
綾辻行人　緋色の囁き〈新装改訂版〉
綾辻行人　暗闇の囁き〈新装改訂版〉
綾辻行人　黄昏の囁き〈新装改訂版〉
綾辻行人　人間じゃない〈完全版〉
綾辻行人ほか　7人の名探偵
我孫子武丸　探偵映画

2022年9月15日現在